祓い屋令嬢ニコラの困りごと
Ito Iino
伊井野いと
Illust.
きのこ姫

もくじ

オリヴィア・フォン・リューネブルク
アロイスの婚約者にして侯爵令嬢。子爵令嬢であるニコラにも親切で親しみやすい性格。
「わたくし、年下のお友達っていませんの。仲良くしてくださると嬉しいわ」
エルンスト・フォン・ミュラー
アロイスの近侍・護衛騎士。自分の目で見たものしか信じない堅物で、祓い屋スキルを怪しんでは、ニコラにつっかかってくる。
「……俺は、自分の目で見たことしか信用しない。俺はお前を信じないぞ！胡散臭い戯言で殿下を誑かすな！」
アロイス・フォン・クライスト＝ダウストリア
ジークハルトの親友にして、第一王子。人外絡みになると興味津々で、ニコラのもとに現れてはちょっかいをかけている。
「次にアレを見かけてしまった時の対処法だけでいいから、教えてくれないかな？」
ジークハルト・フォン・エーデルシュタイン
ニコラの幼馴染にして、王立学院に通う美形侯爵の生徒会長。人や人外から好かれ、ニコラのもとによくトラブルを連れてくる。
「ニコラ、本当にありがとう。いつもごめんね」
ニコラ・フォン・ウェーバー
冴えない子爵令嬢として転生した、前世は祓い屋の女の子。ぶっきらぼうな性格だが、見捨てられない性格。
「言ったでしょう。〝知らない方がいい世界もある〟って。知れば知るほどアレらは近くなります」

「ニコラの禁止項目、すごく多いんだよね……」
振り返ればジークハルトは遠い目をして
明後日の方角を向いているので、
白磁の頬を抓ってやる。
一体誰のおかげで十八歳まで生き延びることが
出来たと思っているのか。
「いたた、痛いよニコラ」
「貴方は私に対する感謝と遠慮が足りないんです」
「感謝は本当にしているよ。でも遠慮していたら、
ニコラは全然会ってくれないだろう？」
「接触は必要最低限で問題ないかと」
「ほら。だからニコラ相手には
ちょっと強引なくらいで丁度いいんだ」

祓い屋令嬢ニコラの困りごと

Ito Iino
伊井野いと
Illust.
きのこ姫

プロローグ

華美と優美が、額縁付きでその青年を彩っていた。

すれ違う教師や生徒たちの視線は男女を問わず自然と吸い寄せられ、彼が過ぎ去った後にはその圧倒的な美に対する羨望の吐息ばかりが積み重なる。

千年に一人と噂《うわさ》される、正に完璧な造形美を誇る端正な顔立ち。

弱冠十八歳にしてすでに侯爵位にあり、その上第一王子の最も親しい友人として覚えもめでたい、約束された輝かしい未来。

王立学院生徒会長としての人望。頭脳明晰《めいせき》、文武両道。

〝天は二物を与えず〟などという言葉の信憑《しんぴょう》性を一挙に喪《うしな》わせる、正に神に愛されたその青年に、

[redacted]はただ――。

一章――ひとつ鏡にふたつ貌

1

ジークハルト・フォン・エーデルシュタインが最初に違和感を覚えたのは、思えば数週間前、八月の半ばのことだった。

新入生を迎える準備のため、生徒会役員として他の生徒よりも少し早めに夏期休暇を終えたジークハルトは、新学期が始まるまでの約二週間をそれなりに忙しく過ごしていた。そんな夏の終わりのこと。

個人的な事情から、この年の九月をずっと心待ちにしていた青年は、その待ちに待った九月を目前に浮かれていたのだろう。だからこそ、最初はその小さな違和感を見過ごしていた。

最初はそう、ほんの些細《ささい》なこと。

学内ですれ違う教師や他の生徒会役員たちがジークハルトを見かけると、不思議そうに首を傾げたり、彼らがもと来た方角を振り返ったりするのだ。

だが、自分の容貌が少しばかり特殊である自覚があったジークハルトは、注目されることに慣れ切ってしまっていて。

入学当初ならいざ知らず、三年目が始まろうとする今になっても未《いま》だに見慣れないとでもいうのだろうか、などと見当違いなことを考えていたのだ。夏季休暇を挟んだから仕方がないのだろうか、などと。

だがそんな怪訝《けげん》そうな反応も、夏期休暇が終わるまでの二週間絶えず続きもすれば、流石に何かが可笑《おか》しいと嫌でも気付く。その上奇妙な違和感は、新学期に向けて一般の生徒たちが続々と寮へ戻って来るにつれ、次第に質を変えていった。

とある男子生徒は言う。

「夏季課題、見せてくれてありがとな。さすが首席様、分かりやすいノートで助かった！」

「え？　あぁ、どういたしまして。でも冬期休暇は自分でやるんだよ」

「えー、俺は実家が商家だし、帰省中は家業の手伝いで忙しいんだよなー」

「貴族の子弟だって領地経営の見習いなりやることは多いんだから、条件は一緒さ」

「はいはーい」

軽口の範囲内でやんわりと窘《たしな》めれば、級友は肩を竦《すく》めて気のない返事を返す。

正直なところ、お礼を言いに絡んできたその友人にノートを貸した覚えなど、ジークハルトにはなかった。ただ、他の生徒には貸し出していたために、回し読みでもしたのだろうと、その時はすぐに忘れてしまったのだ。

だが、その日のうちに違和感はまたひとつ。

「あ、会長！　昨日の夕方、資料綴《と》じを手伝ってくださってありがとうございました。新入生全員分はやっぱり骨が折れますね」

「え？　あぁ、お疲れ様。…………ねぇ、それは本当に私だったのかな」

生徒会の後輩はくすりと吹き出して言った。

「またまたぁ！　会長みたいな傾国級の顔面がそうホイホイいてたまるものですか！」

ジークハルトには彼女を手伝った記憶もなかったため、いよいよ不思議だと首を傾げる。何故なら昨日の夕方には、ストックがなくなったインク壺《つぼ》を買い足すために街に出ていたのだから。

彼はその日真っ直《す》ぐに寮の自室に立ち返り、昨日買ったはずのインク壺と併せて買った万年筆がしっかりと文机の抽斗《ひきだし》の中にあることを確認して、さらに首を捻《ひね》ることになった。

そうした身に覚えのない、人伝《ひとづて》に聞く『自身の目撃談』は日ごと二つ三つ四つと積み重なっていく。

それを人から伝え聞くたびに、得体の知れない漠然とした不安がじわじわと実体をなして迫ってくるようで、まだ八月の終わりだというのに薄ら寒い。

新学期が始まる頃には、どうやら自分の形をしたナニカがこの学院内を闊歩《かっぽ》しているのだと、ジークハルトは確信していた。


――あれ？　さっき三階にいらっしゃいませんでしたか？

――花瓶ですか？　あぁ、それなら一昨日会長ご自身が生徒会室に持って来られたじゃありませんか。珍しいですわね、お疲れでいらっしゃるのかしら？

――生徒会業務も忙しそうなのに来てくれてありがとう。人手が足りなかったから助かったよ。

自身の目撃談を聞く頻度は、最初こそ二、三日に一度だったものが徐々に回数を増し、今では一日のうちに何度も聞くほどになって、ジークハルトはいよいよ追い詰められていった。

『自分ではない自分』とは一体何者なのか、何故現れたのか、何が目的なのか。杳《よう》として知れないままに、焦燥ばかりが募っていく。

得体の知れない薄気味悪さがひたひたと己に忍び寄り、真綿で首を絞められるような感覚に、じっとりとした不快な汗が身に纏《まつ》わりつく。

何かしていなければ落ち着かなくて、ジークハルトはより一層生徒会の雑務に打ち込むようになっていった。

2

そうしてようやく新入生の入学式典を終えたその日もまた、ジークハルトは背後から声をかけられた。それは鈴を転がすような少女の声で、決して大きな声量でもないのに凜《りん》として響く。

差し込む夕陽が石畳の回廊を橙《だいだい》に染め上げる中、ジークハルトはぴたりと足を止めた。二年生以上の生徒はこの日は休みで、すれ違う者もない。

「先程は案内してくださって、ありがとうございました。あまりに広くて迷ってしまって……」

またか、と内心では思いながら、ジークハルトは立ち止まる。学内で迷ったのであれば、恐らく新入生なのだろう。

彼女は「先程は」と言ったが、式典終了後には講堂の後片付けがあり、彼は新入生に道案内などしてはいないのだから、またいつもの〝自分ではない誰か〟の仕業に違いなかった。

だが、それを新入生に説明して困惑させるわけにもいくまい。言ったところで得られるのは理解ではなく不可解だけだろう。

「どういたしまし――」

仕方なく笑みを貼り付け振り返りかけて、ふとその声に引っかかりを覚える。

……………なんて、冗談ですが。

少女が続けて零《こぼ》した呟《つぶや》きを拾った瞬間、ジークハルトは恥も外聞もかなぐり捨てた。少女と一気に距離を詰めると、自身よりひと回りもふた回りも小さな体躯《たいく》を掻《か》き抱く。というよりもしがみついた。

「ニコラ……！　本物だ！　会いたかった！」

鼻をすんと鳴らせば、真新しい制服の匂いと彼女自身の甘やかな香りが鼻腔《びこう》に広がる。豊かな黒髪が鼻先に触れてくすぐったい。少女の名前は、ニコラ・フォン・ウェーバー。ジークハルトの年下の幼馴染にして、最愛の女性だった。

常ならば、彼女の声に気付けないなどという情けないミスをするはずがないのだ。改めてジークハルトは、自分がかなり精神的に参っていたことを自覚する。

「相っ変わらずちょっと目を離した隙に、ドン引きするほど厄ネタを引き寄せて来ますね。お憑《つ》かれ様です勘弁してください本当に」

心底呆《あき》れた、面倒くさいと言わんばかりの声音で不機嫌を示す少女に、ジークハルトはどうしようもなく安堵《あんど》する。

これこそが彼女の平常運転で、慣れ親しんだぞんざいな扱いにホッと息をついてしまえば、恐怖はあっという間に霧散していくのだから幼馴染効果は凄い。

「……あぁ本当に、どうして私たちは同じ学年に生まれなかったんだろうね。君の入学をどれだけ待ちわびたか……！」

ジークハルトは口を尖《とが》らせる。

二人の幼馴染の間には、決して縮まらない二学年分の隔たりがあった。

王立学院は十六歳から入学が許可されるため、ジークハルトは彼女の入学を二年間も心待ちにしていたのだ。

「知りません。そんなの十五年前に私をこさえた両親にでも言ってください」

「う……義理の両親になる方々を相手にそれは、流石に言いにくいかな」

「そうなることは未来永劫《みらいえいごう》有り得ないので問題ありません。どうぞ遠慮なく、面と向かって仰ったらよろしい。……というかまだ諦めていなかったんですか？」

「もちろん！」

彼女にしがみついたままガバリと勢いよく顔を上げれば、想像以上に顔が近くにあって、互いに思わず息を呑《の》む。鼻先が触れ合いかねない距離にニコラの顔があって、ニコラは「うぐ近、顔良……目が潰《つぶ》れる……」などと妙な呻《うめ》き声を上げる。

ジークハルトとしてはニコラの深い海色の瞳をもっと覗《のぞ》き込んでいたかったのだが、それが叶《かな》うことは無かった。彼女に乱暴に押し放された上、頭をぐいぐいと容赦なく押さえられて無理やり俯《うつむ》かされたからだ。

「ニコラ、痛いよ」

「あぁもう、こっち見ないでください顔面宝具」

そんな他愛もない小競り合いを繰り広げていれば、いよいよいつも通りの調子を取り戻せた気になって、ジークハルトの口角は久方ぶりに上がる。

それを見届けたからか無関係なのか、ニコラはすんと真顔に戻って口を開いた。

「それで、何なんです？　妙なモノが徘徊《はいかい》していると思えば、いやに見覚えのある顔面を貼り付けているし」

同年代の女性と比べたとしても酷く小柄な体軀のニコラではあるが、腕を組み仁王立ちすれば貫禄《かんろく》と凄みが一段と増す。ジークハルトはおずおずと答えた。

「…………どうやら、私ではない私がいるらしいんだ」

それから、初めて気付いたのは二週間程前であること、次第に目撃頻度が高くなっていることなどを詳《つまび》らかに話す。ニコラはそれを、相槌《あいづち》すら打たずにひたすら黙して聞いていた。

最後に彼女は頤《おとがい》に白く美しい手を添えて「ふぅん」とだけ呟く。

「〝彼〟は私の振りをして、一体何がしたいんだろう……」

愚痴っぽいため息を零して呟けば、一切の表情を削ぎ落としたニコラがこちらをじっと見上げていた。

「真似するだけじゃ、物足りなくなったんでしょう。違いますか？　ねぇ〝何者にもなれない誰かさん〟」

「え？」

ひたりと深く蒼《あお》い双眸《そうぼう》に見据えられ、ジークハルトはトンと指で胸元を押されて僅かによろける。

人通りは相変わらず無い。橙色《だいだいいろ》だった西陽はいつの間にか朱を通り越して赤黒く染まり、石造りの回廊に長い影を落としていた。

二人しか居なかった廊下に、カツリカツリと靴音が響く。三人目の靴音は、ジークハルトの背後から聞こえた。

『ニコラ、そいつから離れて。そいつは偽物だよ』

「……え？」

ジークハルトは耳を疑った。

背後から聞こえるのは、間違いようもなく自分の声だったからだ。しかも、その偽物はジークハルトこそが偽者なのだと言う。言葉の意味が耳と脳を上滑りして、何を言っているのか理解が出来なかった。

「何を言って、私は、私が……」

自分こそが本物。それは本来疑う余地もないはずのこと。

だが、偽物を目撃した学院の誰も彼も、ソレがジークハルトではないと気付くことはなかった。

もしも、ニコラまでもが背後の偽物を本物だと信じてしまえば、偽物になるのは自分の方なのだろうか。

そう思い至ってしまえば、血の気は瞬く間に引いていき、末端から体の芯まで凍えるような心地がして、くらりと目眩《めまい》がする。まるで地面が液状化したように思えて、足元さえ覚束《おぼつか》なくなる。呼吸がだんだんと浅くなっていき、息苦しい。

「ニ、ニコラ……」

縋《すが》るように目の前のニコラを見るも、彼女はジークハルトの方を見てはいなかった。

彼女はジークハルトの背後をじっと凝視して、それからうっそりと笑みを深くする。

恐る恐る振り向こうとすれば、それは他ならぬニコラから伸びてきた手によって引き止められて。

「振り返らないで」

両頬に白く柔《やわ》い手を添えられ小さく囁《ささや》かれて、心臓が跳ねる。普段ならばどぎまぎしていたであろうが、それよりも背後が気になって仕方がなく、素直に喜べない。

「やけにチョロいな……。本物の方を偽物だと疑ってみせれば、ダメ元でおびき出せるかなーとは思っていたんですが、まさか本当に釣れるとは」

ジークハルトの背後を見据えたまま、少女は小さく肩を竦めて「わざわざもう一度捜す手間が省けて良かったです」と呟く。

「そういうわけで、茶番は仕舞いですよ。ごっこ遊びはもう終わり」

ニコラは煽《あお》るように、嘲《あざけ》るように、不敵な笑みを浮かべて彼の背後に向かって言い放った。

だが背後の声は尚《なお》も言葉を重ね、本物は自分の方だと言い募る。

『ニコラ、君は騙《だま》されているんだ――』

「いえ、そんな三文芝居に騙されたりしませんって。だいたいこの人に成り代わりたいなんて、被虐趣味もいいとこなのに……」

彼女は背後の声を乱暴に遮って、やれやれと呆れたように肩を竦めた。ジークハルトはこの時ようやく、ニコラが背後の気配の方を偽物だと判断しているのだと理解する。

「とりあえず、お前にこの人は務まりませんよ。〝ごっこ遊びはもう終わり〟二度も言わせるな」

瞬間、背後の気配がぬるりと禍々《まがまが》しいものに変わった。急激に体感温度が下がっていって、かちかちと歯の根が合わなくなる。

狡《ずる》ィズるィ
いイナぁ、欲シイなァ
そノ居場しョ
ちょウダぃ？

聞こえてきたのは、もはやジークハルトの声とは似ても似つかなかった。

ぶわりと冷や汗が噴き出して、ガタガタと震えが止まらない。

縋るように目の前のニコラを見れば、彼女はジト目ながらも背伸びをして「ハイハイ大丈夫、大丈夫ですから落ち着いて」と雑にジークハルトの頭を撫《な》でる。

だが、想い人に撫でられたところで恐怖の根源たる背後の気配は消え去っていないのだ。

それでも怯《おび》えが収まらないのを見てとったニコラは、心底面倒くさそうに嘆息してからジークハルトの手を取って、ぐいと引き寄せた。

3

「〝ごっこ遊びはもう終わり〟二度も言わせるな」

ニコラが語気を強めれば、年上の幼馴染の姿を象《かたど》ったソレの姿は瞬く間に不安定になって、ニコラは薄く笑う。軽く煽るだけで姿を保てなくなるあたり、随分と小物らしい。先程まで人型だったものは、今やドロドロとした黒い靄《もや》の集合に成り下がった。

これなら祓うとしてもそう手間はかからないだろうなと警戒を緩めれば、目の前の幼馴染からぎゅうっと手を握り込まれる。

靄から目を外してジークハルトを見上げれば、捨てられた子犬のような目とかち合ってしまって、ニコラは「んぐ」と口を引き結んだ。

癖のない、長く美しい銀髪。

しみひとつない白皙《はくせき》の肌と、端麗を極めた目鼻立ちは、怯えた表情でも何一つ損なわれることはない。

造形の女神の寵愛《ちょうあい》を一身に独占しているような傾国級、絶世の美男子の潤んだ涙目。ニコラは昔からこれに弱かった。

大丈夫だと宥《なだ》めてやっても尚、真っ青なまま震え続ける年上の幼馴染に、ニコラは舌打ちを呑み込んで深い深いため息を吐く。それから渋々と、握られた手ごとジークハルトを引き寄せて、その身体を抱きとめた。

「えっ、ニ、ニコラ⁉」

本物の方を偽物だと疑う素振りをして見せれば、偽物をおびき寄せることが出来るかもしれない。そう考えたのは本心だった。古今東西、凡《およ》そのドッペルゲンガー的怪異の目的は、本物に成り代わることだということを、ニコラは知っていいたから。

だが、自分ではない偽物の出没に怯えている人間に対して、打ち合わせも前振りもなしに本物かどうかを疑ってみせるのは、少しばかり配慮が足りなかったかもしれない。偽物を捜し出す手間を惜しんだ自覚がある分、ニコラはきまりが悪かった。

だからこれは、ちょっとした謝意を込めたショック療法。荒療治であって、他意はないのだ。

心の中でそう言い訳をしながら、そっと幼馴染の細身ながらも引き締まった身体に腕を回す。

小さな子どもを安心させるように、トントンと背を叩《たた》いてやれば、その効果は有り余るほどで。ニコラの腕の中で、怯えなどそっちのけで耳まで真っ赤になりあたふたと狼狽《うろた》えるジークハルトを見れば、やりすぎたかなと思わないでもない。

後の面倒臭さを予見して早くも後悔しながら、ニコラは再び偽物だった靄に目を移した。

「で、お前。真似をして周りを騙すだけなら、まだ可愛げがあったのに。本物に成り代わりたいと願うのなら、流石に見逃せないけど？」

少しばかり力を込めてソレを睥睨《へいげい》すれば、靄は怯《ひる》んだように距離を取ろうと藻掻《もが》いて廊下の奥へと逃げようとする。

「ここを出て行くか、この場で存在ごと消し飛ばされるか。ねぇ低級、好きな方を選んでいいよ」

左腕はジークハルトの背に回したまま、右手は人差し指と中指を立てた刀印を結び、つーっと横一線に薙《な》いでみせれば、先程人型であった頃には首だった辺りで靄は二つに分断される。

切り離された頭側はサラサラと塵《ちり》になって消え、残った靄はキュキュキュッと縮み上がってこぶし大の球体になった。

球体は宙に浮きながら怯えるように小刻みに震えるので、ニコラは眉根にしわを寄せる。

「そんなに震えないでよ、私が悪者みたいじゃないですか。あはは、出て行くなら祓ったりしないのに」

ぴるぴると震える、意外にもツルリと光沢のある表面の球体を人差し指でくいくいと呼び寄せる。

ビクビクと震えながらも手の届く距離まで近付いたソレを、ニコラはそのまま躊躇《ちゅうちょ》なく鷲掴《わしづか》みにして、ポイッと窓の外に放り投げた。

ソレはニコラが腕に込めた力以上の飛距離でピューっと遠ざかって行く。

「わ、すんごい飛ぶじゃん」

右手を敬礼のポーズのようして目元に添え、その行く末を見守ってみるも、結局黒い球体は地に落ちることなく彼方《かなた》へ飛んで行き、やがて夕闇に紛れて完全に見えなくなった。

球体が戻って来る気配がないことを見届けたニコラは、ジークハルトの背に添えていた左手でその背中を掴《つか》み、ベリッと容赦なく引き剝がす。

「はい、終わりましたよ」

黒い靄は、無意識に人の負の感情が漏出したモノ。

一人一人からは僅かな感情が滲《にじ》み出ただけだとしても、大多数が似たような感情を抱いていれば、似たようなモノ同士で集まり収束するのだ。塵も積もれば山となる。

今回の場合は、大多数の人間が同一の人物に向けて、憧憬や羨望、嫉妬といった似たような感情を抱いていたこと、それが数年という時間をかけて凝り固まり、実体と自我を得てしまったこと。これが大方の顚末《てんまつ》なのだろう。

学院には無数の生徒がいるにもかかわらず、感情の向かう先がただ一人の人物だという事態がそもそも珍しく、本来であれば滅多なことでは実体を持つまでに至らないのだから、地位も人望も兼ね備えた傾国級の美貌とは恐ろしい。

だが、ああいった類は感情の供給源から離れてしまえば直に消滅するので、あとはアレが学院に寄り付かなければ何の問題もなかった。一件落着といえる。

「さっきのは……？」

「あれだけ脅せば戻って来ないでしょう。もう偽物は現れませんよ」

はぁーと安堵のため息をつくジークハルトの目元には、よく見れば色濃い隈《くま》がある。最近はあまり眠れていなかったのだろう。

ジークハルトは、男性らしくやや筋張った手でニコラの手を取りそっと包み込んだ。

「ニコラ、本当にありがとう。いつもごめんね」

いいえ、とニコラは小さく会釈するに止《とど》める。

類まれなる美貌を持って生まれたジークハルトは、望んでいなくても様々なものを惹《ひ》き付けるのだ。それは人も、人外も問わず。それに関して彼に非はない。

目を離せばすぐにでも死んでしまいそうな人間を前に、見捨てることが出来ないのはニコラの性分であって、これもまた彼に非がある訳ではないのだ。故意に巻き込まれているのではない事象について詰《なじ》るほど、ニコラは人でなしではない。

二人は石畳の回廊を並んで歩き出す。

「ところでニコラ。今晩は昔みたいに一緒に寝てくれないかい？」

しかし、突拍子もない発言に関してはその限りでは無い。ニコラは絶対零度の瞳で睨《ね》めつけた。

「馬鹿なんです？　あぁ馬鹿なんでしたね」

「だって、ニコラを抱き締めていれば金縛りもないし、安眠出来るから……。それにさっきはニコラから抱き締めてくれたじゃないか」

「あれはショック療法です。それに、ここはお互いの屋敷じゃないんですから。男子寮に女を連れ込む気ですか？　生徒会長が？」

うぐ、とジークハルトが唸《うな》る。流石にこの甘えたな幼馴染も、その程度の理性と常識はあったらしい。だが彼は、それでも、と珍しく食い下がった。

「空き教室で、仮眠だけ。……駄目、かい？」

見れば、その足元は僅《わず》かに覚束ない。

先程も、ニコラがトンと指で押しただけでよろけていたのを思い出して、どうやら本当に限界が近かったのだと気付く。

ニコラは片眉を上げて、肺の中の空気を全て押し出す勢いでため息を吐いてから、渋々と「今日だけですよ」と唸った。

手近な教室に入り適当な椅子に座れば、あろう事かジークハルトはニコラの膝に頭を乗せて胴に腕を回す。流石にそこまでは許してないと振りほどこうとして、ニコラはくぐもった声に動きを止めた。

「私は、いつまでたっても怖がってばかりで情けないね……」

「…………怖がるのは防衛本能です。恐怖は危険から正しく守ってくれるもの、怖いもの知らずよりよっぽどマシです。貴方はちゃんと、怖がってください。怖がらないと駄目なんです」

誰だって、未知のものは怖い。それは理屈ではない、本能的な恐怖であって、正当な反応なのだ。本人の意思にかかわらず、天性の美貌に恵まれたジークハルトは人も人外も魅入らせてしまう。それはとても憐《あわ》れなことだとニコラは思っている。

こんな人間に成り代わりたいなどと考えた先程の怪異は、まさに被虐趣味という他ない。

ニコラの言葉に、胴に回された腕の力がふっと緩む。

「そうやって、ニコラだけは私の弱さを許して認めてくれるから、私は救われているんだ………」

室内はひどく静かで、後には膝の上で眠る男の寝息ばかりが低くおだやかに響く。

ニコラのお腹に顔を埋《うず》める寝顔は普段よりも幾分と幼く見える。窓の外はすっかり日も落ちて暗くなっていた。

「あーもう」

振り落とすタイミングを逸してしまったことに気付いたニコラは、本日何度目か分からないため息を吐いて、ふてぶてしく机に頬杖《ほおづえ》をついた。

ニコラのちょこっとオカルト講座①

【ドッペルゲンガー】

『独：Doppel』は「生き写し、コピー」という意味を持ちます。Doppelgängerとは、その名の通り『自分と全く同じ姿形をした、歩く者』の意。

身に覚えのない自分の行動や、存在するはずのない場所に居た、などという目撃談。それらが他人の口から語られるうちは、まだ大丈夫なんですけど、ね？　ソレがもしも、自分の目の前に現れたのなら……。

死の予兆だとか、自分の存在や居場所を乗っ取られてしまったりだとか、悪い話には事欠かきませんよね。

二章――rushing to one's doom.

1

ニコラ・フォン・ウェーバーは、人より少しばかり数奇な人生を送っていた。具体的にいえば、前世の記憶を持ったまま、異世界に生まれ直すという経験をしたのである。

彼女は元々、日本という小さな島国で生まれ育ったのだが、彼女は生まれつき〝視《み》える〟側の人間だった。決して妙なクスリで幻覚を見ていた訳ではない。ただ人より感受性が強かったが故に、人ならざるモノたちがよく視えてしまった。それが彼女にとっては当たり前の世界だったのだ。

そんな彼女は偶然にも同じモノを視る人間と出会い、才能を見出され、やがて人ならざるモノたちと対峙《たいじ》する術を学ぶことになった。そして、最初こそ自衛のために学んでいたはずのソレは、気付けば生業《なりわい》となっていて――その仕事中に、まさかの殉職をする羽目になったのだった。

『祓い屋』という、妖怪、幽霊、都市伝説、呪い、その他諸々の人智《じんち》を超えた人外のモノに対する専門家。

彼女がその、少しばかり他人に説明することが憚《はばか》られる職業を生業としたのは、ひとえに彼女にはそこそこの適性と才能があり、また危険手当と言わんばかりに給金が良かったことが理由に挙げられる。それはもう、一般的なＯＬなど目ではない程に羽振りは良かったのだ。

だが、若い身空で死ぬ羽目になったことを思えば、後悔が全くないとも言い切れなかった。

彼女が最後に覚えているのは、噎《む》せ返るほどの血の匂いと獣臭、壁や床一面に描かれた赤黒い血文字の文様。

一般に、動物の血を使用することは邪法も邪法なのだ。動物の恨みを買う上に、運が悪ければ神の怒りも買うためだ。彼女はそんな邪法に意図せず巻き込まれてしまったらしかった。

依頼を受けた彼女が呼び出されたのは、何らかの儀式を行うための部屋だったのだろう。部屋一面に描かれた血文字に身体がすくんだ一瞬に、彼女は背後から鈍器で頭を殴られた。

がつんと揺れる視界、頭蓋がめり込む感覚。急速に遠のく意識のなか、最後に目に入ったのは『贄《Opfer》』を意味する単語だった。

そこそこ強い霊力を持っていた彼女は、さぞや良い供物になったのだろう。

享年二十六歳。そうして彼女はニコラ・フォン・ウェーバーと相成った。

そういう経緯を経て、気付けばヨーロッパ風の異世界に、しがない子爵家の子女として生まれ変わったニコラだったが、何せ幼児期は出来ることも少なく退屈の極み。今となっては記憶も曖昧である。

例えるなら、一度読んでしまった特に好きでもない小説を、もう一度飛ばし読みするような感覚。

世界観こそ大幅に変われど、子どもの成長過程に大きな差異などないのだから仕方がない。

だからこそ、ぼんやりと過ぎていくニコラとしての人生の中で、最も初めに、そして鮮烈に記憶に残ったのは、とある侯爵家の嫡男との出会いだったのだ。

◇

ある日、ニコラはどこぞの伯爵家子息の誕生パーティーに、両親共々招かれた。

それはその日の主役たる伯爵の子息と同年代の、五歳から八歳頃の子どもを持つ様々な位階の貴族を集めたパーティーだったのだが、親は親でそれぞれ人脈作りに忙しい。

子どもは子ども同士で、と早々に広い庭園のガーデンテラスへ追いやられた子どもたちは、それはもう動物園もかくやという程に姦《かしま》しくはしゃぎ回っていた。だが当然ながら、人生二周目のニコラは幼児と同じ熱量で駆け回ることなど出来ない。

どっと気疲れしてしまった彼女は、トイレを借りようとして迷った体で時間を潰《つぶ》そうと考えて、こっそりと庭園を抜け出したのだ。

ちなみに余談ではあるが、この世界の下水道事情は割と安定していて、トイレなども問題なく整備されている。これはこの世界がヨーロッパ風の異世界だと判断した理由のひとつに挙げられるのだが、ニコラは生まれ変わってからこのことに最も安堵《あんど》した。ヨーロッパの貴族社会におけるトイレ事情が劣悪だったことは有名な話だ。――閑話休題。

さて、そういう訳で邸内に潜り込んだニコラは、きょろきょろと人目を気にしながら深い臙脂《えんじ》色のカーペットの上を歩いていた。使用人などに見つかってしまい、トイレまで案内されてすぐに庭園へ連れ戻されるのでは、意味がない。

注意深く人の気配を探っていた彼女は、だからこそソレに気付いてしまった。

カーテンが不自然に盛り上がり、微《かす》かに動いているのだ。

よくよく見れば、カーテンの裾からは子どもの足が覗《のぞ》いている。急病人だとしたら、流石に無視するのは寝覚めが悪い。

「あの……？」

「ッ！」

ペラりとカーテンを捲《めく》れば、そこには銀糸の髪を振り乱してしゃがみ込み、頭を抱えてガタガタと震える子どもがいた。そして、アメジストの瞳を濡《ぬ》らしてニコラを見上げるその子どもを見た瞬間に、ニコラは二重の意味で絶句したのだ。

その子どもの容貌は、前世と今世を合わせたとしても目にした事が無いほどに『完璧』だった。

文字通り瑕疵《かし》の無い、黄金比と言わんばかりに完璧な造形美を持った、天使と見紛う美少年を前に、ニコラは言葉を失ってしまい、時が止まった。

そして同時に、視界に飛び込んでくる天使の背後にもまた、息を呑《の》んだのだ。

それは、控えめに言って地獄。天使は地獄を背負っていた。

その少年は、前世の記憶を総ざらいしたとしても類がない程に、おぞましい妄執、死霊、生霊、動物霊、妖精その他諸々エトセトラエトセトラを背後に引き連れていたのだから。

死霊と生霊のキャットファイトなど、出来ることなら一生拝みたくなかったのだが、少年の背後ではそれがダース単位で巻き起こっていて。

「うわぁヤッバ……えっぐ……」

語彙が溶けるほどの衝撃。

思わずそんな声が漏れたのは致し方ないことだろう。相手の身分などを考慮する余裕もなく、ニコラは呆然《ぼうぜん》と呟《つぶや》いた。その神がかった造形美と、少年の背後の治安の悪さは筆舌に尽くし難く、彼女はしばらく思考を停止させた。

「あ、あの……？」

しばらくして、怖々と声を上げる絶世の美少年にようやく正気に戻ったニコラは、改めて目の前の少年を観察する。見たところ、その身体はふた回りほどニコラより大きい。パーティーの趣旨を考えると、七、八歳くらいだろうか。

ニコラは何かしら言葉を返そうと口を開くが、何を言ったものかと迷う。

逡巡《しゅんじゅん》すること幾ばくか。咄嗟《とっさ》に口をついて出たのは、問診のようなものだった。

「あー、えっと。耳鳴りや頭痛、肩こりはありますか？　……いやその、耳がキーンと鳴ったり、頭が痛かったり、肩が重かったり、とか……」

今にして思えば、確実に五歳児幼女の台詞《せりふ》ではない。

推定七、八歳の子どもにも分かりやすく言い直せば、少年はただでさえ大きな瞳をさらに零《こぼ》れんばかりに見開いて、おずおずと頷《うなず》く。

「誰もいないのに、見られているなーと感じたり、声が聞こえたり……。あとは物が勝手に動いたり、無くなったり、とか」

子どもは首が取れそうなほどにぶんぶんと縦に振った。眦《まなじり》から零れた涙がその勢いに散って、窓から入る陽光をきらりと反射させる。

「あー、ウン。デショウネ……」

ニコラは遠い目をして棒読みで相槌《あいづち》を打った。

恨み辛《つら》み妬み嫉《そね》み僻《ひが》み、愛憎憧憬ごった煮、闇鍋の渾沌《カオス》。

それ程のものを背負っていれば、どんなに鈍感で霊感皆無であっても、何も感じないということは有り得ないだろう。恐らく身の回りは霊障のオンパレード。同情しか抱けない。

少年は、ニコラよりは年上のようだが、前世の記憶がある彼女からすれば、憐《あわ》れな幼い少年だった。老婆心から、ニコラは人差し指を口許《くちもと》に添えて「秘密ですよ」と囁《ささや》く。

それから、すぅ、と大きく息を吸い込んだ。

『かしこみかしこみも白《まお》す、諸の禍事罪穢《まがごとつみけがれ》有らむをば、祓《はらえ》へ給清め給へと白《まお》す事を聞こしめせ』

言葉にはそれぞれ意味があり、声に霊力を乗せることによって、それは意味通りの効果を持つ言霊となる。とはいえこの祓詞の願う対象は本来、日本の記紀神話の中の神々であって、恐らくこの世界にはおわせられない。転生後に祓い屋としての術を使うのも初めてのこと。

効果があるかは五分五分だろうなと思いながらも目を凝らせば、幸運にも渾沌の一割ほどが消し飛んでいくのが確認できる。恐らくそれはニコラの純然たる霊力と言霊の効果であって、やはり世界を跨《また》いだ分、効果は相応に弱まってはいるらしい。

だが、前世の全盛期からすればほんの微力ではあれど、効果があることは確かだった。ニコラは本腰を入れるために改めて少年へと向き直る。何せ、数が膨大なのだ。一つ一つは吹けば飛ぶような低劣なものなのだが、その数は頭が痛くなるほど夥《おびただ》しい。

「あーもうキリが無いな！　祓へ給へ清め給へ祓へ給へ清め給へ祓へ給へ清め給へ祓へ給へ清め給へ祓へ給へ清め給へ祓へ給へ清め給へ……………」

時に少年にへばりつく生霊を素手でちぎっては投げ、ちぎっては投げ、ひたすら無心に唱え続けること十数分。ようやく少年の背後がスッキリする頃には、口の中はパッサパサに乾き切っていた。

ニコラは仕上げとばかりに少年の背中をぽんと叩《たた》く。

大仕事を終えた気分で、庭園に戻れば飲み物が用意されていたはずだと踵《きびす》を返そうとすれば、くんっと衣が引っかかったような感覚に阻まれる。

見れば、天使がきゅっとニコラのドレスの裾を掴《つか》んでいる。

「ねぇ君の名前はっ⁉」

「うわ眩《まぶ》しっ」

美少年は、えげつないほどに整いすぎた顔面をきらきらと輝かせて身を乗り出す。

「名前なんてありませんさようなら！」

厄介事の気配を感じたニコラはそう叫ぶや否や裾を振り払い、全速力で駆け出した。

そこで縁は途切れた――はずだったのだ。

だが、のちにエーデルシュタイン侯爵家の嫡男だと分かるその少年は、ニコラの見た目からあっという間に彼女の姓名を特定し、正式に侯爵家を通して遊び相手になるよう申し入れしてくることになる。

吹けば飛ぶような弱小子爵家に侯爵家からの申し入れを断る権利などあるはずもなく、ニコラは泣く泣く身分違いの幼友達として、彼と関わり続けることになったのだった。

2

「あー、いやに懐かしい夢を見た気がする……」

低血圧でぼんやりとする寝起きの頭を冷水で無理やり叩き起こして、ニコラは寝癖が奔放に跳ねる髪をブラシで無理やり撫《な》でつける。

鏡を見れば、人並みに艶艶しい癖のない黒髪と、十人並みの凡庸な顔立ち。

瞳の色は光の加減によっては藍色に見えなくもないが、碧眼《へきがん》からアンバーまでカラーバリエーション豊富な世界観からすれば、稀少《きしょう》さを主張するまでもない。

ニコラは前世と今世の経験則をもってしても、人生は見目が良いに越したことはないと考えていた。だが、ジークハルトに出会ったことで、その考えは百八十度変わってしまった。

「ビバ中庸。平凡って素晴らしい」

そして一人、ビバなんて死語かと自嘲する。残念ながら、この世界にはツッコミを入れてくれる人間などいないのだ。

だが何はともあれ、凡庸な見目に産んでくれた今世の両親には感謝しかない。鏡の前で最低限の身支度をして、ニコラは女子寮の自室を後にした。


――ダウストリア王国王立学院。

ニコラが入学したその学府は、王侯貴族から有力商家の子弟子女が通う、男女共学の教育機関だった。

未婚かつ名家の子女たちが文化的な教養を身に付ける、前世のヨーロッパにおけるフィニッシング・スクールと、全寮制の寄宿学校であるボーディングスクールが融合したようなその学府は、流行の最先端を追いかけたい貴族階級と、パトロンを見つけたい商人階級の交流の場であり、未《いま》だ婚約者がいないもの同士のマッチングの場でもあるらしい。

学院の基本理念は『学内において貴賤《きせん》はなく、等しく学徒たれ』というもので、身分を超えた交流も盛んだというのは昨日の入学式典で嫌というほど聞かされた話だった。実際、交友関係自体はかなり自由らしい。

「おはよう、ニコラ！　昨日ぶりね」

女子寮から本校舎に向かう途上で、背後から声をかけられ振り返る。

「おはようカリン」

「あら、貴族のご令嬢ってみんな、御機嫌ようって挨拶するのかと思ってた！」

悪戯《いたずら》っぽくクスクスと笑う少女にニコラは苦笑する。

ニコラの生家は、公侯伯子男という爵位の序列の中では下から数えた方が早いのだ。常日頃から上流階級ムーブメントをかませという方が無理がある。

「人によるんじゃない？」

「そんなもの？　でも、付き合いやすそうなお貴族様とお近付きになれて良かった！」

カリン・シュターデンはそう言って人好きのする笑顔で笑った。昨日の入学式典で席が近かったというだけの縁だが、出身が商家なだけあり闊達《かったつ》そうな性格が好ましい。

彼女は豊かな赤毛と制服を翻して、軽やかにニコラと並ぶ。

翻るのは、ニコラが着ているものと同じ、滑らかな手触りの濃紺の制服だ。ハイウエストで切り替えのついた、ミモレ丈のワンピースタイプ。

メインストリートですれ違う男子学生は、燕尾服《えんびふく》の延長といった仕立ての制服を身に纏《まと》う。

そんな、ざっくりとした見立てでは十九世紀のヨーロッパのような世界観の割に、時代にそぐわない服飾の潮流や男女共学の教育機関。

十九世紀にしては時代錯誤なものもあれば、進みすぎているものもある、よく分からない世界線。

いよいよ異世界らしく、ちぐはぐな違和感があるが、少なくとも西洋文化がベースであることだけは間違いない。

例えば相槌や愛想笑いといった、日本人がついやりがちな仕草などは、この世界においてはマナー違反になることもあるので注意が必要だった。

「それにしても、随分と機嫌が良さそうね？」

ニコラの隣を歩くカリンの足取りは、今にもスキップに変わりそうなほどに軽い。

「あっ、よくぞ聞いてくれました！　朝から、銀の君と金の君のお姿を見れたの！　遠目にちょこっとだけだったけどね！　だから幸先いいなーって！」

目をキラキラと輝かせるカリンに、「あー」とニコラは何とも形容しがたい表情になる。

「待って、それどういう表情？」

「いいえ、続けてどうぞ？」

『銀』は年上の幼馴染を形容する代表格なので、薄々察する。だが、『金の君』というのは知らなかった。

「銀の君は昨日の式典で見たから分かるでしょ？　文武両道、傾国級の美形で、学院の生徒会長、エーデルシュタイン侯ジークハルト様。金の君は、そんな銀の君と並び立っても唯一霞《かす》まない、この国の第一王子、アロイス殿下。お二人は一番仲の良いご学友なんですって！」

「へ、へぇ……」

『傾国』もまたジークハルトを形容する代表格ではあるが、改めて聞くと、男で『傾国』とはこれいかに。だが、熱弁するカリンを前には藪蛇《やぶへび》かもしれないと、その疑問はそっと胸の内に留める。

カリンは頬を赤く染め上げた物憂げな表情で、ほぅとため息をついた。

「在学中に、一度でもお茶をご一緒する機会があったら、末代まで自慢できるのになぁ」

「そういうもの？」

「そういうもの！」

どうにもミーハーの気があるらしいカリンは緑がかった灰色の目を細めて、自信満々に頷いた。

だがまぁ、確かに、

「……アレの隣で霞まない人間は、ちょっと見てみたいかも……？」

「ね！　でしょう!?」

これが俗に言う『フラグ』だったのだとニコラが気が付いたのは、その僅《わず》か数時間後。その日の午後のことだった。

3

放課後になり、生徒たちは部活動や茶会にと各々自由に過ごす時間帯に、ニコラは一人、剣呑《けんのん》な面持ちで廊下を闊歩《かっぽ》していた。

チェス盤を抱えた男子生徒や連れ立って歩く女子生徒数名がすれ違いざまにニコラを二度見するも、ニコラは一切気にすることなく足早に歩く。

目的地は生徒会室。面倒ごとは早く終わらせるに限るのだ。

昨日ニコラにしがみついて、たっぷり二時間ほど熟睡したジークハルトは「今日のお詫《わ》びもかねて、渡したいものがあるから明日の放課後は生徒会室に来てほしいな」と別れ際に告げた。

そして「すっぽかしたら寮まで迎えに行くからね」と、無駄に煌々《きらきら》しい顔で念押しまでされてしまったのだ。

さすが十年来の付き合いともなれば、思考が読まれていると、ニコラは顔を顰《しか》める。

だが、衆人の目を集めてやまない『銀の君』が、一介の子爵令嬢を女子寮にまで迎えに来るなど厄介事の火種にしかならないのだから、残念ながら自主的に出頭する他に道はない。

マホガニーの重厚な扉を前に、ニコラはコンコンコンコンと四回ノックする。

これはこちらの世界に来て初めて知ったことだが、日本人がやりがちな二回のドアノックは、西洋ではトイレノックにあたるため、失礼とされるらしいのだ。

「ニコラ・フォン・ウェーバーです。失礼します」

無駄に拳に力が入ったのも、やや険のある声音になったのも知ったことではないと雑に扉を押し開けてから、ニコラは早速後悔する羽目になった。ジークハルトしか居ないと思っていたのに、他にも人影があったからだ。

ジークハルトの隣には、その銀髪と対照的な、金色の髪の青年が立っていた。

そして、一目見てこれが『金の君』なのだろうと予想がついてしまい、ニコラは今朝の自分の台詞を思い出して、軽はずみにフラグを立てるのではなかったと猛省する。

ジークハルトの隣で霞まない人間などかなり稀少なのだ。分からないわけがなかった。

「ようこそニコラ。そしてこちら、アロイス殿下だよ」

うげっと引き攣《つ》りかける表情筋を、ニコラは気合いで抑え込む。

「やあ、初めまして、ニコラ嬢。僕はアロイス・フォンクライスト＝ダウストリア。公式の場じゃないし、堅苦しいのは無しにしよう！」

人懐っこそうな笑顔で、アロイスは右手を差し出した。

だが相手は仮にもこの国の第一王子だ。言葉通りに受け取っていいものか迷ってジークハルトを見上げれば、幼馴染は肯定するように頷く。それならばと、ニコラはアロイスの手を取って再度形だけ名乗った。

「ほら見てよ、ジークに〝殿下〟なんて久しぶりに呼ばれて、鳥肌立っちゃった」

「奇遇だね、私も背筋がぞわぞわしたよ」

けらけらと笑うアロイスに、肩を竦《すく》めるジークハルト。どうやら噂《うわさ》通り、本当に気の置けない関係らしい。

「さぁ、ニコラもこっちにおいで。庭にアフタヌーンの支度をさせてあるんだ」

ニコラはジークハルトに手を取られて、無様にたたらを踏む羽目になる。

「ちょ、私は受け取るものを受け取ったらさっさと帰り……」

渡したいものがあると言うから来たのだ、長丁場になるとは聞いていない。

高貴な身分の第一王子も、面識のない凡庸な小娘と同席したくなどあるまい。そうアロイスを見遣《みや》れば、ニコラの思いとは裏腹に、鬱陶しいまでに爽やかな笑顔を向けられる。

「まぁまぁそう言わずに！　僕、ずーっと君と話してみたかったんだよね。ジーク最愛のニコラ嬢とさ！」

なんだその語弊と波乱を呼びそうな称号はと、ニコラはくわっと目を剝《む》く。

背後に回ったアロイスにぐいぐいと背中を押され、前からはジークハルトに手を引かれて、ニコラは今度こそひくりと頰が引き攣った。

4

幼馴染であるジークハルトは兎《と》も角、流石に第一王子を無碍《むげ》には出来ずに、あっという間にバルコニーまで案内されたニコラは猫足の円卓を囲むアンティークな椅子に座らされた。

アロイスは何が可笑《おか》しいのか「あはは！　表情隠し切れてないってばニコラ嬢！」などと笑うので、余計に憮然《ぶぜん》とするしかない。なんだか随分と軽いノリの王子だった。

三段のケーキスタンドに用意された可愛らしいお菓子も、ハイブランドの紅茶も確かに文句無しに美味しい。だがどうしても胸焼けしてしまうのは、間違いなく眼前の美形たちのせいだろう。

長く透き通る銀髪をサイドに流して緩く括《くく》るジークハルトは、相も変わらず完全無欠の造形美で、羽根でも乗りそうなほどに長い銀の睫毛《まつげ》がアメジストの宝玉を縁取る。そんな睫毛が落とす影が、艶めかしい紫の瞳に扇情的な一差しの色を加えるのだ。花の顔《かんばせ》は今日も今日とて状態が良いらしい。

一方で、アロイスはやや癖のある金髪に翡翠《ひすい》色の瞳、そして童顔寄りながらもすっきりと通った目鼻立ち。典型的な甘いマスクの『王子様』を地で行く彼もまた、ジークハルトには劣るものの、十二分に整った顔立ちだった。

比較対象が絶世の麗人であるため、比べるとどうしても若干見劣りはしてしまうが、アロイスもまた、単品で見れば余裕で美形に類する。

優美さか愛らしさか、ジャンルが全く違う分、ここまでくればもはや好みだろう。金銀と対比させたくなるのが分からなくもない程に、二人は対照的だった。

幼馴染はとろりと蜂蜜のような甘ったるい表情を、ただ紅茶を飲んでいるだけのニコラに向ける。何が良いのかさっぱり理解出来ないものの、これに関してはいつものことなのでニコラは無視を決め込んだ。

問題は、アロイスから向けられる視線だった。彼は新しい玩具を見つけた猫のように、好奇に満ちた目を向けてくるのだ。

陽光を弾いて無駄に輝く金と銀の髪も、双方から向けられる視線も煩わしく、ニコラの眉間にしわが寄る。

「……まず前提として、先の不名誉な表現について訂正させてください。確かにジークハルト様の幼友達の役は仰せつかりましたが、別に婚約関係にあるわけでも何でもありません。誤解を招きかねない表現はやめて頂きたく」

視界の端でしゅん……と悄気《しょげ》るジークハルトが映って不覚にも「ヴッ……顔が良すぎる……」と呻《うめ》き声が洩《も》れるが、気にしては負けであるため黙殺する。ジークハルトはニコラがその表情に弱いことを知った上で、敢《あ》えてやっているに違いないのだ。

それに、口を尖《とが》らせて小さく呟く内容は全くもって可愛くない。「婚約はこれからするから問題ないんだよ」と言われても、ちっとも言葉の意味が分からない。

侯爵閣下といち子爵家の娘が結婚などどう考えても有り得ないだろうにと、ニコラは白けた目を向ける。

「うんうん、へぇ、そうなんだ？　でも、たとえ一方的だとしても、ジークにとって最愛であることは変わらなくない？」

「だから――」

「あ、そうだニコラ。今日の本題なのだけれどね」

今度はジークハルトがニコラの言葉を遮る。

ここには人の話を聞かない奴しかいないのかと青筋を立てかけて、なんとか咳《せき》払いで溜飲《りゅういん》を下げる。相手がジークハルト一人ならいざ知らず、第一王子もいるのだ。代わりに眉間のしわがさらに深くなった。

「はいこれ、渡したかったもの。日頃の感謝と入学祝いもかねてね。開けてみて」

ジークハルトから手渡されたのは、丁寧に包装された長方形の箱だった。

言われるがままに包装を剝がし、箱の蓋を開ければ、シンプルな一本の万年筆が収まっている。

そっと手に取って翳《かざ》して見れば、それは実に品の良い、名のある職人の手によるものと分かる一品だった。

深い紺碧《こんぺき》とそれを縁取るシルバーの絶妙なコントラストは惚《ほ》れ惚《ぼ》れするほど美しく、確かにニコラの好みにも合うものだ。だがそれを差し引いても余りある程に「高そう」という感想が先に来る。

「こんな高価なものに釣り合う返礼なんて出来ませんから。受け取れません」

そう言って返そうとすれば、逆にその手を包み込まれた。

「高価でなくていいんだ。ニコラの手作りってだけで価値があるんだよ。だから、いつものあれをくれないかな？」

小さく首を傾げる仕草はあざとい。ニコラはぐぬぬと唸《うな》る。

「ほら、前に貰《もら》ったものはもう香りがなくなってしまったんだ」

ごそごそとジークハルトが首元から取り出したのは小さな紗《しゃ》の生地の匂い袋《サシェ》だ。

首から下げられるようになったそれは、前世の知識を活かして作ったニコラのお手製で、ちょっとした魔除け道具だった。

だが、つい二ヶ月前に郵送したはずのそれは、見る者が見れば一日で既に効力を失っていると分かる。確かに効力が無くなったのならば、どのみち渡さなければならないものではあるが。

ニコラは苦虫を嚙《か》み潰《つぶ》したような顔で、渋々とポケットから新しい匂い袋《サシェ》を取り出した。

今回の中身は乾燥させたウィステリア、それからほんの少しの白檀《サンダルウッド》を混ぜたもの。ウィステリアの和名は藤で、魔除《まよ》け・厄除けの効果を持つ花だ。

だが匂い袋《サシェ》自体も、消耗品であるので布の端切れを使っているし、ウィステリアの花も自生しているものから採取した。原価は殆《ほとん》どゼロに近い。

それでも、ジークハルトは顔を輝かせて、さも嬉《うれ》しそうに、大事そうにそれを受け取るので、ニコラはぎざぎざと口を引き結ぶ。

高価なものへの返礼の品が原価ゼロというのは、何とも居心地が悪くて仕方がないのだ。

そんなジークハルトを見て、アロイスは興味津々と言わんばかりにしげしげと匂い袋を覗き込む。

「へぇ、これそんなに良いの？」

「ニコラの手作りだから嬉しいんだよ。いや効果もすごいけれど」

「それ自体にたいした効力はありませんよ。気休め程度です」

「いやいや、効果もすごいよ？　…………今回も香りがなくなった瞬間にアレが現れたし」

小言でぼそり付け加えられたアレというのは、昨日ニコラが放り捨てたドッペルゲンガー的怪異のことだろう。思い出してしまったのか、僅かにその玉顔が翳《かげ》る。

「……そうですか」

謙遜ではなく事実気休めにしかならない品なのだが、まぁ効果が全く無いと言われるよりは良いだろう。照れ隠しから、口調は余計にぶっきらぼうになった。

ふとアロイスの視線を感じて目を向ければ、彼はおもむろに円卓に両肘をついて手を組み、その上に顎《あご》をのせる。エメラルドの双眸《そうぼう》がじーっとニコラを見つめた。

「それで、ジークの不思議お助け人さん。ジークが時々巻き込まれてる不思議現象って、何なのかな？」

マカロンに伸ばしかけた手がピクリと止まる。まさか喋《しゃべ》ったのかと、咎《とが》めるようにジークハルトを睨《にら》めば、ぶんぶんと首を振り否定される。

「ううん、ジークは何も言わないよ。でも僕、好奇心旺盛なんだ、隠されると余計に気になっちゃうんだよね」

まるで鼠《ねずみ》を追いつめた猫のように、アロイスはにっこりと笑う。

それに対して、ニコラもまた真っ向からにっこりと笑い返した。踏み込むなという威圧を添えた、仮面のような隙のない笑みを意識的に貼り付ける。

「殿下。知らない方がいい世界というのは確かにありますよ」

そう言って一方的に、話は仕舞いとばかりにニコラは席を立つ。

ニコラはこういう、怖いもの知らずの輩が大嫌いだった。マナーは悪いが、堅苦しいのは無しだと言ったのはアロイスの方だ。

ジークハルトをちらりと見遣れば、仕方ないねと言うように苦笑される。

アロイスがニコラの地雷を踏み抜いたのが分かっているのだろう。適当に取り成してくれることを期待して、ニコラは二人に対して一礼した。

最後に形ばかりの忠告を添えて、バルコニーを辞す。

「気になったこと、疑問に思ってしまったこと、それさえも忘れるのが身のためですよ。それでは御機嫌よう」

5

初めの印象は、警戒心の強い、黒猫のような女の子。その小柄さから、小動物的な可愛らしさこそあるものの、飛び抜けた美少女というわけではない。

人より容姿が整っている自覚があるアロイスだが、そんな彼をもってしても敵わないと思わせる、白皙《はくせき》の美貌を持つ親友ジークハルト。そんな彼がいたくご執心の令嬢である。

正直なところ、親友と釣り合うほどの美女を想像していたのだ。期待値が高すぎたが故に、彼女の顔の造形に関してはやや肩透かしを食らった気分だった。

確かにジークハルトやアロイスを前にしても、頬を染めて浮き足立ったりせずに、まともな会話が成り立つ点は好感が持てる。また、隠しているつもりで隠し切れていない「早く帰りたい」とでも言いたげな表情は、いっそ面白い。

だがそれだけでは、アロイスの興味を持続させるには足りなかった。

アロイスの関心はどちらかというと、彼女の外側ではなく秘された中身にあるのだ。

幽霊《ゴースト》や妖精、不思議な現象、スピリチュアルなあれやこれ。

時折人の口の端に上がるそんな噂話《うわさばなし》を「本当なら面白いな」とは思えども、アロイスは元々あまり信じてはいなかったのだ。だがジークハルトと親交が深くなるにつれて、その考えは次第に変わっていった。

何せ親友の身の回りでは、定期的に常識では説明がつかない現象が起こるのだ。

それだというのにジークハルトは、その都度こそこそと件《くだん》の幼馴染に手紙を送るばかりで、アロイスには一度だって相談しないのだから面白くない。

ここ二週間ほどだって、上手く隠してはいたが、ジークハルトの顔色は見るものが見れば最悪だと分かるものだった。

アロイスは一度だけ、遠目にジークハルトが二人同時に存在している瞬間を目撃していたので、また不思議な何かに巻き込まれているんだろうと察してはいたのだ。

だが今回もまた、友が自分を頼って来ることはなく。

次第に疲弊していくジークハルトが「新学期になれば、ニコラが……」などと呟いているのを、見て見ぬ振りしか出来なかったのだ。

そんな、不可思議な現象によく巻き込まれる親友が絶大な信頼をおいている、幼馴染の子爵令嬢。

今日のジークハルトの回復した顔色を見るに、恐らく本当に、入学式典その日のうちに彼女が解決してしまったのだろう。そんな彼女に興味を持つなという方が難しく、そして単純に自分だけ仲間はずれというのも気に食わない。

そんな感情から、彼女に深く踏み込んでみれば、受けたのは明確な拒絶だった。それまでの当たり障りのない受け答えとは質の違う、確固たる拒絶。

去っていくニコラの背中を見送ってから、アロイスは肩を竦めた。

「あらら。どうやら機嫌損ねちゃったみたいだね、悪いことしたかな？」

ニコラはあれで存外苛烈なところあるからね、とジークハルトは下がり眉で笑った。

それから、ジト目になって窘《たしな》めてくる。

「でも、君も悪いよ。ニコラが言う通り、知らない方がいいことはあるんだから。アロイスが相手でも、いや君だからこそ、私は知ってほしくないよ」

アロイスは肩を竦《すく》めて、すっかり冷めてしまった紅茶を呷《あお》る。

ジークハルトが己を頼らないのは、恐らく本気でアロイスのことを思ってのこと。それが分からないほど子どもでも愚かでもない。

だが、どうにも釈然としないのはどうしようもなかった。

6

そんな茶会から数日後。

何とも釈然としない気持ちが晴れないまま、アロイスは空き教室の窓際でぼんやりと物思いに耽《ふけ》っていた。やはり気になるものは気になるのだ。アロイスは生来、人より好奇心旺盛な自覚があった。

それに、一人で物思いに耽ることが出来る時間というのが、第一王子という身分の彼にとっては稀《まれ》なのだ。アロイスはこの、一人で考え込んでいられる時間を楽しんでさえいた。

なぜなら、通常傍らに控えているはずの幼馴染兼、護衛役である近侍の青年が、今はいないのだ。彼は夏期休暇中の鍛錬で怪我をしてしまい、新学期には間に合わなかった。

アロイスは彼を嫌いなわけでは決してないが、彼はアロイス至上主義で熱血漢のきらいがあるため、四六時中側《そば》に張り付かれては辟易《へきえき》する時もあるのだ。彼が戻って来るまでは、一人の時間を満喫したい。

それに、ジークハルトに幼馴染と二人きりになれる時間を作ってやろうという気遣いもあって、アロイスは珍しく放課後に親友の元へも行かなかった。

ジークハルトの周りで起こる不可思議な現象は何なのか、彼女がどうやって解決しているのか、どうすれば教えてもらえるのか。暇を潰す考え事のテーマとしては丁度いい。

そんなことを考えつつ窓枠に肘を置き、何とはなしにぼんやりと中庭を見下ろしていれば「あ……」と意図せず声が洩《も》れる。

アロイスは昔から、数年おきに妙な何かを視界に認めて目を眇《すが》めることがあった。

ぼんやりと滲《にじ》むような、ベールが掛かったような不明瞭な何か。

分からないままでいるのは好奇心旺盛なアロイスの性分に合わないのだが、どれだけ目を凝らしてもそれに焦点が合うことはなく、その輪郭すら茫洋《ぼうよう》として、はっきりしないのだ。

分からないからどうしようもなく、いつも気付けば忘れてしまっている何か。

それは、視界の一点。中庭の木の下がインクを水に垂らしたように滲む。いつもと同じで、注視しても焦点は定まらない――はずだった。

「え……あれ？」

今まであれば不明瞭なままであったはずのソレに、今日は何故か焦点が合ってしまう。ぼんやりと曖昧だった輪郭がじんわりと定まっていく。

アロイスの心臓がドッと跳ねた。冷や汗が噴き出る。

『気になったこと、疑問に思ってしまったこと、それさえも忘れるのが身のためですよ』

先日の言葉が頭をよぎる。

アレがこちらに気付く前に、目を逸らさなければ。こちらに気付かれたら終わる。そう本能と直感が最適解を叩き出すのに、何故か目を逸らすことが出来なかった。

それどころか、まるで足が床に根を張ってしまったかのように、脳と身体が繋《つな》がっていないかのように、四肢の末端に至るまでピクリとも動かない。ぞくぞくと走る悪寒で今にも震えだしてしまいそうなのに、指の先まで石にでもなったような気分だった。ガンガンと頭の中でけたたましく警鐘が鳴る。だが、頭では分かっていても身体の自由は微塵《みじん》も利かない。

ソレはじっくりと時間をかけて、じわじわと不気味に揺れ始め、次第に激しさを増していって、やがて前触れもなくぴたりと止まった。止まったことで、その輪郭がもはや完全にはっきりくっきりと定まっていることに気付く。

「あ………」

ただ動きが止まっただけ、それなのに直感で不味《まず》いと分かる。

冷や汗と共に全身が総毛立って、訳も分からず漠然と死を予感した時だった。

どこからともなく目の前に、先日知り合ったばかりの令嬢が現れたのだ。『来た』と表現するよりも『出現した』と表す方がしっくりくるような現れ方で、彼女はふわりと視界の中に押し入って来た。

「駄目ですよ殿下。障りがありますから」

するりとアロイスの耳に滑り込んでくる抑揚のない声。ニコラが伸ばした手に目元をすっぽりと覆われて、視界は真っ暗になる。

異常なまでに冷えた彼女の手から伝わる、微《かす》かな体温。それでも僅かなりとも滲む温かさに、感触が末端から少しずつ戻って来る。

肩の強張《こわば》りが溶けていくのを感じたのだろう。ニコラは目を覆っている手とは逆の手でアロイスの手首を掴み、ぐいっと無理やり反転させて窓から離れさせる。

先程までピクリとも動かなかったはずの身体は、何故かされるがままに動き出した。

「アレは視ちゃ駄目なモノです」

彼女そっと目の覆いを外す。視界に入るのは、二人の他には誰もいない空き教室だ。ヒュと無様に喉が鳴って、初めて自分が息を止めていたことに気付く。

ニコラはアロイスの手首を掴んだまま、遠慮も容赦もなくぐいぐいと引っ張って歩き出した。目的地は決まっているようで、その足取りには迷いがない。

「ねぇ、さっきのアレは何だい？」

「ニコラ嬢？」

「どこに向かっているのかな」

「ねぇ」

「ニコラ嬢ってば！」

だが、彼女は全くこちらの声が聞こえていないかのように、アロイスに答えるどころか振り返ることもなく突き進んでいく。

これは本当に先日会った子爵令嬢なのかと今更ながらに焦るも、掴まれた手は振りほどこうとしても離れず、導かれるままにアロイスは裏庭に出る。

そこは、何かと人目を集めがちなアロイスとジークハルトが見つけた、知る人ぞ知る人気のほとんどない穴場なのだが、アロイスは見慣れた裏庭へ出た瞬間に、間抜けにもあんぐりと口を開けてしまった。

「え、あれ？　ニ、コラ、嬢……？」

木陰にはニコラが座っているのだ。芝生に寝転ぶジークハルトの膝枕を半ば死んだ目で甘んじて受け入れていたニコラは、ゆっくりと顔を上げた。

「御機嫌よう。危ないところでしたね。……だから忘れろと言ったのに」

数日前とは違い、アロイスが相手でもあからさまに不機嫌を隠しもしないニコラが、何故か座ったままに彼を見上げている。

――では、今もなおアロイスの手首を摑んだままの人物は、一体誰だというのか。恐る恐る隣を見れば、やはり隣に立っているのもまた無表情のニコラで。

「ニコラ嬢が、ふたり、いる……？」

だが、ジークハルトに膝枕をしている方のニコラがパチンと指を鳴らすと、アロイスを迎えに来た方のニコラは人型の紙になり、ぺらりと重力に従って力なく芝生に落ちた。

「は……」

目の前で起こった現象が信じられず、唖然《あぜん》とする。地に落ちた人型の紙を拾い上げれば、そこには赤黒く掠《かす》れたインクで目と口のような絵が描いてあった。

目を疑うような現象を前に、アロイスはニコラと紙の人型を何度も見比べる。

だが、ニコラはそんなアロイスを完全に無視して、膝の上のジークハルトの額をぴしゃりとはたいて言った。

「ジークハルト様、用事が出来ました。どいてください、ほら早く」

そうして彼女は、渋々身を起こしたジークハルトに中庭へ出る最短ルートを尋ねると、棒立ちのアロイスを放置したまま去って行こうとする。アロイスは慌ててニコラの手を摑んだ。

「待ってほしいな。説明を、お願いしても？」

でなければ離すつもりはないという意志を込めて、摑む手に少しだけ力を込める。力加減を間違えてしまえば、ポッキリと折れてしまいそうな小枝のような手首だ。

無言の攻防の末、アロイスの譲らない様子に観念したのか、ニコラは嘆息した。

「…………では、明日の放課後で」

「分かった、明日だね。待ってるから」

アロイスが手を離せば、今度こそニコラは二人に背を向ける。

その背に向かって、ジークハルトが投げかけた。

「ニコラ、大丈夫なんだね？」

「えぇ。問題ありません」

「そう。行ってらっしゃい。気を付けてね」

ニコラは後ろ手にひらひらと手を振って去って行く。彼女はこれから、あの恐ろしい何かの元へ行くのだろうか。

分からない事は知りたい。それが面白そうなことであれば尚更のこと。それがアロイスの行動の指針だ。

だが、もう一度アレを見たいのかと問われれば、間違いなくノーと答えるだろう。

「……ジークは、彼女を一人で行かせて良かったの？」

「私が行っても、残念ながら何も出来ることはないからね」

才色兼備、文武両道を謳《うた》われ、周囲には出来ないことなど何もないとさえ噂されるにもかかわらず、ジークハルトは憂いを帯びた目を伏せて自嘲した。

「ニコラの領分で、ニコラが大丈夫だと言うのなら、私は信じて待つしかないんだよね。困ったことに」

「そう、なんだ……」

もう今となっては、命を握られているような恐怖感も圧迫感もない。だが、滲んだ汗が風で冷え、今度は別の意味で背筋が粟立《あわだ》つ。

制服がぴたりと肌に張りつく不快さは、いつまでも消えることはなかった。

7

中庭にいたタチの悪いモノをサクッと処理した翌日の放課後、何故かニコラはジークハルトの膝の上に抱き抱えられた状態で、アロイスと対峙していた。

日中の授業を受ける間ずっと、何とか逃げ切ることは出来ないだろうかと考えていればコレである。仮病など口実をあれこれ考えながら人気のない廊下を歩いていたら、背後からヒョイッと脇の下に手を入れられ、まるで猫のように抱えられて運搬され、そのまま現在に至っていた。

脱力して諦めたと見せかけて、不意打ちでぐっと力を入れて膝上から抜け出そうとするも、腹に回された腕は梃子《てこ》でも動かない。

ふん、ふんぬと身を捩《よじ》るも、背後のジークハルトはビクともしなかった。

「あはは、にょきにょき動いてるニコラ、可愛い」

「チッ…………分かりました逃げませんから降ろしてください」

「百二十七回」

「え？」

耳元で無駄に良い声に数字を囁かれ、意味が分からず振り返って後悔した。整いすぎたご尊顔が超至近距離にあって「くっ……だが顔が良いッ」と思わず声が洩れる。

ジークハルトはにっこりと優美な笑みを浮かべるも、その表情にはなにやら蠢《うごめ》くものを感じさせる圧がある。

「百二十七回。ニコラが『逃げないから』と言って逃げた回数だよ」

何でそんな回数をいちいちカウントしているんだと、ニコラは呆《あき》れ返って天を仰ぐ。

そして、ジークハルトの無駄に良い記憶力に呆れると共に、意外と逃走しているなと、他人事のように妙な感心をするのだった。

「さて、痴話喧嘩は終わったかい？　ねぇ、そろそろ教えてほしいなぁ、昨日のこと」

アロイスは昨日と同じ窓から中庭を一瞥《いちべつ》して、ジークハルトの膝上に抱えられているニコラに向き直る。

ニコラが連れて来られたのは、昨日アロイスがアレを見つけてしまった場所と同じ空き教室だった。講義終わりに好んで教室に残る者はおらず、無駄に広い空間には三人しか居ない。

「……あんまり興味を持たないでください。惹かれやすくなりますから」

「へえ、そうなんだ？」

「ちょっとわくわくしたような顔するの辞めてもらえます？」

興味津々といった態度を崩さないアロイスを、ニコラは冷ややかに睥睨《へいげい》する。

「今回は迎えに行きましたけど、自分から面白半分で首を突っ込む輩を助けに行くほど、私はお人好しでも物好きでもありません」

意訳をすると「次は無いぞ」だ。

ニコラは怖いもの知らずの馬鹿が嫌いだった。忠告も聞かずに自ら飛んで火に入る夏の羽虫ごときを助ける義理はない。

手持ち無沙汰なのか、ジークハルトは背後からニコラの髪を弄り始める。

鬱陶しいと睨みつけても「私のことは気にせずに続けて？」などと宣《のたま》って何処吹く風なので、ニコラは渋々彼を意識の外に追い出した。

視線を戻せば、アロイスはまだ納得がいかないと言いたげな表情を浮かべていて、ニコラは眉をひそめる。

「言ったでしょう。〝知らない方がいい世界もある〟って。知れば知るほどアレらは近くなります。認識しないまま、そういうことに関する知識を得ないまま生きられるのなら、それに越したことはありません。不審死なんて、嫌でしょう？」

要は、命が惜しければ踏み込むなと言いたいのだ。ジークハルトとアロイスでは事情が異なる。

類まれなる美貌によって、そういったモノたちと無縁では生きられないジークハルトは、適切な知識を与えることで自衛させなければ、あっという間に彼岸へ渡ってしまう。

だが、そういうモノの存在を知らず、忘れて生きられるのなら、それに越したことはないのだ。

譲る気はないと真っ向から見返せば、アロイスは渋々と肩を竦めた。

「…………分かったよ。確かに昨日は肝が冷えたしね。じゃあ、もし次にアレを見かけてしまった時の対処法だけでいいから、教えてくれないかな？」

「いえいえ。一回ニアミスしたくらいで、そう簡単に遭遇出来るもんじゃありませんよ。一応、護符を渡すので、それをしばらく持ち歩いていただければ問題ありませんって」

確かに、一度でもその世界に触れた者には、特有の空気感のようなものがあるのだろう。そして、人ならざるモノたちはそれを見逃さない。だが、一度ニアミスした程度なら、しばらくそういったモノと関わらなければ、いずれ風化していく程度のものだ。

だが、アロイスは首を振って「一回じゃないよ。これが初めてじゃないからね」と言う。

「……え？」

「今までも時々見かけてはいるんだよね、あぁいうの。そのうち見たことも忘れちゃうんだけれど」

「…………今までも？　本当に初めてじゃないんですか？」

「うん、そう。一、二年おきだし、ちゃんと焦点が合ったのは今回が初めてだったけどね。不思議なことは、どうしても気になっちゃう性分だから」

聞けばこれまでにも何度か、ベールの向こうにあるような、ぼんやりとした人ならざるモノを見かけたことがあるらしい。そしてそれは今回初めて、はっきりとピントが合ってしまった。

「…………まじかぁ」

そうなると話は違ってくるぞと、ニコラは頭を抱えて唸る。

偶然、運悪くそういう世界に触れてしまった者の一回は『ニアミス』であっても、元々隙あらばちょっかいを出されていた者の一回は『必然の邂逅《かいこう》』になる。人ならざるモノたちがそれを見逃してくれるとはとても思えなかった。

ニコラは「厄介な類友だなぁオイ」と言ってしまいそうになるのを、なけなしの理性で抑え込む。だが、言われてみればそうなのだ。

美しいもの、綺麗なものが好きなのは人間だけではない。

ジークハルトには劣るものの、並び立てる程度には美麗であるアロイスもまた、人ならざるモノに魅入られない筈《はず》がないのだ。

今まで無事だったのは運が良かっただけで、遅かれ早かれアレらと波長は合ってしまっていたのかもしれない。ニコラは顔中のしわを寄せた渋面で唸る。

「…………あぁもう！」

古今東西、権力の周りには良くない感情、モノたちがまとわりつく。叶《かな》うことなら第一王子なぞには関わり合いにもなりたくない。

だが、興味を持てば持つほど、アレらと距離は近くなるのだ。彼が境界を踏み越える決定的な引き金になってしまった一因が自分にもあるとなると、そうも言っていられなかった。

「……前言撤回です。必要最低限のことだけは教えましょう」

「ありがとう！　あはは、そんなに顔をしかめないでよ。大丈夫、もうニコラ嬢の忠告にはちゃーんと従うし、軽はずみなことだってしないと誓う。絶対だよ」

苦虫をたっぷり嚙み潰した上に味わい尽くして嚥下《えんげ》したような、しわしわ顔のニコラとは裏腹に、アロイスは喜色満面の笑みを浮かべて断言する。

ニコラの気を引こうと徒《いたずら》に耳に息を吹きかけてくるジークハルトには、無言で足を踏んづけた。

8

「じゃあまずは手始めに、昨日僕が見たアレは何か、教えてくれるかな？」

何、と問われると、早速何とも返答し難い。

ニコラは開き直って、ジークハルトの膝の上でふてぶてしくも腕を組んだ。

ジークハルトは飽きもせずに、ニコラの髪を三つ編みに弄り出す。

「んん……強いて言うなら、〝名前の無い何か〟とでも言いますか……」

「強いて言うのに、名前が無いの？」

アロイスは微かに眉間にしわを寄せる。

この期に及んではぐらかそうとしているとでも思われたのだろうが、しかし本当にそう言う他ないのだ。

「ええ。名前の無い、何処にでもいる無数の何かのうちの一つです。アレらの中には、視てしまうだけでアウトなモノもいれば、ただそこに漂うだけのモノもいます。昨日中庭に居たのは確かに、多少タチの悪いモノではありましたが、それでもアレに明確な名前はありません。いえ、いいですか殿下」

一拍を置いて、アロイスの翠眼をじっと見つめてずいっと身を乗り出す。

これからアロイスに伝えることは、ジークハルトに対しては幼少の頃より口を酸っぱくして伝えて来たことだった。

「ああいったモノに、軽々しく名前を付けてはいけないのです」

「……どうして？」

キョトンとして瞬きをひとつするアロイスは、童顔も相まってひどく幼く見える。

「名とは、最も短い呪ですから。名前はモノの本質を表します。名前を与えることによって、漠然としたアレらは明確に形を得てしまうんですよ。だから軽々しく名付けてはいけないんです」

これを逆手に取って、名前を与えることで存在を縛って使役する方法もあるにはあるが、素人が実行するのは現実的ではないのでわざわざ伝える必要もないだろう。

アロイスはイマイチ納得しきれていない様子ではあるものの、渋々と頷いた。

「ふぅん、とりあえず分かった。よく分からないモノは、よく分からないままにしておいた方がいいってことだね」

「そういうことです」

ずしっと頭の上に乗せられたあごが鬱陶しくて首を振って振り落とせば、パラパラと幾筋か黒髪が落ちる。いつの間にかまとめ髪にされていたらしい。ニコラは元々髪を括っていなかったので、ジークハルトはわざわざ自分の髪を結っていた髪飾りを外してニコラの髪を弄っていたようだった。

ニコラは胡乱《うろん》げに背後を振り返る。

「……何やってるんですか」

「ん？　編み込みのシニヨンだよ。ニコラ、アロイスの相手ばかりで私を放ったらかしにするから退屈で」

「ごめんねジーク。でもまだ聞きたいことがあるから、もう少しだけニコラ嬢を貸してね」

何を言ってるんだこの駄王子は、と悪態が口をついて出そうになるのを、ニコラはすんでのところで呑み込んだ。アロイスが謝罪すべきなのも、お願いすべきなのもニコラに対してであって、間違ってもジークハルト相手ではない。

「仕方ないね」と勝手に了承するジークハルトも、お門違いの人間に謝るアロイスも両方半眼で睨みつけて、「じゃあさっさと次いきましょう、次」と急かす。

「そうだなぁ。あ、さっき君は『知れば知るほどアレらは近くなる』って言ったよね。僕はこれから、ああいうのを見やすくなるの？」

「可能性は、あるでしょうね」

ラジオの周波数を合わせるために、適当につまみを回したとしても、偶然近い周波数を拾ってノイズ混じりに聞こえてくることこそあれ、ドンピシャでチャンネルが合うことは滅多にない。

だが、今回アロイスは完全に周波数を合わせてしまった。

それを見逃してくれるモノたちではないし、元々美しいものや綺麗なものが好きなアレらだ。人ならざるモノからのちょっかいが増える可能性は大いにあった。

「だから、必要最低限のことだけは教えます。ジークハルト様、まずは手始めに基本の五ヶ条を教えて差し上げてください」

「私がかい？」と、ジークハルトはニコラの頭上で首を傾げたらしい。無駄にサラツヤな銀糸の束がニコラの頬を擽《くすぐ》るので手で払い除《の》ける。

退屈なら、会話に参加すればいいのだ。

「一つ、人ならざるモノ相手に己の名前を名乗らない、だよね？」

「ええ。特に、相手から尋ねられて答えるのは禁忌《タブー》です。絶対に本名を名乗ったりしないでくださいね」

名前を与えてはいけないのと同様に、名前を知られてしまうこともまた、縛られ支配されることになり得る。

日本ではフィクションなどのおかげもあって、地味にそこそこ周知されていることだが、残念ながらこの世界ではそれほど馴染《なじ》みのある観念ではないらしい。

「二つ、異界のものを絶対に口にしない、だろう？」

「そうです。この世のものではないものを食べてしまえば、帰れなくなりますから」

その禁忌を犯してしまえば、助けられるものも助けられなくなる。

『黄泉戸喫《よもつへぐい》』や『ペルセポネの冥界下り』エトセトラ。日本の記紀神話だけでなく、ギリシャ神話など海外の伝承にもあるのだ。異界のものを食べることで異界の住人にされてしまう、戻れなくなる話は。

これは余談だが、異世界に生まれ直してしまったと気付いたばかりのニコラは、こちらの食べ物を食べることにどうしても抵抗があり、随分と両親を心配させてしまったものだった。

「三つ、約束したら必ず守ること、だね」

「基本、約束なんてしないに越したことはありませんが。もし約束してしまったなら、どんな小さな約束でも必ず守ることとです」

約束とは契約だ。人ならざるモノたちは契約不履行にとても厳しい。

「四つ、願い事をするなら、対価まで自分で決めること。合ってるかい？」

「ええ、合ってます。髪でも血でも供物にすれば、応えてくれるモノは居ます。でも決して奴らに対価を決めさせちゃいけません。まぁ頼らないことが第一なので、本当に奥の手として、どうにも切羽詰まった時に思い出してください」

代償を求めてくるモノは妖精でも悪魔でも、大抵がロクでもない存在たちだ。

やむを得ず彼らに頼ることがあったとしても、相手に対価まで決めさせてしまうと地獄を見る。

「最後は、神の怒りを買わない、だよね」

「はい。一番大切なことです。神威はこの上なく厄介ですから。神に不敬を働いたなら、私は真っ先に縁を切りますよ」

「え……神様って、もしかして神殿とかに祀《まつ》ってあるアレかい？」

アロイスはぱちくりと目を瞬かせる。その顔には「神様って実在するの？」という驚愕《きょうがく》がありありと浮かんでいた。

ニコラは大きく頷く。

「神様は存在しますよ。だって、名付けられていて、人格を示す神話があって、その外見的特徴を共通して認識出来るように、彫像やら絵画だってあるんですから。想うことは像を結んでしまう。それが想像です」

ダウストリア王国における国教は、日本の記紀神話やギリシャ神話、北欧神話、エジプト神話などに見られるような多神教だ。

信仰のあり方などはかなり日本の神道に近く、教祖もおらず聖書のような経典もなく、明確な教義や守るべき戒律も神話の中には無い。

八百万《やおよろず》とはいかないものの、無数に存在する神々の全てを諳《そら》んじることが出来る国民などほとんどいないだろう。

主要な神の何柱かとその権能くらいはざっくり覚えているかな、という程度の人間が大半で、これを熱烈に崇拝している人間の方が稀なのだ。アロイスが戸惑う気持ちも分からなくはない。

だが、神話あるところに神ありき。

ニコラ自身もこの世界ではまだ、神的存在らしきモノと直接関わりを持ったことはない。それでも「あの方角にソレっぽいのがいるなー」という感覚には何度か覚えがあった。

神的存在が存在している以上、適切な対応をとらなければ、祟《たた》られてしまう可能性は大いにある。

「以上、基本の五ヶ条を意図的に破って厄介事に巻き込まれたりしたら、私は容赦なく見捨てさせていただきますので。殿下も肝に銘じておいてくださいね」

ジークハルトへの念押しも兼ねて会話に巻き込んだが、メインのターゲットはアロイスだ。

アロイスは真剣な表情でしおらしく「分かった。絶対に破らないよう気を付けるよ」と頷いた。

どうやら、今後ニコラの忠告には絶対に従うつもりだという先程の言葉に嘘《うそ》はないらしい。

これでまだ冷やかし気分が抜け切っていないようなら、遠慮なく見放すことが出来たというのにと思うと、何とも苦い気分になる。

軽薄そうなノリの割に、致命的に阿呆《あほう》という訳でもないらしい。ニコラはハァとため息をついた。

「これ以外の禁止項目に関しては、今後機会があれば、おいおいお伝えします」

「ニコラの禁止項目、すごく多いんだよね……」

振り返ればジークハルトは遠い目をして明後日の方角を向いているので、白磁の頬を抓《つね》ってやる。

一体誰のおかげで十八歳まで生き延びることが出来たと思っているのか。

「いたた、痛いよニコラ」

「貴方は私に対する感謝と遠慮が足りないんです」

「感謝は本当にしているよ。でも遠慮していたら、ニコラは全然会ってくれないだろう？」

「接触は必要最低限で問題ないかと」

「ほら。だからニコラ相手にはちょっと強引なくらいで丁度いいんだ」

ニコラの肩口にあごをのしっと乗っけて、ジークハルトは口を尖らせ子どものように拗《す》ねる。

「ねぇねぇそれじゃあ次はさ、コレが何かを教えてよ！」

アロイスは、今度は先程までの真剣な表情とは打って変わって、好奇心が隠し切れていないにこやかな表情で問う。ぷらぷらと掲げるその手には、昨日アロイスを迎えに行くために使用した人型の紙――式神があった。

昨日回収しそびれていたことを思い出して、らしくもない自分のミスに顔をしかめる。

「それは必要最低限の領分を超えているので答えません。別に知らなくてもいいことです」

「へぇ、知らなくてもいいこと、ね。つまりこれについては、知ろうとしても害はないんだ？」

「…………」

揚げ足を取るその表情は何とも小憎たらしい。

赤黒いインクで『目』と『口』の象形文字を書いたその紙切れを、アロイスはピンっと軽く指で弾く。

「…………あまりそれを乱暴に扱わないでください」

「へぇ、それはどうして？　教えてくれたら相応に扱うんだけどなぁ？」

ニコラはぐぅと押し黙る。

瞬時に様々なことを天秤《てんびん》にかけて、僅かに天秤は傾いた。

「……分かりました、話します。その代わり、先にそれを返してください」

「はい、どーぞー」

ニコラが頷いてしまえば、アロイスはあっさりと了承する。乱雑に扱うなというのを聞き入れてか、手渡す手つきはちゃんと優しいものだ。

手元に戻って来たそれを目の前に翳して、念の為破損が無いかを確認してから机に置く。

「これは式神――自分の分身のようなものです」

人型の紙にはミカヅキモのような絵と、Aを上下反転させたようなそうでないような絵を、ニコラ自身の血で書いてある。いずれも日本の象形文字だ。

「今回これに書いてあるのは『目』と『口』を表す古い文字で、基本的には目を書けば視覚を、耳なら聴覚を、鼻なら嗅覚を術者と共有出来ます。例えばこれに口を付け足していなければ、喋らせることなどは出来ません」

「じゃあ昨日、裏庭に連れて来られる途中に色々話しかけても反応がなかったのは、本当に聞こえていなかったから……ってこと？」

「そうですね。これには『耳』を書いていませんでしたから」

あれ？　と頭上からジークハルトに覗き込まれて、ニコラは真上を見上げた。落ちてきた銀髪がさらさらとカーテンのようにニコラの周りを覆う。

「何です？」

「ニコラが私に持たせてくれているものとは、書いてある文字が違うよね？」

ジークハルトが自身の制服の内ポケットから取り出したのは、同じ人型の紙だ。だがこちらには象形文字ではなく『ニコラ・フォン・ウェーバー』と筆記体で綴《つづ》ってある。

「名前をフルネームで書いた式神なら、それは完全な私の分身です。ジークハルト様に渡したものなら、私と同じ性格、同じ思考回路で自立して行動します」

命の危機が迫った時に、自動で発動するよう術をかけたそれは、ジークハルトが学院に入学する時に持たせたものだった。ジークハルトが二年先に入学して寮生活となってしまったために、そうせざるを得なかったのだ。

「分身、ね。ニコラ嬢が返してもらいたがっていたってことは、もしかしてこの分身がダメージを受ければ、何か生身に影響あったりするのかな？」

「…………」

妙なところで察しが良くて嫌になるなと眉をひそめる。

実際そうなのだ。便利な分身はノーリスクでそうホイホイ出せるものではなく、式神が受けたダメージの何割かはどうしても術者に跳ね返るようになっていた。

跳ね返り度合いは式神に付与した権限の多さによって決まるので、手元にある『目』と『口』だけの式神なら、破かれてもせいぜいが多少疲れ目になったり唇や喉が乾燥する程度なのだが、知らず破損されるくらいなら回収しておきたかった。

ジークハルトは名前を綴ってある方の式神を持ったまま、ニコラを見下ろした。

「今年からはずっと一緒にいられるし、私もこれは返した方がいい？」

「……いえ、ずっと一緒にいるつもりはさらさら無いですし、そのまま持っていてください」

だいたい学年も違うのだから、四六時中一緒にいるなど不可能だ。

「つれないなぁ」

見上げたままでは首が辛《つら》いので、頭を元に戻す。

頭上ではニコラの苦手なしょんぼり顔を浮かべているのだろうが、目に入らなければ知ったことではない。

「あ、そういえば。空き教室から裏庭に出るまで、すれ違う誰とも目が合わなかったのはどうしてかな？　流石に女の子に手を引かれていたら、僕の身分的にかなり目立ったと思うんだけれど……」

それはそうだろう。『金の君』などという仰々しい呼び名が付くような御仁の手を、一介の子爵令嬢が引いて歩いていれば、当然人目を引いて仕方がないはずだ。

だが、これに関しては特に種も仕掛けもなかった。目と口の権限しか持たず名前も持たない式神は、存在感が非常に希薄、ただそれだけのこと。

だがそろそろ、なぜなぜ期の子どもに延々と付き合っているような気分になる問答には疲れてきてしまった。

「企業秘密です」

「キギョウ？　ねぇどうしてどうして？」

ニコラは元々短気な性質だ。とうとう舌打ちが洩れてしまって、やべっと口を覆う。

「あー！　それ！　それだよ！　ジークを相手する時みたいなぞんざいな扱いさ！　僕にもやっていいんだよ？　遠慮せずに！　ねぇ！　ねぇ？」

「いや鬱陶しいなこの王子⁉」

マゾっ気を感じる台詞にとうとう本音が洩れる。

初対面から今の今まで、ニコラは短気なりに、良く我慢してきた方だと思っていた。ニコラのストレスは既にマックス。我慢をしなくて良いと言うのなら、ありがたくその言葉に甘えようではないか。

「じゃあ誓約書を書いてください。私が不遜な物言いや態度で接しても、罪に問わないという誓約書を！」

「いいよ、書く書く！　そんなものでいいなら何枚でも書くよー」

とんだ被虐趣味の王子を前に、ニコラは炎天下に干からびたカエルでも見るような目を向ける。

「ジークハルト様。紙ください、紙。早く」

教材鞄《かばん》からジークハルトが紙を取り出す隙に、今度こそようやく膝の上から逃れたニコラは、早速貰ったばかりの万年筆をアロイスに押し付ける。

ジークハルトから受け取った紙にアロイスが万年筆を走らせている間に、ジークハルトは形ばかりのフォローを無意味にも入れた。

「ほら、アロイスは普段かしずかれることが多いから、雑な扱いが新鮮なんだろうね……多分」

「どうでもいいですそんなこと」

つまり迂闊《うかつ》にも〝ふーんおもしれー女〟類型を踏んでしまった訳かと、ニコラは片手で顔を覆った。

ジークハルト相手の扱いの雑さは長年の関係性から来るものだったが、まさかそれがこんな被虐趣味の王子を引っ掛けることになるとは、頭が痛い。

「はいニコラ嬢、出来たよ」

無言でアロイスの手から紙を引ったくって、日付や文言、署名などを検《あらた》める。

「……確かに受け取りました。じゃ、必要最低限にしか関わってこないでくださいね。それから、自業自得で人外のモノに関わるなら、本ッ気で見捨てますから」

「分かったよ。それじゃあこれからよろしくね」

にこにこと笑う駄王子を前に、ニコラはもはや隠すことなく盛大に舌打ちをする。

「……ジークハルト様も、周りに誰もいない時にしか関わってこないでくださいよ。冴《さ》えない子爵令嬢ごときが銀の君と懇意にしているなんて知れ渡ると、面倒なことにしかなりませんので」

「せっかく同じ学院に通えるようになったのに？」

「同じ学院に通うからです」

アロイスから万年筆を引ったくると、真新しい教材鞄に仕舞って立ち上がる。

互いの領地を行き来して交流していた頃とは訳が違うのだ。他人の目があるところで迂闊なことをして、恨みや妬みを買うのは御免だった。

コンコンと控えめに戸を叩かれ、良いタイミングだとニコラは教室の入口に向かう。

「失礼しますわ。空き教室を使用する際には、生徒会に届出を出してくださ――って、アロイス様と会長ではありませんか。駄目ですよ、上級生や生徒会長が自ら規則を破っては、他の生徒に示しがつきませんわ」

教室に入って来たのは、豊かな亜麻色の髪をなびかせた上級生だった。その脇をすり抜けて廊下に出ようとすれば、くすくすと揶揄《からか》うように呼び止められる。

「あら珍しい、お二人が女子生徒と一緒いるなんて。どういったご関係のお嬢さんかしら?」

「無関係ですよ」

相手の爵位は分からないが、言葉遣いから察するに子爵家などよりは上流階級だろう。丁寧に一礼してから踵《きびす》を返して、数歩歩いたところでふと足を止める。

「――あれ?」

微かに抱いた違和感に首を傾げるも、その違和感の正体は分からない。

「んー、ま、いっか」

入学早々に庇護《ひご》対象をさらに抱え込むことになった不運に比べれば全て些事《さじ》だと、ニコラは再び歩き出した。

ニコラのちょこっとオカルト講座②

【式神】

ドッペルゲンガーとは違い、任意で操ることが出来る、祓い屋便利道具の一つです。

式神の『式』は、方程式や算式などの『式』、即ち法則性。与えた権限によって、出来ることが変わってきます。人型の紙に「目」を書き込めば視界を、「耳」を書き込めば聴覚を、使用する術者と共有できます。

名をフルネームで書き込めば、五感すべてを共有できるのは勿論のこと、術者の性格や知識の範囲内で自立思考して行動します。もう超便利。ジークハルト様に持たせているのがコレですね。

でも、媒体になっている紙を破損してしまうと、術者にダメージが跳ね返るのは難点。

三章――青くて脆くて淡い

1

キィンと甲高い音を立てて、伯爵子息の手から剣が弾き飛ばされる。刃を潰《つぶ》した模造刀は弧を描いて、手入れの行き届いた芝に突き刺さった。

「勝者、エルンスト・フォン・ミュラー！」

あぁ、やはり次の相手はそうなるだろうなと、西塔の外壁に背を預けて座っていたジークハルトは特段驚くこともなく立ち上がって、改めて身体を伸ばして次戦に備える。

何事もそこそこ優秀に熟《こな》すジークハルトが、全科目のうちで唯一、剣術や馬術などの騎士系科目でのみ首席を取ることが出来ないでいるのは、ひとえにこのエルンストが同学年にいるためだった。

緩んできた髪を一度ほどき、高い所できつく結い直す。

口に咥《くわ》えるのは、ジークハルトが誕生日のプレゼントとしてニコラにねだった髪飾りだ。ベルベット地で深いネイビーブルーのリボンは、本人にそのつもりはないのだろうが、彼女の瞳の色と揃《そろ》いのようでお気に入りだった。

剣術授業の勝ち上がり戦は次が最終戦で、対戦カードはエルンスト対ジークハルト。いつも次席に甘んじてはいるが、今日こそはと決意も新たにエルンストに向き合う。

「エルンストは、やっぱり強いね」

「いえ、自分は代々武官の家系ですし、勉学の方はからっきしです。勉学と両立した上でそれ程の腕前である閣下の方が、自分などよりよほど凄いですよ」

エルンストの実直な性格を知っているジークハルトは、世辞ではないと分かるその言葉に苦笑した。

ジークハルトは自分が器用貧乏な性質だと自認している。

何事もそこそこ優秀に熟すが、突出した天才には届かず総じて秀なる凡夫の域を出ない。

無いものねだりなことは承知していても、器用なだけの己とは違って何かひとつを極め尽くした非凡な存在には、羨望を抱かずにはいられなかった。

授業も終盤。最終戦ということもあり、気付けば他の男子生徒たちが皆わらわらと野次馬として周りを取り囲む。

「今回もまたこの二人かぁ」

「でもエルンストは怪我からの復帰戦だろ」

「確かに。今日はもしかすると、もしかするかもしれないな」

耳に入る、ジークハルトが不利と見る下馬評は仕方がないものの、悔しいとは思うのだ。

ニコラの領分ではてんで役に立たないジークハルトは、せめて実体があるものからは幼馴染の少女を守れるように、強く在らなければならなかった。

秋口に差しかかるとはいえ、正午の真上から照り付ける日差しにはまだ辟易《へきえき》としてしまう。西塔の下、青空のもと、演習場には日光を遮るものなど何もない。

ゆっくりと息を吐いて、スタートの合図を待った。

「双方構え、始め！」

開戦と共に大きく踏み込んで、三連の突きを放つ。だがそれは最小限の動きで仰《の》け反《ぞ》って躱《かわ》され、一刀のもとに弾かれた。そのまま動きを一瞬も止めることなく再び間合いの内に飛び込んで来るエルンストには、長剣を切り上げながら飛び退る。

ジークハルトも鍛えてはいるが、元来筋肉が付きにくい体質なのか、才覚だけでなく体格にも恵まれているエルンストと正面切って打ち合うことになれば、競り負けてしまうのだ。

鍔《つば》迫《ぜ》り合いは刃を滑らせて受け流し、弾く。

こちらも一瞬たりとも停滞することなく斜めに踏み込み、切り結ぶと見せかけて足払いをかける。だが、思うほどエルンストの体幹を崩すことはできず、逆に追撃を受けて転がり避ける羽目になる。

首から提げたまま服の下に入れていた匂い袋がいつの間にか宙に躍り出てしまっていた。エルンストの剣先が引っかかり、紐《ひも》がちぎれて飛んでいってしまうも、その行方を気にしている余裕は流石にない。

間髪を入れずに地面に手を突いて跳ね起き、同時にエルンストの首を狙って大きく薙《な》ぐ。しかし、大雑把になった自覚のある挙動は読まれていたようで、柄《つか》で大きく弾かれてしまう。だが、体勢が崩れたのはエルンストも同じ。

体勢を整えるために互いに再び飛び退ってから、二人は同時に地を蹴った。

忙《せわ》しない動悸《どうき》の音と互いの乱れた息遣いがやけに耳につく。

ジークハルトの長剣がエルンストの胸元に届くより僅かに先に、エルンストの切っ先がジークハルトの喉元に突きつけられていた。

「勝者、エルンスト・フォン・ミュラー！」

剣術講師の声と同時に、周囲から歓声が上がる。試合を終えた二人は荒くなった息を整えながら互いを見遣った。

「悔しいけど、やっぱりエルンストには敵わないね」

「いえ、自分も何度かヒヤリとさせられました。閣下が自分と同じ体格であれば互角だったかと」

それはどうだろうかと、ジークハルトは内心苦笑する。

もし仮に互角だったとしても、それは〝療養明けというハンデを負ったエルンストと〟であるに過ぎず、恐らく平常の彼には遠く及ばない。

彼が恵まれた体格に胡座《あぐら》をかいて修練を怠るような男だったなら話は別だったかもしれないが、残念ながらそうではないのだ。やはり、体格にも才覚にも恵まれ、その上努力を惜しまない実直な性格のエルンストは強い。

「……ありがとう。また手合わせをお願いしてもいいかな」

「もちろんです」

ジークハルトが手を差し出せば、力強く握り返された。

剣術講師は模造刀を片付けるように指示して、授業の終わりを告げる。

気付けば授業時間を過ぎていたようで、二人を囲む野次馬の中にはいつの間にか、既に昼休みに入った女子生徒たちも交じっていたらしい。渡り廊下などから遠巻きに観戦していた生徒もいるらしく、その数はなかなかに膨れ上がっていた。

気付いてしまえば途端に視線も黄色い声も煩わしく思えてしまって、ため息をそっと呑み込む。

顔に出すことこそしないが、人目を集めてしまうことは生来苦手だった。

だがそんなジークハルトを見た剣術の講師は、彼の意など汲《く》まずに、「相変わらずの人気だな」と好奇の目を向けて下世話なことを言う。

「エーデルシュタインは確か、まだ婚約者はいないのだったな。火遊びはちゃんと弁《わきま》えている女とやれよ？　でないと後が面倒だからな」

キザなウインクと共にジークハルトの肩を軽く叩《たた》いて、講師は去っていく。

年齢も近く、男子生徒の悪ノリにも寛容なその講師は、話の分かる兄貴分として一部の男子生徒から熱狂的な人気を集めていた。だが、残念ながらジークハルトはその一部の生徒には含まれず、どちらかといえば敬遠している側に属している。

学院には『学内において貴賤《きせん》はなく、等しく学徒たれ』という基本理念がある以上、確かにこの場では講師と生徒という関係が優先される。

とはいえ、さして親密ではない相手から気安く下世話な話を振られるのは、あまり気分のいいものではなかった。

長年片恋を拗《こじ》らせているのだから、火遊びなどするはずもないのに。ジークハルトは口には出さず、講師の背を何とも苦々しく見送る。

「……エルンスト、私はこのあと食堂《ダイニングホール》でアロイスと合流するつもりなのだけれど、一緒に向かうだろう？」

「いえ、それが……。休んでいた間の課題を受け取りに行かねばなりませんので、昼食はご一緒出来ないのです」

エルンストを振り仰げば、彼は心底申し訳なさそうに眉根を寄せた。

「そうなんだ。じゃあアロイスにはそう伝えておくよ」

「ありがとうございます。それでは自分はこれで」

エルンストは綺麗《きれい》な一礼をしてから足早に、演習場となっている西塔の下を後にする。

夏期休暇の間に、どうやら随分と身体が鈍っていたらしい。久方ぶりの本気の手合わせに疲れがどっと押し寄せて、身体が気だるく重かった。

男女が入り交じり当初の倍ほどに膨れ上がっていた野次馬も、昼食を求めて三々五々に解散していく。その流れに身を任せれば、ジークハルトはあっという間に周りを女子生徒数名に囲まれてしまった。

彼女たちは口々にジークハルトの剣技を褒め称えるが、だったら群がるべきはエルンストの方だろうにと思わずにはいられない。

曖昧な笑みで当たり障りなく濁して、どうにかその場を切り抜けたジークハルトは、重たい首周りをぐるりと回して「鍛錬を少し増やそうかな」とぽつりと呟《つぶや》いた。

2

刺繍《ししゅう》の授業という、女生徒のみ必修の授業を終えたニコラは、同じクラスに振り分けられたカリンと世間話をしながら食堂《ダイニングホール》に向かっていた。

「うぅ、こういうの肩が凝るのよね……。私、細かい作業をずっと続けるの、大っ嫌い！」

「そりゃ、好きな人の方が少ないと思うけど？」

「でもニコラ、私の倍は課題の図案が進んでるでしょう」

「好きだから早いって訳でもないってこと」

細かい作業が好きではなくても、慣れてしまえばスピードは上がる。定期的に匂い袋《サシェ》を繕っていれば、嫌でも慣れるというものだった。

「それでも、少なくとも私よりは器用だわ」

「まぁ……それはそうかもね」

お世辞にも綺麗とは言い難い彼女の習作を思い浮かべて、ニコラは半笑いで同意する。正直、カリンより不器用な人間を探す方が難しいだろう。

他の生徒より大幅に遅れているカリンに付き合って居残ったために、既に時計の針は昼休みの中盤に差し掛かっていた。

「私の分の課題もやってよニコラぁ」

「ぜったいに嫌」

そんな他愛もない会話をしながら階段の踊り場に差し掛かった頃、長身の男子生徒がすれ違いざまにニコラの真横で足を止める。

「お前がニコラ嬢……？　ウェーバー子爵令嬢なのか？」

「………そうですが何か」

ニコラ嬢という呼び方はどこぞの駄王子を彷彿《ほうふつ》とさせて、もはや反射的に眉間にしわが寄る。

男子生徒もまた初対面であるにもかかわらず、何故か不満げなしかめっ面でニコラに向かって凄むので、余計に眉間のしわは深くなる。

そんな、どこからどう見ても友好的ではない二人を前に、カリンは何をどう勘違いしたのか顔を輝かせて悪戯《いたずら》っぽく耳打ちした。

「ニコラ、後で話は聞かせてね！」

あまつさえ、この謎に不穏な空気をものともせずに斜め上の気遣いを見せ「私、教室に忘れ物しちゃったわ」と、止める暇もなく引き返して行ってしまう。

残されたのは、気まずい沈黙だった。

「…………」

「…………」

男子生徒は体格が良く、低身長のニコラはかなり見上げなければその全貌を摑《つか》めない。

ジークハルトと会話する時にも随分と見上げなければならないが、それを超える仰角に首が痛くなりそうだった。

精悍《せいかん》な顔つきに、制服の上からでも分かる、筋肉質な体軀《たいく》。濃茶の短髪を刈り上げた、いかにも武人風のその青年は、何故かそのブルーグレーの瞳を炯々《けいけい》と眇《すが》めてニコラを無言で見下ろしたまま、ずいっと距離をつめて来る。

これ以上見上げたくはないが、目を逸らすというのも何だか負けた気分になって嫌だと意地を張ったニコラもまた、じりじりと後退《あとずさ》る。気分はさながら、熊と遭遇した小動物。

そんなよく分からない珍妙な状況を打破したのは、階段の下から上《のぼ》ってくる人間の声だった。

「こーら、駄目だよ。誰の女に絡もうとしてるか、分かっててやってる？」

背後から馴《な》れ馴れしく肩に置かれた手と、遺憾にも最近聞き慣れつつある軽薄な声に、すんとニコラの目が据わった。振り返らずとも分かる。アロイスだ。

「ジークのだよ？」

「……普通そういうのは自分の女に手出しされている時の台詞《せりふ》ですよ、斬新だなオイ。というか別にジークハルト様のものでもありませんから」

ニコラがキッと睨《ね》めつけても、相変わらずアロイスはどこ吹く風で軽口を叩く。

「あはは、助けたのがジークじゃなくて残念だった？」

「……全くもって残念な王子ですね」

もはや、不遜な態度も言動も罪に問わないという誓約書を得たニコラに怖いものはない。我慢は身体に悪いのだ。

アロイスもまた、そんなニコラの態度に「うんうん、やっぱり新鮮な対応！」などと愉しげに笑うので、ニコラは一層毛虫でも見るような目を向ける。

「お前ッ！　殿下に対して不敬だぞ！」

だがこれには何故か、アロイス本人ではなく目の前の武人っぽい青年の方がニコラに噛《か》み付くので、ニコラはゴソゴソと先日書かせた誓約書を鞄《かばん》から取り出して、無言のまま青年の眼前に突き付けて見せる。

青年は誓約書を上から下まで食い入るように読んでから、信じられないものを見るかのようにアロイスを振り仰いだ。

「で、殿下……？　本当にこんなものをお書きになったんですか⁉」

「うん、書いたよ。この子がニコラ嬢さ、面白いだろう？」

くつくつと笑うアロイスに、武官風の青年は絶句する。

彼もまた常日頃から駄王子に振り回されているのかと思うと、若干の憐《あわ》れみを抱かなくもなかったが、ニコラはそろそろこの非友好的な男が何者なのか知りたかった。

「……で、一体どちら様ですか」

「俺は！　殿下の護衛騎士だッ！」

くわっと刮目《かつもく》した青年は叫ぶ。

自己紹介にしては色々と足りない名乗りには、アロイスがにこにこと補足を挟んだ。

「彼はね、エルンスト・フォン・ミュラー。エルンは僕の近侍なんだ」

ニコラはパチクリと瞬きをする。

基本的に、全寮制の学院に従者連れは認められていないはずだが、流石に王族は例外らしい。なるほど、どうりで呼び方が駄王子を彷彿とさせるわけだった。

だが、彼ら二人が旧知の間柄であるなら、冒頭のやり取りはとんだ茶番ではないか。

呆《あき》れてアロイスを睥睨《へいげい》すれば、彼は慌てて何かを思い出したかのように手を叩く。

「って、違う違う！　こんなことしてる場合じゃなかった！　君を呼びに来たんだよ！」

がしっと無遠慮に両腕を摑まれて、肩が跳ねる。

「ちょっと目を離した隙に、ジークが真っ黒でうごうごしてる靄《もや》に覆われちゃったんだ、助けてあげて！」

「…………またですか」

ニコラはため息とともに片手で顔を覆う。年上の幼馴染は、つくづく怪異吸引体質らしい。

「……ジークハルト様に持たせている式神は、命の危機に陥ればちゃんとオートで発動しますって。発動していないなら、緊急性は無いということです。放課後にでも、人気のない所で落ち合いましょう」

アロイスは「えぇー？　本当に大丈夫なの？」とでも言いたげな顔だったが、最終的には不承不承頷《うなず》いた。

「じゃあ、この時期は生徒会活動もないだろうから、生徒会室に集合しよう。絶対だよ？」

念押しするのはジークハルトの入れ知恵だろうか。

流石にお憑《つ》かれ状態を放置するほど人でなしではないのになと、ニコラは肩を竦《すく》める。

視界の隅ではエルンストが、アロイスを適当にあしらうニコラを睨みながらガルガルと唸《うな》っていた。彼もまた激しく物言いたげだったが、知ったことではない。

窓の外からこちらを窺《うかが》うように蠢《うごめ》いている黒いモノは見なかったことにして、ニコラはそっとため息をついた。

3

そして迎えた放課後。

ニコラが約束通り生徒会室へと向かえば、そこにはまだエルンスト一人しかおらず「うげっ」と声が洩《も》れそうになるのを慌てて呑み込む。

椅子も机もいくつかあるにもかかわらず、生真面目にも部屋の隅で直立していたエルンストは、ニコラの入室に気付くや否や、またもやむっすりと不機嫌面になった。

初対面だったにもかかわらず非友好的な態度を取られるのは何とも不愉快で、ニコラもつられてしかめ面になるしかない。

だが、気まずい沈黙に耐えかねたニコラは、やがて渋々と口火を切った。

「………あの！　私は何か、貴方の気に障るようなことでもしましたかね」

理由も分からず邪険にされて大人しくしていられるほど、ニコラは温和な性格をしていない。棘《とげ》々しさを隠そうともせずに問えば、エルンストは眦《まなじり》を吊り上げて低く唸った。

「……俺は、自分の目で見たことしか信用しない。俺はお前を信じないぞ！　胡散臭《うさんくさ》い戯言《たわごと》で殿下を誑《たぶら》かすな！」

「………あぁ、なるほど。そういうことですか」

途端に合点がいって、ニコラはポンと手を打った。それならばそうと最初から言ってくれればいいのにと、ニコラは突き放すように薄く笑う。

「貴方が信じないならそれでいいです。何の問題もありません」

「なッ！」

世の中、そういう現実主義の手合いはどうしてもいる。そういう人種はたとえ主君や友人が信じていようと、非現実的なモノを信じることはない。たとえ彼の目の前で式神を見せたとしても、こういう手合いはトリックや仕掛けがあるに違いないと疑うのだ。

確かに、アロイスに対しては「面倒そうな相手に、いらんことを話してくれたな」と思わないでもない。だが、ニコラは別に、信じてもらえずともそれはそれで構わなかった。

むしろそういう人種の方が世間には多いことを、ニコラは正しく理解しているし、慣れてもいる。人には人の〝現実〟がある。

視《み》えるニコラにとっては〝居る〟ことが現実で、視えないエルンストにとっては〝居ない〟ことが現実なのだ。彼が認識する確固とした現実が揺らがない限り、彼が怪異に遭遇することはないだろう――特に彼の場合は。

エルンストを眩《まぶ》しいものでも見るように目を細めて眺めていれば、生徒会室の扉が荒々しく開かれる。

「ニコラ嬢、もう来てる!?」

扉を開いた主はアロイスで、ジークハルトはアロイスに半ば引きずられるような形で手を引かれ、生徒会室に入って来る。

だが、そんなジークハルトを上から下まで一瞥《いちべつ》したニコラは、あからさまにため息をついた。

「なんだ、いつも通りじゃないですか」

文字通り、ジークハルトの状態はいつも通りの通常運転。

確かに首から上は黒く煤《すす》けた靄に覆われて、煌《きら》めかしいご尊顔こそ見えにくくなっているものの、彼に憑いているのは特段騒ぐほどのタチの悪いモノでもなく、はたまた大量に憑いている訳でもない。

長期休暇で学院から帰省してくる時はいつも、大体こんなものだった。特段騒ぎ立てるほどでもない。

「私も、これくらいならまだ大丈夫だよと言ったんだけどね。今だってちょっと肩が重いかな、と思うくらいで特に不都合もないし」

そう言って、ジークハルトは所在なげに頬の辺りを掻《か》いた、と思われる。何せ黒い靄が邪魔で見えないので。何とも鈍感で、危機感のない発言ではあるが、仕方がないのだろう。慣れてしまうほどに、霊障はジークハルトの日常に溢れている。

こんなに真っ黒に覆われているのに⁉　と素っ頓狂な声を上げるアロイスは、信じられないものでも見るような目でジークハルトを振り向いた。その腰はすっかり引けてしまっている。

「ねぇ、ということはつまり、僕は今までずっとこんな状態のジークを見て、何にも気付いてなかったってこと……？」

「今まで気付いてなかったのならそうでしょうね。この人は一年のうちの半分くらいは、何かしらを引っ憑けて生活してますから……」

やはりアロイスは視えやすい体質になってしまったらしい。

それが一時的なものか永続的なものかは現時点では分からないが、今までと同じものを見ても見える景色は一変してしまうのだろう。

忠告を聞かなかった自業自得とはいえ、ニコラは憐れみを込めてアロイスを見遣る。

エルンストはといえば、主君であるアロイスの言葉の意味を理解しようとジークハルトを矯《た》めつ眇《すが》めつ眺めては、訝《いぶか》しげに首を捻ってを繰り返していた。

終いには発言したアロイスの方ではなく、ニコラの方を胡乱《うろん》げな目で睨むので、面倒くさい。

兎《と》にも角にも、サクッと祓ってしまうかと、ジークハルトに憑いた靄をまじまじと眺めて、ニコラはふと違和感に気付いた。

「それにしても、新しい匂い袋《サシェ》は渡したばかりですし、コレが新品の匂い袋《サシェ》を突破出来るほど強いモノとは思えないんですけど……」

「「……あ！」」

ジークハルトとエルンストは思い当たる節があったのか、揃って顔を見合せる。

「すっかり忘れていた……」

「すみません閣下！　自分が探して来ますのでッ！」

「あ、エルンスト待って……！　って、もう行ってしまったね……」

制止の声も聞かずに、エルンストは慌ただしく部屋の外へと消えていった。

「なになに？　何事？」

事情を知らないのはニコラだけではないらしく、アロイスも首を傾げる。

「午前最後の剣術の授業で、私とエルンストが対戦した時にね、剣先が匂い袋に引っかかってちぎれ飛んでしまったんだ。それを二人ともすっかり忘れてしまっていて……」

ジークハルトは申し訳なさそうに眉尻を下げてニコラに説明する。

だが、匂い袋《サシェ》を身に付けていなかったというのなら、さっそく憑かれてしまうのも納得だった。

「ねぇ、ちなみにその手合わせは、どっちが勝ったんだい？」

興味津々といった様子のアロイスが訊《たず》ねると、ジークハルトは苦笑して言った。

「残念ながら、エルンストだよ」

「やっぱりエルンに勝つのは、ジークでも難しいか……」

ジークハルトの返答は、アロイスにとって意外なものではなかったらしい。

へぇ？　とニコラはエルンストが去っていった方を見遣る。

ジークハルトがかなりの腕前であることは、ニコラも知るところだった。

年上の幼馴染は優美な見た目の割に、ニコラが両手で持ってもよろけてしまうような剣を片手で軽々と振り回す上に、本職の騎士相手にも手合わせで勝っている所を何度か見たこともある。そんなジークハルトが勝てないというのだから、あの堅物騎士、腕だけは確からしい。

だが、何はともあれエルンストが席を外してくれたことは僥倖《ぎょうこう》だった。

種や仕掛けを疑われたり、インチキだという疑惑の目を向けられながら祓うのは精神衛生上よろしくない。彼が戻って来る前に祓ってしまおうと、ニコラは再度ジークハルトに向き合った。

見れば、腕のようにも見える二本の靄を伸ばしたソレはギリギリとジークハルトの首を締め上げては、ポカポカと彼の頭の辺りを叩いている。

だが、靄そのものの力が弱いのか、はたまた彼が霊障に慣れきってしまっているだけか、さほど効果は無さそうで本人は案外ケロッとしたままだ。

ニコラが近付けば、黒靄は締め上げていた腕のようなものを緩めて今度はニコラの方に腕を伸ばし、

「……へ？」

ニコラに腕を伸ばした黒い靄は、何故かニコラの頭をよしよしと撫《な》でたのだ。これには流石のニコラの頭にもハテナが飛ぶ。

ジークハルトの美しさに対して誘蛾灯《ゆうがとう》のように集まって来るモノたちの大半は、彼に近付く女であるニコラに敵対的なことが多いのだが。

何故か今回は、ジークハルトに対してこそ敵対的で、ニコラには親和的。何とも珍しいパターンに、ニコラは口の端を上げる。

「面白いですね。事情を聞いてみましょうか」

4

ニコラはいそいそと教材鞄の中から紙を取り出し、その上にYES／NOやアルファベット、数字を書き連ねた。そして、ジークハルトには紙の端切れを渡し、手芸セットから取り出した鋏《はさみ》で真ん中に穴を開けるよう指示を出す。

そんな手元を、アロイスが覗《のぞ》き込んで訊ねた。

「ねぇ、何を作ってるの？」

「洋風コックリさんもとい、ウィジャボードですよ」

と言っても、彼には伝わらないだろうが。

だが、アロイスの疑問に一から十まで付き合っていれば、日が暮れかねないということは既に学習していたので、詳しく説明してやるつもりも無かった。

コックリさんのルーツとされる、ウィジャボード。

コックリさんは狐狗狸《こっくり》と当て字され、日本では動物霊を呼び出すとされているが、元々西洋から伝わってきたウィジャボードは死者の霊魂と交信する降霊術だった。ここは西洋風の世界観であるし、やはりコックリさんよりはウィジャボードを使用するべきだろう。手順は、
・複数人で文字盤を囲み、参加者全員が文字盤の上に置かれた指示盤に手や指を添える。
・降霊に成功すれば、誰かが質問をすると、ひとりでに指示盤が動き出して回答を文字で指し示す。
と、やり方も作用もコックリさんとウィジャボードに大きな差異はないということは、かつて祓い屋としての技能を学んだ師から教わったこと。

当時は一体なんの役に立つのかと疑問でしかなかったオカルト知識も、案外世界を超えれば無駄ではなかったらしい。ニコラは手を動かしながら、ほんの少しだけ前世に思いを馳《は》せた。

生徒会室の無駄に重厚な机の上に出来上がった即席のウィジャボードを並べてから、ニコラは二人を交互に見据える。

「以前お二人には、名前はとても重要なものだとお話ししましたよね」

「うん。モノの本質を表すからって」

「軽々しく名前を与えては駄目なんだったよね？」

はい、とニコラは大きく頷く。

「だからこそ今回は、漠然としたモノに形を与えようと思いまして。あぁ、私監修の元でないと実行しちゃ駄目ですからね、今回だけですよ」

従順に頷くジークハルトと、やや残念そうに頷くアロイス。二人の性格の違いが如実に現れていて、ニコラはアロイスのみをじろりと睨む。

それから、ジークハルトの頭部周りにまとわりつく黒い靄を見遣った。


そこかしこに蔓延《はびこ》る黒い靄たちのルーツには、実は種類がある。

ひとつは人間から漏出した、良くない感情が凝り固まったもの。これは大体のものが、複雑な思考を持たず主に感情で行動する。

もうひとつは、死者の霊魂だった。いわゆる地縛霊や浮遊霊という奴である。

死者の霊魂は最初こそ生前のままに思考し行動するが、それは永久的ではない。誰にも届かぬ孤独、何にも干渉出来ない無力感。彼らの姿は基本、水にも鏡にも映ることはない。

そういったモノたちは、ただ重なっていく歳月の中で己の名前を忘れ、それと共に姿形も崩れて煤けた靄になっていくのだ。

彼らは靄まで落ちていくにつれて、意思や記憶は次第に薄れて、よりシンプルな感情ばかりが残ることになる。

要するに、前者も後者も行き着く先は黒い靄なのだが、最初の出発点が違っていた。

ニコラは改めて、ちらりと目の前の黒い靄を見遣る。

ジークハルトに纏《まと》わりつくソレはといえば、ジークハルトに敵対的で、ニコラには親和的。シンプルな感情というよりは、その元になった記憶や意思がまだ作用しているように思える。だからこそ、元は霊魂だったのではないかと考えたのだ。

もしも推測通りに靄の元が霊魂なら、名前を思い出させてやれば、形を取り戻せるかもしれない。

ニコラはいつも、ジークハルトに吸い寄せられてくる似たような思考回路の生霊や死霊、靄の有象無象ばかりを祓ってばかりで、飽き飽きしていたところだった。

少しばかり毛色の違う死霊なら、事情を聞いてやるのも吝《やぶさ》かではない。


完成したウィジャボードの上に、ジークハルトに作らせた真ん中に穴の空いた指示盤を重ねる。

「これは、霊魂と対話するためのツールなんです。今からご本人に名前を教えてもらいましょう。お二人とも、指示盤に手を添えて。軽くでいいですよ。動かそうなんて思わなくて大丈夫です。勝手に動きますから」

ざっくりとした説明しかせずに、指示盤の上に二人の指を置かせる。

ソレはもう既にこの場にいる。改めて降霊させる儀式などは不要だろう。

さて、と息を吸って、ニコラも指を添えた。

「早速ですが、名前を教えてください」

最初の十数秒は何事も起こらなかった。沈黙のうちに二人がちらちらとニコラを窺《うかが》うのを黙殺して、じっとボードを見つめる。

指示盤は微かに震え始め、やがてつつつ……と引っ張られるように動き出した。

「えっ、本当に動いた……」

「指を置いているだけなのに⁉」

ニコラはニッと口角を吊り上げる。

だが、指示盤はＡＢＣの辺りを彷徨《さまよ》ってから、アルファベットやＹＥＳやＮＯも書かれていない欄外でぐるぐると回り始める。どうやら、思い出せないらしい。

ダメで元々。ちょっと横着をしようとしただけで、想定内だった。

気を取り直して、再び口を開く。

「じゃあ質問を変えます。この学院の生徒だった？」

それに関しては、ススとＹＥＳへ指示盤が動く。

二人はわぁと声を上げて、食い入るように文字盤を見つめる。

「では、男だった？」

指示盤はＮＯ指し示す。これには、おや、とニコラは片眉を上げた。

ジークハルトの美貌に釣られてきた女の霊は、大抵がジークハルトにべったりで、近付く女であるニコラを威嚇することが多い。

今回はその真逆でジークハルトに敵対的だったため、てっきり男の霊かと思っていたのだが、当てが外れたらしい。

「では、貴族だった？」

――YES

「伯爵位より上？」

――NO

「子爵家？」

――NO

「じゃあ男爵家ですね」

――YES

「家族は何人いましたか？」

――4

「ご両親と？」

――YES

「あとはお兄さん？」

――NO

「では妹？」

——YES

彼女が思い出しやすいように、基本的には答えやすい二択で問うニコラに対して、指示盤は時に時間をかけながら、時には迷いなく即座に答えていく。

ジークハルトとアロイスは固唾を呑んで、じっとニコラと指示盤とのやり取りを見守っていた。

性格や、好きな物や嫌いな物……。彼女を構成していたであろう内面や周辺情報を粗方聞き終えた頃に、ニコラは静かにすっと目を細めた。

「ではもう一度問いますね。貴方の名前を教えてください」

今度は辿々《たどたど》しくも、指示盤はアルファベットの上を滑る。

A…N…N…指示盤が示すアルファベットを拾って読み上げた。

「〝アンネ・フォン・ビューロー〟貴女の名前は、アンネ。そうですね?」

ジークハルトにまとわりついていた黒い靄はグッと凝縮し、拡散し、ぐるぐると渦巻きながら再構成を始めた。

己の名前を忘れてしまったモノは形を保てなくなる。そしてそのまた逆も然《しか》り。忘れた名前を思い出すことが出来れば、自《おの》ずと形が成る。

「「……!」」

黒い靄が完全に晴れた時、そこには栗色《くりいろ》で猫っ毛の髪の少女が浮かんでいた。ニコラと同じ制服を纏《まと》った半透明の身体は、彼女が既にこの世のものでないことを如実に表している。

ジークハルトとアロイスは揃って零《こぼ》れんばかりに目を見開くが、はくはくと動く口から言葉が出てくることはなかった。

半透明の少女はそんな二人に見向きもせずに、ぽつりと呟きを零した。

「あぁ、そうよ思い出した……わたし、アンネよ。わたし、西塔から飛び降りたんだわ……！」

ふむ、とニコラはあごに手を当てる。飛び降りとは中々に穏やかではない。

未《いま》だ酸欠の金魚のように声もなく仰天しているジークハルトとアロイスは放置して、改めて半透明の少女に問いかける。

「へぇ、そりゃまたどうして？」

アンネは俯《うつむ》いて、微かに震える声で続けた。

「……わたし、伯爵家の男の人と秘密で交際していたの……。本気で愛していたし、あの男も愛していると言ってくれていたの、爵位なんていらないから駆け落ちしようって！　なのに……」

ニコラとそう年齢の変わらない少女は俯いて、そっとお腹の辺りを撫でる。その先は聞かずとも分かってしまって、ニコラは顔を顰《しか》めた。

ジークハルトとアロイスの驚愕《きょうがく》もようやく鳴りを潜めたようで、今度は眉根を寄せて顔を見合わせる。

学院において、交友関係は確かに自由度が高い。

身分を超えた友誼《ゆうぎ》が存在していることはジークハルトとアロイスが証明しているし、まだ入学して一ヶ月程のニコラ自身も、商家出身の友人や子爵家より身分の高い友人が出来た。

だがそうした身分を超えた交友関係が推奨される一方で、身分違いの恋愛はといえば、暗黙の了解として禁忌《タブー》なのだ。

この世界においても貴賤婚《きせんこん》、つまり爵位を超えた婚姻は、その夫婦やその子に対しても、法的、社会的ペナルティーが科せられる。

駆け落ち同然の婚姻は不可能ではないが、そんなことをすれば夫婦共々社交界から締め出されるであろうし、その子どもは身分その他の継承権を完全に失うなど、不利益も大きい。

そんな貴賤婚の萌芽《ほうが》と成りうる身分違いの恋愛沙汰に、世間の目はかなり厳しかった。

しかしその一方で、未婚の少年少女たちが通う学院内では、遊びと割り切った男女同士の〝火遊び〟が横行していることも確かな事実なのだという。

巷《ちまた》でも身分違いのロマンス小説が大流行しているらしく、夢見がちな青少年の憧れを増幅しているようだった。

『身分違いの道ならぬ恋』という設定をスパイスに、仮初の色恋を楽しむ生徒は存外多いのだと、ジークハルトは憂い顔で語る。生徒会長としては、どうやら思うところもあるらしい。

わたし達だけは、物語に出てくるような本物の恋だと思っていたの、と少女は小さく呟いた。

「結局最後は、遊びを本気にするとは思わなかったって捨てられたわ。それどころか、わたしに執拗《しつこ》く言い寄られて困っているだなんて噂《うわさ》を広められて、学院中から後ろ指を差されて……。誰にも相談出来なくて、ノイローゼになっていたのね」

アンネはそう自嘲気味に語るが、その声色には懐古する様子もまた窺えて、意外にも想像していたより悲壮感は薄い。

「馬鹿よね、わたし。身分違いの恋に燃え上がって、あんなどうしようもない男に踊らされて。今なら分かるのに、あの頃はそれが全てだったの」

ジークハルトとアロイスは返答に困った様子で、互いに視線を交わして口を閉ざす。

ニコラもまた、彼女の自嘲を否定も肯定もしなかった。

身分違いの恋愛が上手くいくことなど、おとぎ話の中にしかないのだ。

夢見がちな、十代の若気の至りで命まで落としてしまった彼女を擁護する気にはなれなかった。

だが、馬鹿正直に返答して死体蹴り（彼女は文字通り既に死んでいる）をする程、ニコラは心無い人間ではない。

ニコラは意図して話題を変えた。

「そういえば、一体どうしてジークハルト様に取り憑いたんですか？」

その問いには、当事者のジークハルトだけでなくアロイスまでもが身を乗り出して、彼女の返答を待つ。

アンネは思い出すように少し言い淀《よど》んで、それから口を開いた。

「えぇと、確かわたしは西塔の下にいて……。そう、あの男よ。あの男がこの銀髪の美人さんに『火遊びは弁えている女とやれよ』だなんて言っていたんだわ。それで、この美人さんもロクでもない男なのかしらって思って、こっそりついて行ったの」

「あの男？」

アロイスのオウム返しに、ジークハルトは心外そうに眉をひそめる。

「多分、剣術講師のベルマー卿《きょう》だろうね。確かに、授業終わりにそんなことを言われたよ」

ジークハルトの声は苦い。

「そっか、剣術の演習場って西塔の真下だね。それにベルマー伯って社交界じゃ、女性関係がかなり派手なことで有名だよ」

アロイスはそう言って肩を竦めた。

つまり、アンネは自分が死んだまさにその場所で、地雷をドンピシャで踏み抜かれたらしい。

アンネは生徒会室をふよふよと泳ぐように揺蕩《たゆた》い、ニコラの眼前でくるりと回ってみせる。

「それでね、こっそりついて行って話を聞いていたら、この美人さんは侯爵様だって言うじゃない。それなのに、ずぅっと子爵家の女の子がどうとかって話しているから、あぁこの人も遊び人なんだわって。身分が違う女の子を誑《たぶら》かしているロクでもない男は、懲らしめなきゃって思ったのよ！」

「だから取り憑いた、と？」

多分ね？　そんな気がするわ、とアンネは頬に人差し指を添えて悪びれずに言う。

「まったく心外だよ、私はいたって本気なのに」

ジークハルトは心底不本意だと言わんばかりにため息をついた。

アロイスはくすくすと笑いながら「ジークったら、昼休みはいつも僕に君のことを惚気《のろけ》るんだよ」

とニコラに耳打ちしてくるので、しょっぱい顔になる。

「何だこの茶番劇……」

ニコラはがっくりと肩を落として呟いた。

5

「思い出させたりするんじゃなかった、かもしれない……」

急に全てが馬鹿らしく思えてきてしまって、ニコラは生徒会室の机に突っ伏した。

対面ではジークハルトが宙に浮かぶ幽霊を相手に、ニコラとの出会いや思い出話、想いの丈などを語り始め、げんなりしてしまう。それらはニコラ自身も、耳にタコが出来るほど聞き飽きたものだ。

くすくすと笑う声に首をもたげれば、アロイスが机に肘をついて、愉しげにこちらを眺めていた。

やはり苦手な男だと睨んでも、アロイスは全く気にしていない様子で微笑むだけだ。

「……何なんですか」

「ニコラ嬢はさ、どうしてジークに応えないんだい？　ほら、アンネ嬢を捨てた男と違って、ジークが本気なのは流石に分かっているだろうに。聞けば、十年間も一途に想い続けているらしいじゃないか」

「……身分が違うからですよ」

身分違いの色恋がろくな結末にならないということの、最たるエピソードをたった今聞いたばかりだというのに、一体何を言っているのか。

ニコラがぴしゃりと言い放てば、アロイスはぱちくりと瞬きをした。

「何ですかその反応は」

「それだけ？　いや、てっきりもっと他にこう、ね……？　じゃあもしも、その身分の問題さえパスすれば、ニコラ嬢はジークと結婚してもいいと考えているってことかな？」

「その問題をパスする前提自体が有り得ないので、その問いに答える必要を感じませんね」

ニコラは冷ややかに断言する。

だが、アロイスは悪戯を思い付いた子どものような表情を浮かべて、とんでもない事を言い出した。

「ねぇ、王家として特例で婚約を認めてあげようか？」

笑えない冗談に、ニコラは思いっ切り眉間にしわを寄せる。

「必要ありません」

「そう遠慮しないで」

「いいですって」

「あぁ、認めてもいいよってことだね」

「結構です」

「認めてもらって結構、ということかい」

「しつこいな！」

ニコラはとうとう机を叩いて叫んだ。

「ご遠慮します、という意味ですよこの馬鹿王子」

「あはは、手強《てごわ》いなぁ」

はっきりと侮蔑の視線を向けられても、アロイスは動じないどころか嬉《うれ》しそうに目を細めるので頭が痛い。

まともに取り合おうとしたのが間違いだったのだと、もう一度だらしなくも机に突っ伏す。

ジークハルトの方を見遣れば、彼はまだアンネを相手に惚気倒しているようだった。

エンドレスマシンガントークに巻き込まれたアンネも災難だなと思っていれば、案外それは杞憂《きゆう》なようで、彼女も案外楽しそうにそれを聞いている。

彼女の頬は半透明でも分かる程に赤く上気していて、ニコラは「分かる、顔良いもんな」と苦笑した。

今日も今日とて、ニコラの幼馴染のご尊顔は嘘《うそ》みたいに整っている。お手本のように、あるべき場所に全てのパーツが配置されているのだから、目の保養には持ってこいだろう。

「ニコラ嬢って、ジークの顔好きだよね」

クスクスとアロイスの揶揄《からか》う声が降ってくる。

「そっ、れは……！　むしろ綺麗なものが嫌いな人の方が少ないでしょう」

文句があるかと、ニコラは口をギザギザに引き結んで不満げに見上げた。

「それに、君は何だかんだ言ってジークに甘い」

腕を組んで片目をパチリと瞑《つむ》るアロイスに、ニコラは憮然《ぶぜん》とする。

「そんなことはありません」

「そうかな？　破損すれば自分にリスクがあるような式神を、ジークには躊躇《ちゅうちょ》なく持たせているのに？」

「別に……ジークハルト様があまりにも取り憑かれやすいからですよ」

だが、怪異に遭遇する可能性は今やアロイスとて同じ。下手な誤魔化しの自覚があって、ニコラはふよっと視線を泳がせる。

そんなニコラの反応を楽しむかのように、アロイスは一層笑みを深めた。

「顔が好みの幼馴染に愛されていて、君だって相手を憎からず思っているのに、まったく君も強情だよね」

厳密に言えば、ジークハルトの顔は好み云々《うんぬん》を超越する奇跡の美であって、好みとはまた違うものだ。

だが、好いた惚《ほ》れたではなく〝憎からず思っている〟とはまた、意地の悪い表現だった。

幼馴染としての情なら、既に湧いてしまっている。憎からず思っていることさえも否定してしまえば、十年来の幼馴染としての関係までもを否定することになってしまうため、その点には口を噤《つぐ》んで顔を逸らした。

「……それでも私は子爵の娘ですから」

「子爵令嬢、ね」

アロイスは意味ありげな流し目をニコラに向ける。

「ニコラ嬢、君はエルスハイマー侯の孫にあたるはずだろう？」

「…………まぁ、はい」

複雑怪奇な貴族の相関図をよくも覚えているものだと、ニコラは苦々しい思いで目を細める。

アロイスの言うように、確かにニコラの祖父は侯爵で間違いなかった。

陞爵《しょうしゃく》——爵位が上がるという例は、主に二つある。

ひとつは貴族が勲功を挙げて評価を受けること。二つ目は、親の爵位を受け継ぐことだった。

一人の貴族が複数の爵位を持つことは、この世界においても珍しくはない。実際にニコラの祖父は侯爵位、伯爵位、子爵位の三つを保有しており、既に伯爵位は嫡男に、子爵位をニコラの父に継がせている。

例えば、現嫡男である父の兄に万が一のことがあり、ニコラの父が祖父の爵位を相続した場合、ニコラは子爵令嬢から侯爵令嬢にジャンプアップする可能性も、無くはなかった——理論上では。

ニコラは緩く頭《かぶり》を振る。

「……祖父の侯爵位は、そのまま嫡男である伯父が継ぎます。私には関係ありませんよ」

「順当に行けば、だよね」

「ええ。ですがそうでもなければ、一家諸共《もろとも》暗殺されかねません。順当に行ってもらわなければ困ります」

家督を巡る、血で血を洗う争いはこちらの世界でもよくある話だ。

実際、父の兄にあたる伯父はかなり貪欲な人らしい。どれくらい貪欲かというと、今でこそ嫡男に収まっている伯父は元は次男で、その上には長男がいたのだという。

その肝心の長男はといえば、妻や子ども共々『不自然な事故』に遭い他界済みで。

ちゃっかり繰り上がって嫡男に収まった伯父の耳元で、今なお長男一家が怨嗟《えんさ》の念を囁《ささや》いているのを見るに、何が起こったのかは想像にかたくない。

ふわりと香った嗅ぎ慣れた匂いに気付いて身体が硬直する。

アンネを相手に心ゆくまで惚気終わったらしいジークハルトがいつの間にか背後に回り込んでいたらしく、ニコラは慌てて振り返ったが時既に遅し。

ジークハルトはニコラを猫のように一瞬持ち上げたその隙に、ニコラが座っていた椅子にするりと座り、その膝の上にニコラを座らせる。相も変わらず鮮やかな犯行手口に舌打ちが洩れた。

「ビジュアルが良いからって調子に乗らないでください」

「容姿を褒めてくれてありがとう」

舌打ちなど意にも介さないジークハルトは無駄に煌々《こうこう》しい花の顔《かんばせ》を綻ばせるばかりで、ニコラはむくれるしかない。

ジークハルトは一応ニコラとアロイスの会話を聞いてはいたのか、ニコラの耳元でアロイスに向かって口を開いた。

「お義父さんは――」

「お義父さん言うな」

「はいはい。ウェーバー子爵はね、欲をかいて家族を危険に晒《さら》すくらいなら、ずっと子爵でいいと仰《おっしゃ》るような、穏やかで欲のない方なんだよ。だから、相続によって私とニコラの身分の問題が無くなる可能性は低いね」

「へぇ？　僕はてっきり、ニコラ嬢が侯爵令嬢になる可能性があるからジークは求婚しているんだとばかり思っていたんだけど」

意外そうに目を瞬かせるアロイスに、ジークハルトはニコラを抱き込んだまま続けた。

「私たちが結ばれるには、話はもっと単純なんだ。ニコラも私も貴族であることにこだわりなんてないんだから、爵位を放棄すればいい。私は農民だって、案外上手くこなせると思うんだけどね」

確かに何でもそつなく平均以上にこなしてしまうジークハルトならば、案外上手くやれるのだろう。

ニコラ自身、稀少《きしょう》な職種にこそ就いてはいたが、元は日本の一般家庭出身の人間だったのだ。確かに貴族であることにそこまでのこだわりはない。

それでも、こんな美麗な農民がいてたまるかと、ニコラは恨みがましくジークハルトを見上げる。ジークハルトは頭のてっぺんから指の先まで芸術品だ。日焼けして、土に塗《まみ》れて皹《あかぎれ》だらけの手になるよりは、貴族のままでいる方が似合うとニコラは個人的に思っている。

「お義父さんも――」

「だからお義父さん言うな」

「ウェーバー子爵も、私がニコラを説得出来て駆け落ちするというのなら、ウェーバー領の市民権くらい喜んで用立ててあげると言ってくださっているのに」

ニコラ当人を差し置いて何を勝手に約束しているのかと、この場にはいない父にも沸々と怒りが湧いてきて、思いっ切り顔を顰《しか》める。

ジークハルトは宥《なだ》めるようにニコラの頭を撫でるが、元凶が何をやっても意味がない。ぺしんと払い除《の》けようとした手はしかし、行動を読まれていたのか反対の手に捕まえられて。ニコラは間抜けな格好でぐぬぬと唸るしかない。

そんな二人の様子を見たアロイスとアンネは顔を見合わせて、クスクスと笑いだした。

アンネは何が可笑《おか》しいのか、しまいには腹を抱え、眦《まなじり》に涙まで浮かべて笑う。

ひとしきり笑い終わった彼女はニコラとジークハルトの周りをくるくると飛んだ。

「あはは、笑ったらスッキリしたわ！　私に男を見る目が無かっただけで、身分が違っても真実の愛ってあるのね」

「勘弁してください……」

〝真実の愛〟などという気色の悪い表現に、ぞぞぞと背筋に悪寒が走る。

アンネは半透明の頬を恋する乙女のように薔薇色《ばらいろ》に染めて、少しだけ羨ましそうに目を細めた。

その身体は少しずつ末端から淡くなっていく。

「……未練はないんですか。捨てた男に恨み言とか」

「あんなくだらない男に関しては、もう別にどうでもいいの。でも、貴方たちを見ていると、私も平民にでもなって、一人で産んで育ててあげればよかったのかも、なんて思うわ」

アンネはトパーズ色の瞳を伏せて、もう一度お腹に手を添えた。

「たとえ勘当されても、学院を辞めても、死ぬ勇気があれば、もしかしたらそんな生き方も……なんてね」

貴族として生きてきた女の子がある日一人で平民として放り出されて、一人で子どもを産んで育てる――現実的ではなくても、その空想を否定する気にはなれなかった。

夢物語には違いないが、現実を生きるニコラたちと違って、既にこの世にない彼女が夢想することは自由だ。

「……貴女のそばに水子は、赤子の霊魂はいません。先に行って、貴女を待っているんじゃありませんか」

「もし会えたなら、まず謝らないとよね。許してくれるかしら？」

ジークハルトの周りをくるりと一周して、それからニコラに目線を合わせた彼女は「貴方たちに会えてよかったわ。最後に楽しいものを見せてくれてありがとう」と綺麗に笑った。

「末永くお幸せにね」などと余計なことを囁いた彼女は、するりと空気に溶けて、とうとうニコラの目にも映らなくなる。

「……彼女は、どうなったんだい？」

初めて成仏の瞬間を目にしたアロイスは、ニコラを振り仰いだ。

「あるべき所に還《かえ》ったんですよ」

ニコラは静かに目を伏せた。

彼女もまた、ニコラのように生まれ変わって、別人としての人生を歩むのかもしれない。

三人共々しんみりと黙り込んでしまった空間は、場違いにも明るい声によって破られる。

「殿下、閣下！　遅くなり申し訳ありませんッ！」

意気揚々と生徒会室に戻って来たエルンストの手には、先日ジークハルトに渡したばかりの匂い袋《サシェ》があった。

そもそも匂い袋を手放さなければ、こんなにもすぐに呼び出されることもなかったはずなのだ。礼を言ってそれを受け取るジークハルトをニコラはジト目で見上げて「今度こそ手放さないでくださいよ」と念を押す。

珍しく気まぐれを起こしたせいで無駄に疲れてしまったものだと、ニコラは深いため息をひとつ吐いた。

視界の隅では、チラチラと跳ねたり見切れたりして存在を主張する黒い靄。それを、これ以上厄介事を持ち込んでくれるなよと睨む。

だが、キュルキュルと集合して球体になったソレは、ニコラが視線を向けたことを嬉しがるように、より一層ぴょこぴょこと窓枠を跳ねるばかりで。ニコラはこめかみを押さえてぐったりと机に肘をついた。

6

だが、一件落着と思いきやそうでは無かったらしい。そうニコラが知ったのは、彼女の成仏からちょうど一週間が経った頃だった。

「…………西塔に出る幽霊？」

カリンの人脈によってセッティングされた放課後の茶会は、そんな話題から始まった。

「知ってるわ！　この学院で自殺した女子生徒が、今も自分を捨てた男に復讐しようと彷徨《さまよ》ってるんでしょう？」

「私も聞いたことある！」

そんな声がニコラの両隣から上がる。知らなかったのは、どうにもニコラだけらしかった。

下級貴族の令嬢と豪商の娘しかいない飾らない茶会なので、少女たちは作法もほどほどにきゃあきゃあと噂話に興じる。

「わたし、多分その幽霊を実際に見たわ」

そう言ったのは、エルザ・フォン・ラッツェル伯爵令嬢だった。

「本当⁉　どんなだった？」

カリンは目を輝かせて彼女に続きを促す。

エルザはティーカップをソーサーに置くと、アンバーの瞳で円卓を囲む面々をぐるりと見回して、とっておきの話をするように声をひそめた。

「夕暮れ時にね、西塔の最上階で蹲《うずくま》っている女の子が居たから、声をかけようとしたのよ。確か、わたしと同じような癖毛で、髪の色は栗色の女の子。トパーズ色の瞳だったわ」

そう言いながら、彼女は自身のダークブラウンの猫っ毛を指差す。

ニコラはアンネの容姿を思い浮かべて眉をひそめた。その特徴は、まるで本物のアンネを見て来たかのようにそのままだったからだ。

「それでね、ブツブツと何か言っているから、耳を澄ませたの。彼女、ずっと『許さない許さない許さない許さない許さない』って言っていたわ。それで、よくよく見たら、足が透けていたの！　だから怖くなって、声はかけずに引き返したわ」

まぁ！　と目を見開いたのはエミリア・ロイス。商人の娘だ。

「絶対にその幽霊じゃない！　声をかけなくて正解！」

エミリアの言葉に、他の令嬢たちも揃って首肯する。

「……ねぇ、ソレを見たのはいつの話？」

ニコラの問いに、エルザは「二日前よ」と澱《よど》みなく答えた。

ニコラは一人、首を捻《ひね》る。アンネは一週間前に、確かに成仏したはずだった。

だが、目撃談はアンネの容姿と一致するし、出没場所が西塔であるというのも、彼女が死んだ場所と一致する。

違和感があるとすれば、目撃されたのがアンネの成仏した日より後であることと、その幽霊が自分を捨てた男を今も強く怨《うら》んでいることだろうか。

アンネが嘘をついているようには思えなかったのだが、心変わりでもあって成仏出来なかったのか、或《ある》いは……。ぼんやりと考え込んでいれば、隣に座るカリンに腕を揺すられる。

「ニコラ、ニコラったら！　聞いてるの？」

「え、あ……何？」

「だーかーらーっ！　この前エルンスト様に話しかけられていたのはどういうこと？　聞いてないフリしたって逃がさないんだから、キリキリ白状なさい！」

気付けば円卓を囲む少女たちの好奇の目はニコラに集中していた。

ニコラは遠い目をして、前世の友人の「女子高生の会話なんてマジカルなバナナ」という言葉を思い出す。バナナといったら甘い、甘いといったら林檎《りんご》、林檎といったら赤い……。いつの間にか連想ゲーム並みに、話題は斜め上に逸れていたらしい。

だが、ニコラでさえよく分かっていないエルンストとの関係性を聞かれても返答に困る。それに、まさか『主君に近付く胡散臭い人間として威嚇された』などと正直に話す訳にもいくまい。

ニコラは開き直って、真っ赤な作り話をすることにした。

「あの人が好意を寄せている女性と私が知り合いだから、渡りをつける約束をしただけ」

ニコラの適当な回答に、令嬢たちからは落胆の声が洩れる。

落胆の内訳は、想定していたより色めいた話でなかったことを残念がる声が半分、残りはエルンストに想い人が居ることを残念がるものだった。

意外にもエルンストは知名度と人気があるらしいと、ニコラは目を瞬く。

ニコラのそんな表情を横目に見たカリンは呆れたように、こっそりと耳打ちした。

「ニコラ知らないの？　エルンスト様、今この学院で一番腕が立つ人で有名よ。出世株だし、婚約者もいないから、結構狙ってる下級貴族の令嬢は多いの」

ふぅんとニコラは気のない相槌《あいづち》を打つ。

あんなに堅物そうなのにモテるとは意外だと思っていれば、またも連想ゲームのようにコロコロと話題は移り変わっていく。

そういえば、とエルザは華やいだ声を上げた。

「エルンスト様と言えばね、わたし達、エルンスト様と銀の君が剣術の手合わせしている所を見たわ！　ね、シュザンナ！」

「そうなのですわ！」

エルザは伯爵令嬢シュザンナと一緒に誇らしげに胸を張る。

「わたしとシュザンナのクラスは、あの日授業が早く終わったから、とても間近で見られたのよね！」

いいなぁ〜と円卓を囲む令嬢たちは色めき立って、口々に黄色い声を上げる。

「私は、優美な見た目の人より、筋肉質な方がタイプ」

「私はそういう人、威圧感があって怖いなぁ」

「あら、それがいいんですわ！」

「分かる！」

「えー？」

きゃらきゃらと好みの話で盛り上がる令嬢たちを尻目に、ニコラは冷めきった紅茶を喉に流し込む。少女たちの他愛もない談議を適当に聞き流しながら、考えてしまうのは西塔に出るという幽霊のことだった。

◇

翌日の放課後、ニコラは一人で西塔の最上階を訪れていた。

外側から見れば大きな時計が埋め込まれている西塔の最上階の内部には、大きな鈍色《にびいろ》の釣鐘が吊《つ》り下げられていて、ニコラはその下を歩く。

だが塔の内側を見回しても、採光窓から地上を見下ろしても、やはりアンネの姿はない。

念の為に最上階より下の階層を全て見て回っても結果は同じで、恨み言を吐く幽霊を見つけることは出来なかった。

窓の外からじっとニコラを窺い見る黒いモノには眉を寄せるが、一旦それは放置して、彼女の足はそのまま生徒会室に向かっていた。


生徒会室の扉を開ければ、運良くお目当ての人間はそこにいた。

「ニコラの方から会いに来てくれるなんて、珍しいね」

ジークハルトはことのほか嬉しそうにその玉顔を綻ばせて、ニコラを招き入れる。

ただ、その傍らにはお呼びでない人間もまた二人いて、内心げんなりするが仕方がない。

エルンストは今日もニコラの姿を見とめた瞬間にガルルと吠《ほ》えたげな形相に変わり、ニコラもまたスッとエルンストから視線を逸らす。そんな二人の様子を交互に見て目を丸くしたアロイスは、面白いものでも見つけたように笑みを深めた。

だが、生徒会室にいたのは見知った三人だけではなかったらしい。

「あら、お客さま？　まぁ、貴女は確か、あの時の新入生さんね」

二間続きになっている生徒会室の奥の部屋から姿を覗かせたのは、ニコラがアロイスに式神のことなどを説明した日に、空き教室の無断使用を注意しに来た上級生の令嬢だった。

ジークハルトはニコラの手を引いて、その令嬢に引き合わせる。

「オリヴィア嬢、この子は私の幼馴染のニコラだよ」

学院内では出来る限り関わりを隠したいと言ったはずなのに、何をさらっと紹介しているのか。

ニコラはくわっと目を見開いてジークハルトを見上げるも、当のジークハルトは「彼女なら大丈夫だよ」と笑うばかりだ。

「ニコラ、こちらはオリヴィア嬢。リューネブルク侯のご息女で、生徒会の副会長だよ」

そう説明され、ニコラは僅かに目を瞠《みは》る。リューネブルクと言えば、ニコラでも流石に聞き覚えがあるほど力を持つ権門だった。

「彼女は僕の婚約者でもあるよ」

さらりと付け加えるアロイスに、ニコラは第一王子の婚約者は公爵令嬢ではなく侯爵令嬢なのかと意外に思う。だが、言われてみれば確かに、現在公爵家の子女に妙齢の人間はいないはずだった。

オリヴィアは波打つ亜麻色の髪を揺らして、ふわりと上品に笑う。

「こんなに可愛らしいお嬢さんが幼馴染なんて、会長も恵まれていますわね。羨ましいわ！」

その「可愛らしい」には、可愛らしい（サイズ）だとかそういう言葉が伏せられているのではなかろうか。そう穿《うが》った見方をしてしまうほどに、オリヴィアは抜群のプロポーションだった。

人より遥《はる》かに小柄なニコラが彼女と向き合うと、制服を押し上げる程たわわに実った果実が大迫力で眼前に迫って、思わず面食らってしまう。

そんな豊満で女性的な体型を前に、ニコラは無言で自分のちびで細っこい身体を見下ろした。無駄な肉がないと言えば聞こえは良いが、細い肢体に同じように厚みのない手足。胸も尻もささやかなものだ。

ジークハルトもこんな控えめな体型の女ではなく、オリヴィアのようなグラマラスな女を好めば良いのにと、ニコラは心の中で小さく毒づく。

……いやでも、ちょっとくらい詰め物をしてみてもいいかもしれない。あくまでも女としての見栄であって、決して、断じてジークハルトは関係ないが。

気を取り直すように、ニコラはぶんぶんと頭を振る。

だが、改めて考えてみると、ジークハルトとオリヴィアは家格も同じ侯爵家同士でちょうど良い。お似合いだとも思う。彼女が既にアロイスと婚約してしまっているのが残念でならなかった。

「わたくし、年下のお友達っていませんの。仲良くしてくださると嬉しいわ」

オリヴィアはそう言って、艶《あで》やかに微笑む。

立派に実った果実のせいで、第一印象はその体型に全て持っていかれてしまったが、ニコラは形ばかりの返礼をしながら改めてその顔を見上げた。

ジークハルトやアロイスを見慣れてしまって、ちょっとやそっと整っている程度では何とも思わなくなったニコラだが、彼女は顔立ちもそこそこに整っているようだった。

「わたくしはこのあと予定があって、すぐに出て行くのですけれど、お客さまにお茶だけでも出してから行きますわね。ニコラちゃん、会長にご用があって来たのでしょう？　さぁ座って座って？」

オリヴィアはニコラの手を引いて椅子に座らせ、パタパタと隣の部屋に引っ込んで行く。

「学内にいると、どうしても私とアロイスは人に群がられてしまうからね。生徒会活動がない時期には、こうして隠れ場所として使えばいいと、彼女が提案してくれたんだ。以来重宝しているよ」

ジークハルトの声音からは、本当に感謝していることが窺えた。

確かに用事がある人間や招かれた人間でない限り、一般の生徒は出入りしにくい場所だろう。

「私たちは基本的にここで時間を潰していることが多いから、何かあればここにおいで」

願わくはこちらから出向く機会など二度とないといいと思いながらも、ニコラは渋々と頷くしかない。スマホがない世界とは、なかなか不便なものだった。

「ところでニコラ嬢。何かあったのかい？」

ニコラの顔を覗き込んで、アロイスは小首を傾げる。

ニコラは単刀直入に口を開いた。

「……西塔に出る幽霊の噂を、聞いたことはありますか？」

ニコラの言葉にジークハルトとアロイスは揃ってアンネを思い浮かべたのか、怪訝《けげん》そうな表情を浮かべる。だがその表情を見る限り、彼らは知らなかったらしい。

こういう噂自体を嫌いそうなエルンストの眉間にも、深いしわが寄る。

「僕らはこうして人目を避けて、いつも生徒会室に逃げ込んでいるからね、どうしても学内の噂には疎くなるんだよね」

アロイスはそう言って肩を竦めた。

「あら、皆さんご存知ないんですの？」

ティーセットを持って部屋に戻って来たオリヴィアがそう口を挟むので、全員の視線は彼女に集中した。

「この学院で自殺した女子生徒の幽霊の話でしょう？　今は学院中がその噂で持ち切りですわ」

オリヴィアは紅茶をサーブしながら、全員の顔を見回した。

だが彼女は「でも……」と少し不思議そうに付け足す。

「その噂はちょうど一週間くらい前から、急に聞くようになったんですの。それまでは聞いたことがなかったですし、少なくともわたくしたちの在学中に自殺者なんていませんから、どうして急にそんな噂が立ったのかちょっと不思議で……」

やはりあの噂はアンネの成仏後に広まった話らしく、ニコラは目を細める。だが、思考は長く続かなかった。

オリヴィアは紅茶を全員分サーブし終えると、何故かニコラの手を取ってぎゅっと握り込む。

「今日はわたくし、もう行かなければなりませんけれど……。せっかくお知り合いなれたのですし、またゆっくりお話ししたいわ！　ニコラちゃん、今度のおやすみの日にお茶会をしましょう！　ね？」

「え、えぇ？　…………ハイ、喜ンデ」

グイグイくる押しの強い上級生に、ニコラは困惑しながら頷いてしまった。

「嬉しいわ！　また追ってお誘いするわね」

そう言って機嫌よく生徒会室を後にするオリヴィアの背を呆然と見送るニコラに、アロイスは「ニコラ嬢って面白いぐらい押しに弱いよね」とくつくつ笑う。

余計なお世話だとは口には出さず、代わりに無言で足を踏みつけた。


それから、ニコラはジークハルトに向き直り、とある調べ事を頼んだ。ジークハルトは快く頷いて、奥の間へと姿を消す。面倒臭い人間や、自分のことを嫌っている人間と同じ部屋に残されるのは痛かったが、背に腹はかえられなかった。

案の定、ジークハルトが隣室に消えた瞬間にアロイスが絡んでくるので、取り繕うことなくあからさまにため息をつく。

「あ、そういえばニコラ嬢、僕もジークが持ってる匂い袋《サシェ》を護身用にもらえないかな？　あれ、やっぱりすごく効果があるみたいだしね」

「嫌です」

ニコラは間髪を入れずに拒絶した。

「だいたい婚約者がいるのに、他の令嬢の手作りの品なんて欲しがるべきじゃないでしょう。普通なら顰蹙《ひんしゅく》ものですよ」

だがアロイスはきょとんと目を瞬かせると、へらりと笑う。

「んー、大丈夫じゃないかな？　僕も彼女もお互いに恋愛感情なんて持ってないし、気にしないと思うけど」

仮にもし本当にそうだとしても、外聞というものがあるだろう。方々に配慮が欠けた発言に、ニコラは呆れ顔になる。

アロイスの斜め後背に直立していたエルンストは、ずいと身を乗り出した。

「お言葉ですが殿下！　護身用というのであれば、そもそも自分がお側《そば》におります！　このようないかがわしい人間に頼ることなどありません！」

エルンストはニコラを指差しながら、ガルガルと吠える。だが、ニコラはそれにうんうんと深く頷いた。

「それがいいです。ぶっちゃけそっちの方が、匂い袋よりよっぽど効果ありますよ」

「……えっ？」

これにはエルンストもアロイスも面食らったようで、二人とも間抜けな声を上げる。

「殿下が数年おきに妙なモノを見ていたのは、決まって側にエルンスト様が居ない時ではありませんでしたか？」

「え、うーん……？　言われてみれば確かにそう、かも……？」

アロイスは初めてアレらに焦点を合わせてしまって以降、人ならざるモノが非常によく視えていた。

もともと素質はあったのだろう。しかしだからこそ、よく今まで無事だったなとも思ったのだ。

だが、それはエルンストに会い、彼がアロイスの近侍だと聞いた時に腑《ふ》に落ちた。

ニコラは改めてエルンストを眺めるが、眩しげに目を細める。

やはり、アロイスがエルンストの側にいる限り、ニコラ手縫いの匂い袋などより余程効果がありそうだった。

「え、なになに？　エルンってもしかして人外相手にも強いの？」

アロイスは目を輝かせて背後に立つエルンストを振り返るので、ニコラは少しだけ訂正する。

「厳密に言えば、エルンスト様の守護霊が、ですね。これがハチャメチャに強い」

「守護霊？」

ニコラはこくりと頷いた。

特定の人につきその人物を保護しようとする、霊的存在のこと——ニコラはかつて師から学んだ内容を諳《そら》んじた。

スピリチュアリズム、心霊主義、キリスト教圏、あるいは日本の民間信仰などでしばしば言及される守護霊は、信仰ごとに諸説があり、概念としても非常に曖昧なものだ。

また定義が曖昧なだけあり、バリエーションも様々で、先祖のように当人に縁ある故人であったり、ペットの霊であったり、はたまた神様や妖と呼ばれる類のモノがついていることも、ごく稀《まれ》にあったりする。

「ねぇその守護霊って、僕にもついているのかい？」

興味津々のアロイスが身を乗り出すので、ニコラは反射で身を引いた。

「まぁ、いますよ。気まぐれで仕事しなさそうな奴が」

これには、アロイスの目が点になる。

「えっ？　仕事、しなさそうな……奴？」

「ええ、多分あっちの調べ物の方が面白そうとでも思ったんですかね。ジークハルト様の方にフラフラーっとついて行ってるので、今この部屋にはいません」

あっち、とニコラはジークハルトがいる奥の間を指差す。

この分では普段から興味の赴くままに守護対象の元をフラフラと離れているのだろう。肝心な時に側に居ないことも多そうだった。

アロイスは何とも名状しがたい表情で「そ、そう……」と呟く。

「じゃ、じゃあ！　エルンの守護霊は？」

「あー……やたらと眩しい発光体、ですかね」

「やたらと眩しい発光体」

「そう。超絶眩しい。太陽でも背負ってんのかと言いたくなるような」

意味もなく復唱するアロイスに、ニコラは白けた目を向ける。

「お前！　ふざけているのかッ⁉」

「いや、これが大マジなんだよな……」

食ってかかるエルンストに、ニコラはげんなりと呟いた。

そんなエルンストに呼応して、発光体は余計にペカーッと光量を増すので、ニコラは目元に手を翳《かざ》す。

普通、守護霊はニコラでも意識して視ようとしなければ視えないはずなのだ。だがエルンストのソレは主張が激しすぎて、目を凝らすまでもなく視界を灼《や》くのだから厄介だった。

ソレはエルンストがニコラに威嚇する度に、呼応して余計に光るので鬱陶しく、彼女はすっかり辟易しているのだ。

だが、それだけにその守護霊の力は強力で、半端なモノなどは近付くだけで消し飛んでしまいそうなほど。その性質はどちらかというと神に近いのだろう。

「フン！　俺は幽霊だの守護霊だの目に見えないものなど信じないが、俺の守護霊とやらが強いというなら、殿下のこともソレが守るだろう！　だからお前は必要ない！」

「……それは、どうですかね。エルンスト様の守護霊は多分、エルンスト様しか守りませんよ」

見たところ、エルンストの守護霊は本人によく似て、守護対象至上主義のようだった。

その守護霊は、あくまでもエルンストの身の周りに妙なモノが寄り付かないよう守っていただけで、今までのアロイスはそのおこぼれに与《あずか》っていただけに過ぎないのだろう。

「だから、殿下に出来ることは、エルンスト様の側にずっといることですね」

「四六時中ずっとかい？　それはちょっとキツいなぁ」

「そ、そそそれはどういう意味ですか殿下ぁ⁉」

「アハハ」

「で、殿下ッ⁉」

縋《すが》り付くエルンストを「他意はないよ」と宥めながら、アロイスはニコラを振り仰ぐ。

「うん、でもやっぱり匂い袋をもらえないかい？」

「嫌です」

「殿下は自分がお守りします！　このような胡散臭い人間を信用しないでくださいッ」

そんな堂々巡りの、不毛で馬鹿馬鹿しいやり取りは、ジークハルトが戻って来るまで続くことになった。


「ずるいな、そっちは随分楽しそうだね」

ジークハルトは茶色く日焼けした資料を片手に三人を上から覗き込む。

「うん、すごく楽しい」

「「楽しくなんかありません」」

くくくと笑いを堪《こら》えるアロイスに、仏頂面のニコラとエルンストの声が重なる。

これにはジークハルトもくすりと笑って言った。

「本当は二人とも仲が良いんだろう？　少し妬けてしまうな」

「良くない。仲良くなんてあるものか」

「そうです閣下！」

ほら、と悪戯っぽく笑うジークハルトに、ニコラはジト目になって催促する。

「で、資料は残っていたんですか」

「……あぁ、あったよ」

ジークハルトはその玉顔を微かに曇らせて、日焼けした紙を捲《めく》って該当の頁《ページ》を開いた。

「七年前……」

その頁を流し読みする限り、アンネ・フォン・ビューローが死んだのはそう昔のことではなかったらしい。

「……あぁ、なるほど。そういうこと」

アロイスも横からそれを覗き込み、関係者とされる人物名の文字列をなぞって呟いた。あの日席を外していたエルンストだけは、一人蚊帳の外で首を捻る。

「それからね、ニコラ。調べたけれど、今在学中の人間や学院の関係者に、ビューローという姓の人間は居なかったよ」

「！」

ニコラが何を考えているのかを理解して、ジークハルトは先回りして調べていたらしい。

だが、そうなるといよいよ分からなくなる。アンネの縁者ではないとすると、いったい誰が、どうして――。

深く沈みかけた思考を遮ったのは「でもね」と続けるジークハルトの声だった。

「私の記憶が正しければ、確か…………」

続く言葉に、ニコラは静かに目を見開いた。

「そう、ですか……。ありがとうございます」

目を伏せて小さくお礼を言えば、ジークハルトは困ったように微笑んで、ニコラの頭を撫でた。

「危ないことはしないようにね」

「何も起こらなければ、何もしませんよ」

何も起こらなければ。

前世ではそう願う仕事ほど何かしらが起こるものだったというのに、彼女はそれをすっかり忘れてそんな台詞を呟いた。

7

人型のような、クリオネのような形を象《かたど》る小さな紙人形に先導されて、階段を駆け上がるニコラの息は既に絶え絶えだった。

日頃の運動不足と運動神経の悪さが祟《たた》り、心臓が痛いほどに早鐘を打ち、肺が痛い。

「ちょ、待っ…………」

そんな産みの親たる術者を呆れるように、振り返ったその紙人形は数歩先で片手をぺらぺらと振る。どうやら足を止めることを許してはくれないらしい。何か動きがあれば知らせるようにと命令を下したのはニコラではあるが、ソレはなかなかに職務に忠実なようで、主人にも手厳しかった。

だが確かに、このペースでは間に合わないかもしれないというのもまた事実。

ニコラは懐から紙を数枚取り出して、よろよろと窓辺に近寄った。それにふっと息を吹きかければ、紙片は瞬く間に数羽の鳩《はと》に姿を変え、窓辺から飛び立っていく。これで多少の時間稼ぎにはなるだろう。

ひと息つこうとすれば、咎《とが》めるように紙人形が頬をぺちぺちと叩いてくる。

「……くそ、分かってるよ、分かったから…………」

気力を振り絞って泥のように重くなった手足を動かせば、紙人形は満足げにくるくると回り、再び先導を再開した。

ようやく目的地に辿《たど》り着いたニコラは半ば転がり込むように、西塔の最上階にまろび出る。鳩に群がられた彼女は、そんな無様な闖入者《ちんにゅうしゃ》に構う余裕もないらしい。

鳥たちを嗾《けしか》けておいて何だが、これ幸いとニコラは窓辺にもたれかかるようにして、呼吸を整える。

開かれた窓の外には、ふよっと横切って存在を主張する黒い靄。そして地上を見下ろせば、小さな人影が見えた。あれが件《くだん》の伯爵なのだろうとニコラは悟る。

振り返れば、少女の足元には割れた花瓶があった。破片の量からして、元はかなり大きなものだったのだろう。なんとか間に合ったことにニコラは小さく安堵《あんど》した。

乱れた髪を手櫛《てぐし》でざっくり整えたニコラは、彼女に見えないように鳥たちに指示を出す。

開け放たれたままの窓から鳩が全て飛び立ったのを見送ってから、ニコラは少女の前に立った。

「ねぇ。その花瓶を、ここから落とすつもりだった？」

「……何のこと？」

乱れた猫っ毛を整えながら、彼女は嘯《うそぶ》く。

「アンネのために、復讐するつもりだった？」

「！　姉を、知ってるの……？」

そう言って、エルザ・フォン・ラッツェル伯爵令嬢は目を見開いた。エルザの『姉』という言葉に、ニコラは対照的に目を細める。

ダークブラウンの癖毛に琥珀《アンバー》の瞳。エルザの色彩はそのまま彩度と明度を少しずつ上げれば、アンネの栗色の癖毛と黄玉《トパーズ》の瞳に重なった。

火のないところに煙は立たないのだ。もしも火のないところに煙が立つのならば、その噂は人為的なものであるはず。そんな推測は、どうやら当たっていたらしい。

特に、噂の幽霊の容姿はアンネそのものだった。噂を流したのが実の妹であれば、それも納得できる。

「アンネはビューローという姓だったと思うけど、エルザは違うのね」

本当はすでに知っていることを、ニコラはあえて尋ねた。

「……父の死後にね、母がラッツェル伯爵と再婚したの。だからわたしは、数年前から伯爵令嬢になったわ」

座学も優秀なジークハルトの記憶力は、無駄に良いのだ。社交界の些細《ささい》なゴシップでさえ記憶している幼馴染が教えてくれた、アンネに縁《ゆかり》ある者の名前。それは偶然にも、ニコラもよく見知った人物のものだった。

なるほど、どうりで口調が親しみやすかったわけだと、ニコラはあの日ひどく納得したのだ。

普通、爵位が高くなるにつれ、オリヴィアやフリューゲル伯爵令嬢のような、いわゆるお嬢様口調の人間は増えるのだ。

一方で子爵家や男爵家の娘の口調は、商人階級のような、下町寄りの者が多くなる。エルザの話し方は伯爵令嬢の割に、ニコラやカリンのように下町寄りだった。

「ねぇニコラ。姉を知っているなら、姉がここから飛び降りて自殺したことも知ってるでしょう？姉はね、あの男に弄《もてあそ》ばれたの」

エルザはそう言って、窓辺まで歩いて地上を見下ろす。

ニコラもまた窓から真下を見下ろした。そこは剣術の演習場となっているという場所で、男は模造刀を運んでいるらしい。

剣術の講師、ベルマー伯爵。その名はアンネの自殺騒動の資料として、生徒会室に残っていた。

――わたし、伯爵位の男の人と秘密で付き合いをしていたの……。本気で愛していたし、あの男も愛していると言ってくれていたの、爵位なんていらないから駆け落ちしようって！

――えぇと、確かわたしは西塔の下にいて……。そう、あの男よ。あの男がこの銀髪の美人さんに『火遊びは弁えている女とやれよ』だなんて言っていたんだわ。

アンネの言った〝あの男〟は文字通り、特定の人物を示していたのだ。

「ねぇ、この前のお茶会でわたし、銀の君とエルンスト様の手合わせを間近で見られたって言ったでしょう？　その時にね、あの男、銀の君に対して『火遊びは弁えている女とやれ』なんて言ったのよ。『でないと後が面倒だから』って。間接的に人を死に追いやっておいて、ひどい言い草だと思わない？　あの男は反省なんて、全くしてないの」

エルザはギリッと奥歯を噛み締めて拳を握った。

「だから噂を流した？」

「そう。そうしたらね、びっくりする程あっという間に噂が広がったわ。みんなゴシップに飢えてるのね。どうして七年前の幽霊が今頃になって現れるのかなんて、気にしないみたい」

皮肉げに笑うエルザを前に、ニコラは瞑目《めいもく》する。

一週間前、ジークハルトとエルンストが手合わせをしたその日に、アンネはジークハルトに取り憑き、そしてその日の放課後のうちに成仏した。一方でエルザはちょうどその日から、噂を流し始めたのだろう。

姉妹は奇《く》しくも同じ時、同じ場所で、同じ人物の発言が原因で行動を思い立ったらしかった。

「最初は、噂があの男の耳に届いて、少しでも怯《おび》えればいいと思ったの。でも思ったよりすぐに噂は広がって、今じゃ学院中がその噂で持ち切りだわ。だから今なら、あの男が西塔の下で不運な事故に遭ったとしても、本当に幽霊のせいになるんじゃないかって思ったの」

ニコラは黙ってそれを聞きながら、割れた花瓶をちらりと見遣った。

確かに指紋鑑定など出来ない世界だ。目撃者さえ居なければ、犯人特定は難しい。

それに、ベルマー伯はアンネの一件において、紛れもなく当事者だ。誰かが過去の事件に行き着いてしまえば、噂はさらに一人歩きしたことだろう。

ニコラは窓の外を眺めて、ボソリと呟く。

「アンネは復讐を望んでない…………と、思う」

「あら、どうしてそう言い切れるの？」

エルザは不愉快そうに顔を歪める。

「そんなの分からないじゃない。だって死んだ人は口なんて利けないもの！」

それはそうだ。ごもっとも。エルザの反応はこの上なく正論だった。ニコラは唸るしかない。

当然だが、普通は幽霊など見えないのだ。

残念ながらニコラが特異なだけで、基本的には故人と会話など出来ないのである。

だが今回、ニコラはアンネと直接言葉を交わしてしまっていた。アンネの意に反して、彼女の親族が殺人なり傷害なりに手を染めてしまうのを見過ごすのは、流石に寝覚めが悪すぎた。

二人きりしかいない西塔の最上階、日も暮れかけの誰《た》そ彼時《がれどき》。

不意に、ニコラの背後で気配が揺らぐ。

「え……？　お姉、ちゃん………？」

エルザは愕然《がくぜん》とした様子で呟いた。

エルザの視線はニコラではなく、ニコラの背後へと向けられていて。ニコラもまた振り向けば、アンネはそこに静かに佇《たたず》んでいた。足はなく、宙に浮いている。

半透明のその姿は、あの日生徒会室で成仏したはずの、猫っ毛の少女そのものだった。

「だってあの噂は、わたしの作り話で、だってそんなまさか……」

エルザが掠《かす》れた声で呟く。

「うそ……本物、の……？」

半透明の少女は淡く微笑んで、小さく頷いた。

それから、アンネはエルザの周りをふわりと泳ぐ。

「ねぇエルザ、わたしのために、ありがとう。でもね、あんなくだらない男、本当にもうどうでもいいのよ。だから、エルザはそんなこと、しなくていいの」

アンネはそう言って、エルザの頬《ほお》をするりと撫でた。

エルザは琥珀色《こはくいろ》の瞳を零れ落ちそうなほどに見開いて、瞬きを忘れたようにアンネを見つめる。

「それよりもね、エルザの心がほんのちょっとでも、あの男に囚《とら》われてしまうことの方がずっとずっと悔しいわ。だからね、エルザはあんな男のことなんかすっかり忘れて、幸せに生きてほしいの」

アンネの言葉にエルザはぐっと唇を噛み締めて、くしゃりと顔を歪《ゆが》める。

「ねぇエルザ、そんな顔しないで？　わたしはもう、くだらない男だったたって吹っ切れてるのよ。男を見る目がなかったことについてもね、もうしっかり反省済み！　ほら、ね？」

アンネはおどけたように、強がるように胸を張る。

「だからこそ、エルザが今もあの男にこだわっていることが、エルザの心があの男に囚われていることの方が、むしろ悔しくてやりきれないの。ねぇ、お姉ちゃんのためにも、復讐なんて忘れてくれない？　だめ？」

明るい声音の中に、僅かに滲《にじ》む懇願の色。

そんなアンネに、エルザは何かを言いかけて、口を閉ざす。それを何度か繰り返して、ようやく開いた唇からは震えるような吐息が洩れた。

「……………ずるい。お姉ちゃんは、ずるいわ。そんなこと言われちゃったら、もう何も出来ないじゃない」

眦からはとうとう涙が溢れて、その頬を伝う。

ニコラはその様を、ただ息をひそめて静かに眺めていた。

「ふふ、わたしのために、っていうのが重要なのよ。間違ってもあの男のためってわけじゃないんだからね」

アンネは道化に徹するように、わざとらしくツンとすました仕草で言う。そんなアンネに、エルザはようやく泣き笑いの表情で破顔した。

月並みで安っぽい説得は、第三者であるニコラがどれほど言葉を尽くしても、欠片《かけら》もエルザには届かなかったに違いない。だがそれが、他ならぬ故人の口から紡がれるのならば。それは途端に、無視出来ないものへと変わるのだ。

罪悪感が全くないかと言えば嘘になる。せめて姉妹の語らいを邪魔してしまわぬようにと、ニコラはひたすらに気配を消して、存在を薄めることに徹した。

「昔よりずっと大きくなったのに、泣き虫なところは変わらないのね」

「誰だって、死んだ家族に会えたら泣くわよ」

悪戯っぽく笑うアンネに、エルザは嗚咽《おえつ》交じりに言い返す。

「エルザったら、見た目がすっごく私に似ちゃったから、男の見る目がないところまで似ちゃわないか心配だわ」

「……それにはご心配なく。お姉ちゃんのことは好きだけど、男を見る目だけは完全に反面教師にしてるもの」

「あらそうなの？　でも、そうね。エルザは私よりしっかりしているから安心ね」

片や目元を濡《ぬ》らしてはいるものの、くすくすと楽しげに笑い合う二人の姉妹は、とても絵になった。本来なら、実現しなかった光景。ニコラはそれを、ただ静かに眺めることしか出来なかった。

アンネはエルザを眩しそうに見つめると、最後にそっと笑みを深めた。そして、エルザを抱き絞めるように腕を伸ばす。

「ねぇエルザ、幸せになってね。いつか幸せな恋のお話を聞かせてくれるのを、楽しみに待ってるわ」

アンネの囁きに応じるように、エルザもまた抱き返そうと腕を回す。だがその腕は甲斐《かい》なく空を切った。その腕の中で、アンネの半透明の体は輪郭を失って、淡く光りながら空中に溶け始める。

――またね。

微かな声を残して消え行く間際に、アンネはそう呟いたようだった。その言葉は果たしてエルザに届いていたかどうか。エルザは名残惜しそうに伸ばした手を、やがて静かに下ろした。

「ねぇエルザ」

ニコラはそっと、エルザにハンカチを差し出す。

「それでも、ベルマー伯に復讐したいと思う？」

「………………いいえ」

エルザは涙の滲む目元を拭うと、ゆっくりと首を振った。

「お姉ちゃんがそう言うのなら、仕方がないわ。お姉ちゃん自身があの男のことを吹っ切れてるのに、わたしだけ後ろ向きじゃいられないものね」

憑き物が落ちたような表情になったエルザに、ニコラはホッと胸を撫で下ろす。

「ねぇ、ニコラ。もしかして、貴女がお姉ちゃんに会わせてくれたの……？」

「さぁね。秘密よ、秘密」

ニコラはＳｈｈｈ……と唇に人差し指を添える。

「女は秘密を着飾って美しくなるって、どこかの綺麗で妖しいお姉さんが言ってたわ」

エルザは眉尻を下げて「何よその雑な誤魔化し方」と吹き出した。

「もうすぐ寮の門限だから、帰らない？」

「……そうね。雨も降りそうなことだしね」

二人は窓から重く垂れ込めた曇天を見上げ、顔を見合わせて頷きあった。

寮へと戻る道中、エルザはずっともの問いたげではあったが、結局ニコラを問い質《ただ》すことはしなかった。その代わりに、エルザは故人の思い出話を語った。

読み書きを教えてくれたこと、人形遊びにもよく付き合ってくれたこと。夢見がちな乙女は、良い姉でもあったらしい。

永遠に更新されることのない思い出は、時間の経過とともに美化されているところもあるのかもしれない。だが、微笑ましい姉妹の記憶を聞くのは楽しかった。

それぞれの自室の前で別れ、ニコラは疲れた身体のままベッドにダイブしようとして、窓枠の上をコロコロと転がる黒い球体に目を留める。

「さっきは、協力してくれてありがとう」

流石に協力してもらった手前、邪険にするのも悪い気がして、疲れた体に鞭打《むちう》って窓を開ける。

室内に招き入れてやれば、黒い球体はぴょこんぴょこんと嬉しそうに跳ねた。

ここのところ、ずっと窓の外からこちらを窺っていたのは、ニコラが以前に外へ放り捨てた、ジークハルトの真似をしていたドッペルゲンガーもどきだった。

ニコラの『出て行くなら祓わない』という言葉を『建物外ならセーフ』と受け取ったらしいソレは、一応建物には入らずに、外からちょこちょことニコラを窺うだけだったので、今までずっと放置していたのだ。

だが、このドッペルゲンガーはアンネが成仏したあの日の放課後も、確かに外からニコラたちを覗き見ていたはずだった。だからこそ、ニコラは事前にドッペルゲンガーへ協力を求め、アンネの登場という『演出』を仕込んでいたのだ。

「………にしても、どうしてこんなに懐かれたのかね」

そんなニコラの呟きを拾ったらしいソレは、ふよふよと浮かんで文机の上に着地する。

机の隅にはあの日即席で作ったウィジャボードが置かれたままになっていて、ソレはボードのアルファベットの上を転がっては跳ね、転がっては跳ねる。

『行くところない』
『することない』
『はじめて認識してくれた』
『役にたつ』
『がんばる』
『そばにおいて』

どうやら、誰かの真似をするばかりで、誰にも偽物と気付いてもらえなかった存在が、ニコラという人間によって初めて『個』として認識され、嬉しかったらしい。

「じゃあ……お前、私の使い魔にでもなる？」

そう問えば、ソレはボードのＹＥＳ上を高速でバウンドしだすので、「分かった分かった」と苦笑する。

契約をするならば名前を付けなければならないが、如何《いかん》せん不慣れな運動をしたせいで猛烈に眠い。フラフラとベットに倒れ込んだニコラは、力なく言った。

「……名付けも契約も、悪いけど明日にしよう……。今日のうちにもう一つ頼まれてくれる？」

もはや瞼《まぶた》もほとんど落ちかけだ。身体は泥のように重い。

「ベルマー伯爵の枕元にアンネの姿で立ってね、少しだけ脅かしておいで……」

アンネは確かに、積極的に復讐をしたいと望んではいなかった。

だが、あの男に対して「別にどうでもいい」とは言えど、「怨んでいない」とも「赦した」とも言ってはいない。

ニコラはアンネ自身がもうどうでもいいと思っている男のために、彼女の妹が手を汚すのを止めただけだ。

個人的には、女性ばかりが割を食うのは気に食わないし、人ひとり死に追いやっておいて反省もしないクズ男には、ニコラとて思うところがあるのだ。

とうとう降り始めた大粒の雨が窓を叩く。

ほとんど落ちかけた瞼の隙間で黒い球体がキュルンと跳ねたのを最後に、ニコラは完全に眠りに落ちる。

お誂《あつら》え向きの雷雨の夜、男の野太い絶叫が響き渡ったとか、渡らなかったとか。

ニコラがそれを知ったのは、翌日のこと。使役してもらえると喜んだソレが、少しばかり張り切りすぎてしまったことは、小さな誤算だった。

8

「――とまぁ、こういうことがありまして」

昨晩の雷雨はその荒々しさこそ鳴りを潜めたものの、未《いま》だ名残の雨は降り続ける。しとしとと窓を濡らす雨を眺めながら、ニコラは事の顚末《てんまつ》を語り終えた。

「アンネとエルザの母親が再婚していること。教えてくれて、ありがとうございました」

「ニコラの役に立てたのなら良かったよ」

ジークハルトはあどけなく顔を綻ばせる。

今回エルザの復讐を未然に防ぐことが出来たのは、ジークハルトの記憶力のおかげといえた。

エルザがアンネの妹だと分かっていたからこそ、事前に対策を取ることが出来たのだ。それがなければ、間に合っていたかどうかは怪しいところだ。

一応あらましの報告とお礼を伝えようと生徒会室に来てみれば、幼馴染の隣には今日も今日とてアロイスの姿がある。あぁ今日もいるんだな、と何気なく思いかけて、すっかりお馴染《なじ》みの面子になりつつあることに気付いてしまい、何とも言えない気分になった。

本来なら二人とも雲上の身分であるはずなのだから、順応とは恐ろしいものだ。

「それにしても、よくその子を説得できたよね、ニコラ嬢」

アロイスは不思議そうに首を傾げる。

「復讐しようだなんて覚悟を決めている人に、心変わりをさせるってさ、結構難しくない？」

「まぁ正直、私の言葉じゃ届かなかったと思いますよ。なのでちょっとだけズルをしました。おいで〝ジェミニ〟」

名は体を表す。そんな意図を込めて名付けた使い魔を呼べば、それはしゅるりとアンネに姿を変え、三人の前に降り立った。

制服の裾を翻し、くるりと踊るようにターンを決めれば、それは既にジークハルトへと姿を変えていた。鮮やかな変わり身である。

「ねぇニコラまさか……コレってもしかしてあの、私の偽物だった……？」

ジェミニを指差して目を白黒させるジークハルトには、肩を竦めて肯定する。

「えぇ。まぁ色々あって、私の使い魔になりました。もう悪さはしませんよ」

「色々？」

「色々は色々です」

ジェミニはジークハルトの姿をとったまま、にっこり笑って頷く。それからしゅるりと擬態を解いて球体に戻ると、ニコラの手のひらの上でころころと転がった。

「へぇ、この黒くて小さいのが元の形なんだ」

アロイスは目を輝かせて、ニコラの手のひらを覗き込む。それを仰ぎ見たジークハルトが、首を傾げる。

「アロイスには何が見えてるの？」

「何がって、黒くて丸い球体だけど……。え、ジークにはこれ視えてないの？」

きょとんと目を瞬かせるアロイスに、ジークハルトは苦笑して言った。

「あぁ、私は自分に影響を及ぼしてくるモノは視えるけれど、自分に害のあるモノ以外はそんなにはっきりとは視えないよ。無害なモノは、気配でそこに何かいるのが分かるくらいだ」

「えっ、僕たちの見え方にも差があるの⁉」

アロイスはかなり驚いたように、素っ頓狂な声を上げる。

ジークハルトはその圧倒的な顔面偏差値ゆえに、あまりにも多くのモノを引き寄せすぎる。つまり、必要に迫られて後天的に視えるようになった形だった。

その由来が由来であるからこそ、自分に無害なモノまではっきりくっきりと視える必要もない。

一方でアロイスはと言えば、またタイプが異なるのだろう。

「殿下はもともと先天的に、視る素質があったんだと思います。でもずっと近くにエルンスト様がいたから、今まで奇跡的に関わらずに済んできた」

人ならざるモノも裸足で逃げ出してしまうほどに、力の強い守護霊を引っ憑けたエルンストだ。彼が身近にいる状態では、人ならざるモノを視る機会もほとんどなかったのだろう。だからこそ、エルンストが側を離れた時に、アロイスはあちら側にピントを合わせてしまった。

元々が視やすい体質であったのなら、もはや引き返すことも難しい。アロイスはこの先ずっと、その目に人ならざるモノを映すことになるのだろう。

ジークハルトといいアロイスといい、つくづく厄介な類友たちだった。ニコラはやれやれと肩を竦める。

「あ、ねぇそういえばさ！　変なモノが視えるようになってから分かるようになったんだけど、王都の外れにある廃墟《はいきょ》のこと、知ってる？　あそこ、近くを通るだけで、すごく背筋がぞわぞわするんだよね。もしかして危ない場所だったりするのかな」

何とは無しに呟かれたアロイスの言葉に、ニコラとジークハルトは揃って顔を見合わせた。

「あぁ、あそこはね――」

ニコラのちょこっとオカルト講座③

【幽霊（ゴースト）】

成仏出来ずにこの世に留まる魂。幽霊はやっぱり、どこにでもいますね。国が違えど、人間がいるところなら、どこにでも。

基本的に、霊魂は鏡や水に映りません。無為に重なる歳月の中で、彼らは自分の姿を忘れ、名前を忘れるにつれて、次第に形を保てなくなっていきます。

自分を『個』として定義づける上で、名前ってやっぱり重要なんだよなぁ。

四章――匣の中の肖像

1

ジークハルトが王立学院への入学を間近に控えていた、三年前の夏のこと。彼は避暑地としても有名なウェーバー領に滞在していた。

互いの領地を行き来して逗留《とうりゅう》することも珍しくないため、勝手知ったるウェーバー子爵領。だが秋からは全寮制の学院に入学する以上、今までのように頻繁に訪れることも難しくなる。

幼馴染に会える頻度も減ってしまうため、ジークハルトは会えない間の補給をするかの如《ごと》く、逗留中はどこで何をするにもニコラにべったりだった、そんな夏の盛りの頃。

それは、湖畔での読書に飽きてしまったニコラが唐突に始めた『睫毛《まつげ》にマッチ何本乗るかチャレンジ』に付き合い、されるがままに目を閉じていた時のこと。

今よりもっとずっと小柄だった十三歳のニコラは「あぁ、そういえば」と何気ない調子で呟《つぶや》いた。

「王都の外れに、ウィステリアが外壁にびっしりと張り付いた廃墟《はいきょ》があるでしょう。あそこには、死んでも近付かないでくださいね」

――私でも、神様は祓《はら》えませんから。

2

数日降り続いた秋の長雨が漸《ようや》く止んだ休日の昼下がりに、ニコラはそれなりに高貴な面々に交じってアフタヌーンティーを嗜《たしな》んでいた。

具体的に言えば、学生の身ながら既に爵位を継いでいる侯爵閣下が一人、今最も力ある権門侯爵家のご令嬢が一人、そして吹けば飛ぶような弱小子爵家の娘が一人。たった三人きりのお茶会だった。切実に社交辞令だと思いたかった、先日の侯爵令嬢オリヴィアからのお誘いが実現してしまったのである。

うち一人は幼馴染とはいえ、もう一人は本物の高貴なご令嬢で、かつほとんど初対面と言っても差し支えない間柄の上級生だ。同級生たちとの作法も程々な、茶会という名の放課後のお喋《しゃべ》りとは訳が違う。

うろ覚えの作法に間違いがないか、ニコラは気が気ではなく、制服ではない余所行きのシンプルなドレスには冷や汗が滲《にじ》む。

だがそんなニコラの心中とは裏腹に、西洋風の東屋《ガゼボ》から見える空は澄み渡っていて、昨晩まで降り続いていた雨のおかげか残暑も完全に落ち着いて過ごしやすい。木々の葉に付いた雫《しずく》が陽光に煌《きら》めき眩《まぶ》しかった。

この世界における学生の本分は、勉学ではなく人脈作りにあるらしい。

そのため学内や寮内には交流のための部屋《サロン》や東屋がいくつもあり、事前申請を出せば茶会用の軽食なども用意されるのだ。今日の茶会の場所もそうした東屋のひとつだった。

三段のティースタンドには、サンドイッチやスコーン、色とりどりのケーキや菓子が並ぶ。

侯爵令嬢主催なだけあり、用いられる茶器は繊細な紋様が美しく、かなり上等なものなのだろう。

一体どれほどの値打ちの一品なのか、ニコラには皆目想像もつかないが、ティーカップを握る手にもいちいち緊張が走る。

「そういえばニコラ、前髪を切ったんだね」

「…………あぁ。よく気付きましたね。数ミリしか切ってないのに」

「可愛いよ」

ジークハルトは聞いてる側が恥ずかしくなるような甘ったるい声音でそんなことを言うので、オリヴィアもいる手前ヒヤヒヤしてしまう。

だがオリヴィアは「お二人は本当に仲が良いのね。兄妹みたい」と好意的な解釈をしたらしい。

ジークハルトはオリヴィアの言葉に、訂正したいと言わんばかりの表情を浮かべる。だが、ニコラがいらん事を言ってくれるなよとジト目を送れば、分かっているとでも言うように肩を竦《すく》め返された。

「あ！　そういえばニコラちゃん、この前西塔に出る幽霊のお話をしていましたわよね。その後のお話は聞いたかしら？」

オリヴィアは緩やかに波打つ亜麻色の髪を優雅に耳にかける。

「ええ、聞きました。……剣術講師の先生が、とても怖い体験をしたのだとか」

「そうなんですの！　講師のお仕事が続けられないほど怯《おび》えてしまって、結局辞めてしまわれたのですってね」

へぇ、ソウナンデスネと、ニコラは素知らぬ顔で紅茶を啜《すす》る。

ニコラに使役してもらえると喜んだドッペルゲンガーは、どうやら少しばかり気合いを入れすぎてしまったらしかった。

ジークハルトは文化財にでも登録されそうなご尊顔に、何とも物言いたげな表情を貼り付けて、ニコラをじーっと見つめてくる。スッと目を逸らせばその視線の先で、ジェミニが鳩《はと》の姿で誇らしげに胸を張った。

これぞ本当の鳩胸《はとむね》か。くだらないことで現実逃避を図る。

「あー…………美味しいですね、この紅茶」

誤魔化すようにカップを傾ければ、まろやかな渋みと甘やかな香りがふわりと広がる。話題を変えようとしての言葉だったが、その紅茶はお世辞でもなく本当に美味しかった。

芳《かぐわ》しさにほうっと息をつけば、オリヴィアは嬉《うれ》しそうに顔を輝かせる。

「まぁ、ありがとう！　わたくしの実家は貿易をしていてね、その伝で取り寄せたものですの。お口に合って嬉しいわ」

オリヴィアは口許《くちもと》に手を添えて、くすくすと上品に笑う。

ふと懐かしさを感じて、ニコラは首を傾げた。だが、何に懐かしさを覚えたのかは、すぐには思い出せない。

「あら、どうかして？」

「い、いいえ、何でもありません。あ、良ければこれをどうぞ。ウェーバー領の特産品はアプリコットなんです。これはアプリコットのジャムで……」

ニコラはそう言って、透明な大瓶をオリヴィアに差し出した。

ガラス瓶の中にぎっしり詰まった、透明感のあるこっくりとした鮮やかなオレンジ色。透き通るオレンジ色は陽光をキラリと弾いて、我ながら結構美味しそうだと口の端が上がる。

学内で自主開催される茶会では、自分の領地の特産品や、家業の商品を持ち寄って売り込み、紹介し合うことがままあった。

ウェーバー領は残念ながら、避暑地としての観光業以外にはこのアプリコットしか特産品がない。したがって、茶会に呼ばれる時にはいつも、アプリコットの加工品を手土産にしていた。

「ウェーバー領のアプリコットジャムは、甘味と酸味が絶妙なんだ。スコーンにも勿論《もちろん》合うけれど、紅茶にも合うよ」

そう言って、ジークハルトも謎にウェーバー領の特産品をアシストする。

さすが、駆け落ちしたらアプリコット農家でも始めようなどと宣《のたま》う男だった。売り込みもそつがない。

「まぁ、すごくキラキラして美味しそう！　早速使わせていただきますわね！」

瓶を陽光に翳《かざ》して目を輝かせたオリヴィアは、ジャムを少量取りティーカップの中で攪拌《かくはん》する。

「いただきます。ん～美味しい！　とろりとした果肉が残っているのがまた美味しいわ」

オリヴィアはそう言って片頬に手を当てて目を細める。

あれ？　とやはり何かが引っかかるが、その正体は分からない。だが、分からないことをいつまでも考えていても仕方がないので、とりあえず小さく会釈をした。

「お気に召したようで幸いです」

美味しいのは、茶葉が最高級なこともあるだろうけれど。

そう思いはしたが、流石に呑み込んだ。

「これはきっとスコーンにも合うでしょうね。アロイス様がこの場にいないのが残念だわ」

オリヴィアはそう言って、空席になっている椅子をちらりと見遣る。「そうだね」と相槌《あいづち》を打つジークハルトの表情も苦い。

だが、ニコラは二人が苦笑する理由を知らなかった。一人首を傾げるニコラに、ジークハルトは「本当はね」と切り出す。

「今日のお茶会はアロイスとエルンストにも声をかけていたんだよ。でも、ね……」

「ええ、アロイス様は最近、大変そうだから……」

祓い屋令嬢ニコラの困りごと
著／伊井野いと　イラスト／きのこ姫
99回断罪されたループ令嬢ですが今世は「超絶愛されモード」ですって!? 2
～真の力に目覚めて始まる100回目の人生～
著／裕時悠示
イラスト／ひだかなみ
婚約者が浮気相手と駆け落ちしました。
王子殿下に溺愛されて幸せなので、2
今さら戻りたいと言われても困ります。
著／櫻井みこと
イラスト／黒裄

2023年 2月の新刊

婚約者が浮気相手と駆け落ちしました。
王子殿下に溺愛されて幸せなので、
今さら戻りたいと言われても困ります。
2
婚約者となって
初の外交——
寵愛を受ける王子殿下に
心配されすぎてます!!
究極の溺愛ラブロマンス第2弾!!
著／櫻井みこと　イラスト／黒裄

サルジュと婚約してから１年。第二王子エストの婚約者であり、王立魔法学園に留学するジャナキ王国の第四王女クロエ王女殿下を迎えに行くことになったアメリア。初めての外交に戸惑いながらも、サルジュも同行してくれることになり安堵した彼女だったが、赴いた先でトラブルに巻き込まれてしまい……。「……無事で、よかった。君の代わりは誰にもできない。そして何よりも、私の最愛の人なのだから」異国でも私、王子殿下から愛情を注がれています。第四王子と田舎の伯爵令嬢、身分も実績も違う二人が送る究極のラブロマンス第２弾！

年 3月・4月の新刊

2023年3月の新刊 3月10日頃発売

の果てを求める大魔術師
を極めた俺が三百年後の技術革新を
て転生したら、哀しくなるほど退化していた……～
松江　イラスト／Genyaky

ョさを知りてまどろむ 2
九時　イラスト／新井テル子
巻のものとなります

半年と宣告されたので、死ぬ気で
法』を覚えて呪いを解こうと思います。Ⅱ
れ王子のやり治し～
げん骨　イラスト／ファルまろ

の魔女ですが、
か副業で離婚代行しています 2
子鈴　イラスト／珠梨やすゆき

2023年4月の新刊 4月10日頃発売

少女アスラ
非道の傭兵、転生して最強の傭兵団を作る～
双　イラスト／水溜鳥

の迫害令嬢は王都のエリート騎士に溺愛される 2
ふゆ　イラスト／有谷 実

第１回
DRECOM MEDIA 大賞
受賞作品4ヶ月連続刊行！

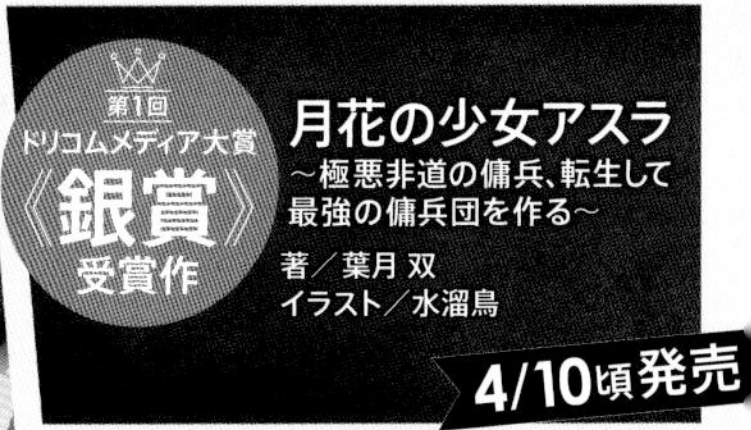

「あれ？婚約はなかったことに
なったはずですけれど？」
裕時悠示×ひだかなみが贈る
ループ令嬢ファンタジー「くくルプ」第2弾！
99回断罪されたループ令嬢ですが今世は「超絶愛されモード」ですって!? 2
～真の力に目覚めて始まる100回目の人生～
著／裕時悠示　イラスト／ひだかなみ

皇子たちをなんとか撒いて一年間の船旅を満喫したアルフィーナは、こっそりと帝国に戻り、森での自由な暮らしを再開することにした。だが弟のカルルは跡継ぎとなるため学院に通わざるを得なくなり、引き離されてしまう。カルルが心配なアルフィーナは正体をかくし「臨時教師」として学院に潜入するが、とうとうライオネット皇子に見つかってしまい!?　いや殿下の心の声、あいかわらず愛で溢れてて調子が狂っちゃうので、もうちょっと自重してくださいね？

2023年 2月の新刊

ニコラの
りごと
「お憑かれ様です
勘弁してください本当に」
前世は祓い屋。優秀だけど面倒事ばかり。
これは人や人外から厄介事を
引き寄せてしまう令嬢がいつか幸せになるまでの物
著／伊井野いと　イラス

――その令嬢、前世、非凡な才能を持つ祓い屋!?　不幸な死から西洋
転生した子爵令嬢ニコラ・フォン・ウェーバー。そんな彼女は、ニコラの
美形侯爵ジークハルトとの再会をきっかけに、厄介事に巻き込まれて
人にも人外からも好かれてしまう彼の面倒事を祓い屋スキルで解決す
今度はジークハルトから身分差違いの求愛を受けて波乱の予感……!
結婚するのも、私はニコラ以外嫌だよ」ドタバタなあやかしライフと、
恋愛を添えて――これは平凡な日常を求める彼女が、いつか幸せに

ジークハルトとオリヴィアは微妙な表情で目配《めくば》せし合う。

聞けば、彼らの学年には隣国の第三王子が留学生として来ており、第三王子とその周辺の取り巻きを接待する役目は、在学中の王族としてアロイスが一手に引き受けているのだという。

またこの第三王子というのが曲者で、なかなかに甘やかされた我儘《わがまま》坊ちゃんらしく、かなり自由奔放に留学生活を過ごしているらしい。

正直、アロイスの愉快犯的な性格に振り回されているニコラとしては、彼が他人から振り回されているというのは気分が良い。

「今朝まではこちらに参加されるはずだったのだけれど……。急に街へ連れて行かれてしまったみたいでね」

オリヴィアは同情するというように眉を下げる。

だが、普段はニコラが困ったり当惑する様を愉しげに眺めたり、敢《あ》えて引っ掻《か》き回すことを楽しむアロイスだ。我儘王子にしょんもり連行されて行く様を想像して、ニコラは胸がすく思いがする。

美味しい紅茶がさらに美味しい。

ジークハルトからのジト目には気付いていない振りをして、ニコラは素知らぬ顔でスコーンを口に運んだ。

アロイスが隣国の王子のお守りならば、自動的にエルンストもそれに付いて行ったのだろう。

彼と同じ空間にいれば、視界がやたらと眩しくて仕方がないのだから、ニコラとしては二人の不在はありがたかった。

それにしても、とニコラは思案する。

「隣国というと、ルグラン王国ですよね？」

確か、今の国王より二代前までは、ダウストリアと領土を巡って戦争をしていた国だったはずだ。

「そうだよ。リュカ殿下というのがその国の第三王子なのだけれど……。彼を見てると、アロイスはまだ王族としてちゃんとしている方なんだなと思えるよ……。アロイスも緩いところはあるけれど、ああ見えて公務はちゃんとこなしているし、公私はきちんと分けられる……」

「そうですわね……。リュカ殿下は本当に自由人というか、やんちゃなお方というか……」

苦りきった表情のジークハルトとオリヴィアを見るに、同じ学年として被害に遭ったことがあるのか、はたまた生徒会として留学生に関わることが多かったのか。

いずれにせよ、それらしい人物がいれば全力で逃げようと決心していれば、背後でガサゴソと音がする。

反射的に振り向けば、五、六メートル先にある植木の茂みから、丁度ぴょこんと猫が飛び出して来たところだった。茶トラの猫は野良と言うにはふくよかで毛並みもよく、もしかすると学院の生徒たちに餌でももらっているのかもしれない。

だが、ニコラたち人間に気付いた猫は数メートル先から全身の毛を逆立てて、険しい顔でフシャーッと威嚇すると、すぐに茂みの中に戻っていってしまった。

「子どもがいる母猫なのかもしれないわね。気が立っているのかしら、残念」

「あぁ、違うよオリヴィア嬢。多分ニコラがいたからだ」

くすくすと笑うジークハルトに、ニコラは悄然《しょうぜん》と肩を落として、口をへの字に引き結ぶ。

「どうせ私は猫に嫌われますよ……」

ニコラは前世も今世も大の猫好きだった。

前世では猫又を使役していたり、猫カフェ通いをしていた程に猫が好きで、そういう趣味嗜好《しこう》は転生したところで唐突に変わるはずもない。ニコラは今世でも変わらず猫が好きだった。

だが何故か、この世界に転生してからはすっかり猫から嫌われるようになってしまったのだ。好きなものに嫌われる、これは地味に痛い。

――その理由に、全く心当たりがない訳では無いのだが。

ニコラは心中でひっそりと独りごちた。

「ニコラは猫が好きなのに、昔から猫にだけは嫌われて、引っ掻かれてばかりなんだよね。それなのに懲りずに触ろうとするから、ふふ、いつも傷をこさえてきて……」

「笑わないでください」

思い出し笑いをするジークハルトに、憮然《ぶぜん》とするニコラ。

そんな二人を見たオリヴィアは羨ましそうに呟く。

「本当に、お二人は昔から仲が良いのね」

「どうでしょう」

「そう見えるなら、嬉しいね」

対照的な反応の二人に、オリヴィアは小さく「本当に羨ましいわ」と零《こぼ》した。

「オリヴィア嬢も、アロイスとは小さい頃からの付き合いだろう？」

「ええ。でもわたくしたちは出会った頃から、政略結婚と決まっていましたから……。割り切った関係ですの」

ジークハルトの言葉にオリヴィアはそっと目を伏せる。

「だからこそ、お二人の仲睦まじい様子には憧れますわ。わたくしも、幼馴染というものになってみたかった……」

以前アロイスがニコラに匂い袋《サシェ》を強請《ねだ》ってきた際に、彼もまた「互いに恋愛感情はない」と言っていたが、もしかするとあまり二人の関係は良好ではないのかもしれない。

返答に困ってしまって、ニコラはフォローを幼馴染にぶん投げて黙り込む。

膝の上で揃《そろ》えた手の爪がちょっと伸びてきたなぁと思考を逃避させて、話題が変わるのを待つばかりだった。

3

何とか身分的に場違いなお茶会を乗り切り、お開きになった、そのたった数刻後。

もうすぐ夕餉《ゆうげ》時で門限もギリギリという時間に、ニコラは腕を組み仁王立ちで、苛立ちを隠しもせずに寮の裏手に立っていた。

目の前には、ほんの数刻前に別れたばかりのジークハルトと、簡素な私服を身に纏《まと》った、やけに深刻な顔をしたエルンストが立っていて。ジークハルトに促されたエルンストは、渋々と走り書きのメモをニコラに差し出した。

所々掠《かす》れているあたり、インクを付け足すことさえ惜しんで急いで書いたのだろう。乱れた筆跡からも余裕のなさが窺《うかが》えるソレを、ニコラは斜め読みした。

〝ニコラ嬢へ

結論から言うと、例の、王都の外れの廃墟へ行くことになってしまったんだ。本当にごめんなさい。

隣国の留学生たちが度胸試しに行くって言って、どうしても聞かなくて……。

本当にあの手この手で止めたんだよ。でも隣国の王族の身に何かあれば外交問題だし、彼らだけを行かせる訳にもいかないので、僕もついて行かざるを得ないというか……。

もし本当に危ない場所なら、すまないけれど、このメモを読み次第追いかけてきてくれないかな。無理を承知でお願いするよ。ごめんなさい。

アロイス〟

ニコラは無言でぐしゃりとメモを握り潰《つぶ》す。

「何故に行くっ⁉」

「ニ、ニコラ、落ち着いて……？　アロイスもただの興味本位で行った訳ではないんだよ。ほら、相手は数代前まで戦争をしていた国の王子だから、リュカ殿下の身に何かあれば、本当に外交問題になるんだ。だからアロイスも……ね？」

ニコラが以前言った「自業自得なら容赦なく見捨てる」という言葉を覚えているらしいジークハルトが、必死に取り成そうと言葉を重ねる。

だがそんなものは御構い無しに、地を這《は》うような声でニコラは唸《うな》った。

「えぇ……そうですね。行く前にちゃんと知らせようとしたことは、良いと思います。それ以外は全っ部最悪ですけど。…………でもそれも、全っ部が遅いんだよなぁ」

ニコラが低くそう言えば、エルンストはグッと眉間にしわを寄せて俯《うつむ》いた。

そう、遅いのだ。

ニコラの手にこのメモが渡ったのは、もはや日が暮れる一歩手前という、門限ギリギリのこの時間。対して、アホな隣国の王子を含む留学生たちとアロイスが廃墟に向かったのは、茶会が始まるより前の時間だという。そして門限が迫る今この時間に、アロイスの姿はない。

要するに、隣国のバカ王子含む取り巻き留学生たちが度胸試しとして、曰《いわ》くありげな廃墟に向かうと言い出し、それを止められなかったアロイスも同行することになり。

アロイスはニコラに走り書きのメモを残してエルンストに託したが、ニコラを全く信用していないエルンストは独断でそれをニコラに渡さず度胸試しに同行した、ということだった。

その結果、度胸試しを終えて廃墟を出ようとした時には、アロイスの姿は忽然《こつぜん》と消えていたらしい。それをアロイスの悪戯《いたずら》だと考えた留学生一行とエルンストは一度学院に戻って来るも、いつま

で経っても アロイスは帰って来ない。
ようやく妙だと気付いたエルンストがジークハルトを頼り、事情を知ったジークハルトがニコラを頼って、今に至るという。

王都にある廃墟は一つだけ。ニコラは頭痛をやり過ごすために頭をぐりぐりと押さえる。

生い茂った藤《ウィステリア》が絡みつくその廃墟は、ニコラとて近付きたくないと思う場所だった。

数年前に家族と小旅行で王都を訪れたニコラは、とんでもなく禍々《まがまが》しい廃墟の近くを通ることがあった。怖気《おぞけ》が走るほどの瘴気《しょうき》を放つ、ウィステリアが一部の隙もない程に張り巡ったその建物の奥深くに、微《かす》かに清浄な神的存在の気配を感じたのだ。

だからニコラは漠然と、あそこには堕ちた神様でもいるのだろうなと思っていた。

信仰心ありきの神は案外すぐに、祟《たた》るモノへと堕ちてしまうのだ。特に多神教は一神教より、信仰が揺らぎやすい。

そんな、良くないモノへと成り下がった神様がいるかもしれない禍々しい場所で、人が忽然と消える、それは――。

「完っ全に神隠しなんだよなぁ……」

ニコラは深いため息と共に呟いた。

「……分かりました。とりあえず、門限点呼の不在は何とかします」

寮生活である以上、門限の時間には寮監による点呼が実施される。

仮にも一国の王子が点呼に不在で行方不明ともなれば、さすがに大騒ぎになってしまうだろう。

「ジェミニ！　殿下に成れるね？」

鳩の姿をとっていた使い魔は、スイと背後の木から降り、地面で一度跳ねる。

「勿論だよ。ニコラ嬢」

そんな声が聞こえた時には既に、アロイスと寸分違わない金髪翠眼の青年が立っていた。

「で、殿下ッ⁉　今まで何処にいらっしゃったのですか⁉」

エルンストが目をこれでもかと見開いてジェミニに迫るので、ニコラは服の裾をガシッと摑《つか》み、ジェミニから引き離す。

「エルンスト様、これは本物じゃありませんから」

「なッ！　どういうことだ⁉」

エルンストは、ギュンととんでもないスピードでニコラの方を振り仰いだ。

だが、彼に関しては説明したところで信じないことが目に見えているため黙殺する。信じない人間にいくら説明しても、埒《らち》が明かない上に、何より面倒くさい。

しかし、よくよく考えれば、万人に視《み》えるタイプの実体を持ったジェミニはかなり使い勝手が良かった。式と違って、動かす操作に自分の頭のリソースを使わなくていいというのもありがたい。

ジェミニの頭を撫《な》でてやれば、ジェミニは気持ち良さそうに目を細めて頭をぐりぐりと擦り付けた。その様子は猫のようで可愛く思えてしまうも、ジェミニの今の姿がアロイスであることを思い出して正気に戻る。

ニコラはサッと手を引っ込めた。

「今日のところはもう遅いので明日、その廃墟に行って来ます」

「明日だと⁉　そんな悠長なっ、いや……」

エルンストは一瞬気色ばむが、自分がやらかした自覚があるのか、その声は尻すぼみになって消えた。

「相手は神様である可能性があります。神と名が付くものは厄介で、術でどうこう出来るものじゃあないんです。神様の要望次第ではありますけど、基本は正しく祀《まつ》ること、あとは話が通じるようなら説得と対話、これしかありません。こっちにもそれなりの準備がいるんですよ」

日本の神を祀るとすれば、水、酒、生米、塩あたりが必要だが、西洋なら何がいいだろうかと思案する。

かつては師から、和洋折衷一通りの知識を頭に叩《たた》き込まれたはずだが、やはり日頃あまり使わなかった西洋の知識は記憶が曖昧だ。

だが、信仰や供物というものは気持ちが大事なのだから、厳密に正しくなければならないという訳ではあるまい。茶会の申請で貰える物は貰って、足りないものは明日の朝街に出て買おうか、などと考えていれば、普段より数段低いジークハルトの声が聞こえて顔を上げる。

「……ねぇニコラ。まさか一人で行くつもりじゃないよね？」

「え、そのつもりですけど」

ニコラの返答に、ジークハルトは見るものを凍らせるような微笑を浮かべた。

理由は分からないが、ジークハルトの怒りに触れてしまったことを悟って、ニコラはギクリと身体を強《こわ》ばらせる。

「絶対に駄目だよ。一人では行かせない。私も行くからね」

「いや、でも」

「駄目だよ」

「でもその」

「駄目」

優美な笑みを浮かべてはいるが、眼窩《がんか》に嵌《は》め込まれた紫水晶の奥は笑ってはおらず、剣呑《けんのん》な光を湛《たた》えている。普段ニコラがいくらぞんざいな態度で接しても、全く怒ることのないジークハルトが久方ぶりに見せる怒気に、ニコラは縮み上がった。

美人の怒りには凄絶《せいぜつ》な凄みがあるのだ。その上、普段怒らない人間が怒ると余計に恐い。

ニコラは反論を呑み込んで「分かりました」と言う他なかった。

「俺も……俺も同行する」

「エルンスト様もですか……」

「俺が殿下から目を離してしまったばかりに、こんなことになってしまったんだ。俺にも同行させてくれ。頼む」

そう言ってエルンストは直角に腰を折る。

自責の念に駆られるエルンストの影響を受けてか、その守護霊もやや悄気《しょげ》たように光を落としていた。相も変わらず視ようとせずとも視えてしまう程に力は強いが、いつもそれくらいの光量で居てくれればいいのにな、とため息交じりに呟く。

「エルンスト様に関しては、連れて行ったとしても、殿下の元まで辿《たど》り着けるか分かりませんよ」

「それは、何故だ？」

「……信じなくても口を挟まず、そういうものだと思って聞いてくださいね」

ニコラはそう前置きして、ブルーグレーの瞳に目を合わせた。

「本当に、エルンスト様の守護霊は強いんです。殿下のいる場所に行こうとしても、エルンスト様を守ろうとした守護霊に弾かれる可能性の方が高い」

ニコラたちは明日、自ら神隠しに遭いに行くようなものだ。

ほとんど神に近いエルンストの守護霊が、守護対象を他の神様に接触させたがるとは思えなかった。

「何でもいい。同行させてくれ」

「それでもいいなら、いいですけど……」

ニコラの言うことを信じていない以上、辿り着けない可能性というのもそこまで信用していないのだろうが、エルンストはそれでもいいと頷《うなず》いた。

まぁ、守護霊に弾かれたところで、恐らくその場に取り残されるだけなので、ニコラとしてはさしたる問題ではない。

ニコラは深々とため息を吐いた。貴重な休日のうち、一日は気疲れする茶会、一日はアロイス救出。

気の休まる日がないではないかとニコラはやさぐれる。

明日の集合場所や時間を決めながら、ニコラは何を報酬として強請ってやろうかと心中で毒づいた。

4

翌日、王都のランドマークである噴水の前で落ち合った三人は、連れ立って往来を歩いていた。

昨夜準備したものや道中で買ったものはまとめてエルンストに預けているので、ニコラ自身は身軽だが気分は晴れようはずもない。

神様に関連する案件。それは前世の同業者が選ぶ『関わりたくない仕事ランキング』堂々の二位を戴《いただ》く厄介な代物だった。

神というものは理不尽な上、すぐ祟る。厄介かつ面倒なことこの上ないのだ。

ちなみにランキング一位は呪い案件なのだが、こちらは後味の悪さで皆避けたがるのであって、面倒くささでは圧倒的に神様案件の方に軍配が上がる。憂鬱にもなろうというものだった。

ニコラの右隣を歩くジークハルトに不機嫌そうな様子はなく、むしろニコラの手を引いて歩く様は楽しげにも見える。

「……やけに機嫌がいいですね」

「え？　あぁ、よくよく考えたらニコラとこうして街を歩くのも久しぶりだろう？　見方を変えれば休日のデートだと思って」

白皙《はくせき》の美貌をあどけなく緩めて、ジークハルトはニコラに笑いかける。

昔から変わらず向けられる、甘ったるい眼差しと全幅の好意に危うく絆《ほだ》されそうになるのを振り切って、ニコラは明後日の方角を向いた。

斜め後背ではエルンストがボソリと「閣下は随分と好事家《こうずか》なのだな……」と呟く。

確かにニコラは顔立ちも平凡で、たわわに実った果実も持たない。ジークハルトが好事家なのは全面的に肯定する他ないが、赤の他人に言われるというのはそれはそれでイラッとしてしまう。

意趣返しにニコラは首だけ振り向いて言い返した。

「言っときますけど、好事家というなら貴方の主《あるじ》も大概ですからね」

〝好〟の意味合いこそ違えど、ニコラに興味津々であるあたり、アロイスもまた物好きであることは間違いない。

不本意にも反論出来ないらしいエルンストはふよふよと口許を波打たせて黙り込み、精悍《せいかん》な顔立ちが残念なことになる。その様子に、ニコラはふんと鼻を鳴らした。

「そういえば……度胸試しに向かうと言いだした元凶の阿呆《あほう》たちは、その後どうしているんです？」

「こらこら、相手は仮にも隣国の王族御一行様だよ……」

ジークハルトはやんわり窘《たしな》めつつ、ニコラの頭を撫でる。その横に並んだエルンストが、眉間にしわを寄せながらニコラの疑問に応じた。

「リュカ殿下は結局、殿下の悪戯だったと思われているのだろう。他の留学生たちも同様だ。今日は何事もなく過ごされている」

まぁ実際、門限の時刻にはアロイスに擬態したジェミニが寮に戻って来たのだから、妥当なところか。それよりも、そういう悪戯をやりかねないと疑いなく思われている、アロイスの普段の素行の方に呆《あき》れてしまう。

そうこうしていれば、件《くだん》の廃墟に辿り着いていた。

「ここが……」

王都の外れ、整備された煉瓦《れんが》の道ももうすぐ終わろうかというほんの手前に、ウィステリアの青葉が青々と生い茂ったその建物はあった。

王都は中心地こそ建物が隙間なく密集しているが、外縁に近付くにつれ、建物同士の間隔は広くなっていく。そんな王都の外れのほとんど際に位置する廃墟の両隣は、既に完全な空き地となっていた。

その廃墟から一番近い建造物は、中心地寄りの斜向《はすむ》かいの建物にあたるが、それも二十メートル以上は離れていて、辺り一帯ごと物の見事に寂れている。

建物自体を見遣れば、全ての面をウィステリアが覆い尽くしていて、外観はざっくりと、茂った緑の輪郭でしか摑めない。建物と広い庭の外周には錆《さ》びた鉄の飾り格子があるが、その柵からも溢《あふ》れんばかりに雑草が飛び出していた。

見れば見るほどいかにもな肝試しスポットではあるが、よくもまあこんな所に入ろうなどと思うものだとニコラは感心する。スポットとして不味《まず》い以前に、虫が大量にいそうで絶対に近付きたくない。

「エルンストたちは、この庭を突っ切ったのかい？」

「いいえ、建物の裏手に恐らく使用人が使っていたらしい勝手口があって、そちらならば庭を横切らずに入れるのです。自分たちはそこから入りました」

「じゃあ、同じようにそこから入りましょう」

エルンストに先導してもらい裏手に回れば、確かに錆びた飾り柵の切れ目があって、そこから建物自体は近い。

恐らく肝試しに訪れる人間は皆そこから入るのだろう。飾り柵から建物までの数メートルは、茂る雑草が踏み固められて、獣道のようになっており、建物を覆うウィステリアの隙間からは勝手口らしき小さな扉が覗《のぞ》いていた。

「行くかい？」

「いえ、まだです。まだ準備が足りません」

ニコラは首を振って、エルンストに預けていた荷物の中から昨夜準備したものをごそごそと探す。

「あぁ、ありました」

ニコラは手に触れた薄いそれを引っ張り出すと、ジークハルトに手渡した。

「これは？　随分と独特な……お面、なのかな」

「ええ、お面です。ジークハルト様はコレをつけて中に入ってください」

ジークハルトに手渡した物。それは雅楽などに用いる雑面《ぞうめん》だった。

長方形の白い紙に白絹を貼ったその表面に、三角や三つ巴《どもえ》を使って目や鼻や口などを象徴的に描いたソレは、なかなかにひょうきんな表情の仕上がりになっている。

「神様は、綺麗《きれい》なものや美しいものが好きですから。ジークハルト様が素顔を晒《さら》して中に入ったりすれば、ミイラ取りがミイラになる可能性が高い」

「みいら？」

「神様が気に入って、帰してくれなくなります」

顔さえ隠せれば、別に雑面でなくとも良かったのだが。

気乗りしない場所に乗り込まざるを得ないのだから、視覚的に少しでもコミカル要素を足そうという、ニコラの小さな悪足掻《わるあが》きだった。

面を顔に当てて、上辺に渡した紐《ひも》を後頭部で結ばせる。

麗しの顔《かんばせ》が隠れてしまえば、目につくのは初秋の陽光を眩しく弾く天使の輪《キューティクル》と、背にまで流れる豊かな銀糸だった。

ニコラはその一筋を掬《すく》いとって呟いた。

「ジークハルト様。最悪、この髪を切ることになるかもしれません……」

髪に砂でもまぶして艶を消すことも一度は考えた。だが、供物が足りずに神の機嫌を損ねてしまった場合のことを考えると、切り札は残しておきたい。

髪の毛は、最も手軽で痛みを伴わない供物になりうるのだ。ニコラの凡庸な黒髪と違い、ジークハルトの鏡のように輝く銀髪は、価値も相応に高いだろう。

浮かない顔のニコラを安心させるように、ジークハルトはニコラの頭に手を置く。

「いいよ、私はこの長い髪に未練はないから。昔ニコラが、綺麗な髪は伸ばしておいた方が色々と都合がいいって言ったから、今もこうして伸ばしているだけだしね」

ジークハルトは面をふわりと揺らして、使い所があるなら有効活用してほしいと、なんの感傷も見せずに言ってのける。

「……神様の出方が分からないので、どうなるかは分かりません。正直出たとこ勝負なので……。でも、なるべく切らずに済むようにします」

アロイスの神隠しには目的や意味があるのか、ただの気まぐれなのか。話が通じるタイプなのか、通じないタイプなのか。それら全てが分からない以上、保険は必要だった。

正直、本人よりもニコラの方が、この美しい髪を惜しんでいるのだろう。だが、どうしても勿体《もったい》ないと思ってしまうのだから仕方がない。

ニコラはくるりとエルンストの方を振り向いた。

「エルンスト様に関しては、本当に殿下の元まで辿り着けない可能性があります。建物自体に入れないかもしれないし、中で私たちとはぐれてしまうことも有り得ます。その時は一応、門限ギリギリの時間までは待って、門限を超えてしまいそうなら学院に戻ってください」

「……分かった」

今日一日で決着しない可能性など考えたくもないが、神様と関わる以上、有り得なくもないのだ。

「それでは、行きましょうか」

三人はようやく、錆びた飾り柵の隙間に身を滑らせた。

5

飾り柵から建物まで、庭を横切らない分近いとはいえ、それでも六、七メートルは獣道を進まなければならなかった。

雑草を払い進み、建物が近付くにつれ、遠目では青々としていたウィステリアの所々に、狂い咲きの花房が垂れていることに気付く。そんな花房の周りに煌めくモノたちを見つけ、ニコラは思わず目を見開いた。

またたね。
めずらしいね。
またきてるよ、
おともだちが。

くすくす、へんなお面。

こんなところ、よくくるよね。

よくくるよ。

ふふふ、ものずき。


西洋風の文化圏の異世界なだけあって、この世界にはもともと日本より遥《はる》かに妖精が多い。そんな小さきモノたちが、季節外れに返り咲いた花房に無数に群がっているのだ。

きらきらと光る鱗粉《りんぷん》を撒《ま》きながら飛び交う様子はなかなかにメルヒェンだが、だからこそ感じる違和感にニコラは足を止める。

数年前のこの廃墟は確かに、近くを通っただけで産毛が総毛立つほどの禍々しさを放っていたはずだった。こんな風に妖精が寄り付くことなど有り得ないほどに、瘴気を放っていたはずなのだ。

だが、改めて建物を見ることで、ニコラが以前に感じた、近くを通るだけでゾッと悪寒が走るような感覚が無くなっていることに、ようやく気付く。

目を瞑《つむ》って感覚を研ぎ澄ませば、弱々しいながらも神々しい気配は今も変わらず在るのが分かる。

だが、以前通りかかった時に覚えた、背筋が凍るような、ニコラをしても近付きたくないと思わせるような瘴気は、無くはないが随分と薄くなっていた。――残滓《ざんし》、出涸《でが》らし、とでも言えばいいだろうか。数年前に見かけた時とはかなりと印象が違う。

「あの禍々しさは、神様が堕ちたからじゃなくて……何か、別の……？」

「ニコラ？」

急に足を止めたニコラを振り返ったジークハルトが不思議そうに首を傾げるので、ニコラは妙な胸騒ぎを一旦脇に置いて、獣道を小走りに走った。


小さな勝手口を前に、三人はウィステリアに覆われた館を見上げる。

「見れば見るほど、壮観だね……」

勝手口の周りから僅かに覗く外壁はウィステリアに締め上げられ、節くれだった幹を起点に亀裂が蜘蛛《くも》の巣のように走る。建物の悲鳴が聞こえてきそうなほどだった。

ウィステリア――藤という植物は生命力が凄まじいのだ。

蔦《つた》を伸ばし他の植物を締め上げ、そうして日の当たる方へと葉を伸ばし成長していく。そして、巻きつかれた樹木は最悪の場合、枯れてしまうらしい。

儚《はかな》く嫋《たお》やかに見えて、その実かなりしたたかな植物なのだ。余談だが、その性質により林事業者からは、有害植物として扱われているという認識だ。

ジークハルト、ニコラ、エルンストの順で横並びになっているため、代表して真ん中のニコラが勝手口を引き開く。鍵は掛かっていないらしく、ギィーッと不快な音を立てて軋《きし》みながらも難なく扉は開いた。

「せーので入口の境界を踏み越えましょう」

そう言って、ニコラははぐれないように両隣の手を握る。

片や慣れたようにぎゅっと握り返され、片や不意打ちを受けたようにビクリと跳ねるが、気にせず深く握り込む。

「行きますよ、せーの」

踏み越えた一歩が床に接した瞬間に、まるで足を踏み外したかのような浮遊感に襲われる。前後左右、上下の感覚が歪むような不快さ。ぐらりと揺れる視界。

無理やり引っ張られるように離れて行く、片手の温もり。

「――っ!?」

「っ、なんッ!」

たまらず立ち止まったニコラの横でジークハルトも踏鞴《たたら》を踏む。

不快感をやり過ごす間に目だけを動かして周囲を探れば、そこは厨房《ちゅうぼう》らしき場所だった。入って来た勝手口は既に閉まっており、エルンストの姿はどこにもない。

「やっぱりエルンスト様は無理でしたか」

緩く頭を振って、吐息を吐く。

ダメ元で背後の扉を開けようとしても、今度はびくともしなかった。ジークハルトが試してみても、結果は同じ。さっそく異界にお招きいただいたらしい。

「ジーク様、ここから先は、不用意に真名を呼ばない方がいいと思います。私の名前はニカでもニーカでも、お好きに呼んでください」

「じゃあ、ニカと呼ぼうかな。探し人はそうだね……アローでどうだろう」

怪異と関わってきた場数からか、話が早くて助かる。ニコラはこくりと頷いてから、剝き出しの石畳に膝をついた。

ぺたりと冷たい石床に右の手のひらを押し当て、囁《ささや》くように失《う》せ物探しの呪言を唱えて割り出すのは、空間内にある気配の大凡《おおよそ》の場所だ。

気配のざっくりとした方角を特定するまでに、さほど時間はかからなかった。手のひらについた埃《ほこり》を払いながら、ニコラはすくっと立ち上がる。

「まずはアロー様を回収しに行きましょう。ジーク様も離れないでくださいね」

目を離した隙にジークハルトまで連れ去られでもしたらさらに面倒だ。そう思って声をかければ、のしっと背中にのしかかられる。

「これでいい?」

「いいわけあるか。……重い、歩けん、やめてください」

「私の愛の重さだって言ったら?」

「だっる……ほら、早く行きますよ」

くすくすと笑いながらあっさりと離れるあたり、聞き分けは良いが。ニコラはふんと鼻を鳴らす。

ジークハルトの手を引いて、こぢんまりとした石造りの厨房を後にして廊下に出れば、カビと埃の入り混じった実に廃墟らしい匂いが一層強くなって、ニコラは思わず顔をしかめた。

廊下には赤いカーペットが敷かれていたのだろう。だがその上には埃が雪のように降り積もり、

ひどくくすんでしまっている。

窓の外はびっしりと蔓延《はびこ》るウィステリアによって完全に覆われ薄暗い。僅かな隙間から幾筋かの細い光が差すことで、辛うじて目は見えるものの、そこは非常に閉塞的な空間だった。

「こんな不衛生な所、早く出ますよ。サクサク行きましょう、サクサク」

ぐいぐいとジークハルトの手を引くが、とうのジークハルトが恐る恐る歩を進めるため、引っ張るニコラの方ばかりが疲れてしまう。

「もう！　おっかなびっくり進まなくても大丈夫ですよ。ここには何にも居ませんから」

「嘘《うそ》だろう……？　こんな、いかにもな場所なのに……!?」

信じ難いといった表情でニコラを疑いの目で見るジークハルトに、ニコラは寸の間思考する。それから、仕方がないかとため息をついた。どんなモノでもはっきり視える訳ではないというのは、余計に恐怖心を煽《あお》られてしまうのだろう。


ニコラはよく視えすぎてしまうせいで、昔は随分と怖い思いをしたものだった。

そんなニコラの目には今、非常にクリアな風景が見えていた。とはいえ見える景色は朽ちかけの汚らしい廃墟だが。しかしだからこそ、ここには何も居ないと断言出来る。

だが、ジークハルトは違う。ジークハルトの目には、自分に直接害のあるモノしか映らない。それ以外の視え方は概ね常人の目と同じなのだ。

この、いかにも何かが居そうな朽ちた廃墟の中で、視えないが故に、居ないという確証を得られない。

在りもしないものを見たような気になり疑心暗鬼になって、天井や壁のシミに空目をしたり、風に吹かれた物音が異様に大きく聞こえたりする。幽霊の正体見たり枯れ尾花、つまりはそういうことなのだろう。

特に、ジークハルトは人ならざるモノがこの世に確かに存在することを確信しているにもかかわらず、視えないのだ。居るかもしれないし、居ないかもしれないというスタンスの人間より、恐怖も一入《ひとしお》なのだろう。


だが、理解は出来るがそれはそれ。

ニコラは一刻も早くこんな所を出たい。そのためには、ジークハルトにちゃっちゃか歩いてもらわなければ始まらない。

「ここ、本当に何も居ませんから大丈夫ですって」

安心させるように、ぎゅっと手を握る力を強めてやる。

廃墟の内部は、ニコラからすれば異様な程に、いたって清浄だった。いや、清浄というには語弊があるだろうが。異様な程に何も居ないのだ。

いい土にはミミズが来るように、良い廃墟には本物が集まる。

怖い話は噂《うわさ》から始まるのだ。

噂をすれば影が立つ。影が立てば実となる。

どんな廃墟も、本来ならば人ならざるモノたちの溜《た》まり場になるのが普通だ。それなのに何も居ない廃墟というのは、ニコラからすれば異様という他ない——その原因は明白ではあるのだが。

ニコラは廊下の窓の外のもっさりと茂ったウィステリアを横目で見遣り、それから歩みを止めてジークハルトと向き合って、面から覗くアメジストと目を合わせる。

「いいですかジーク様。私が毎年この季節に渡している匂い袋《サシェ》の中身は、ウィステリアの花を乾燥させたものです。ウィステリアという植物自体に魔除《まよ》けの効果があるんですよ。花は摘んでしまっているので匂い袋《サシェ》の効能は一時的ですけど、こんな風に枯れずに地面から養分を吸収し続けている限り、ウィステリアの魔除けの効能は持続します」

つまり、とニコラは人差し指を立てた。

「ウィステリアに覆われたこの廃墟に、妙なモノは入って来られません。ここには本当に何も居ませんよ」

「なるほど…………？」

「分かったなら、さっさと進みますよ」

再びジークハルトの手を引いて歩き出す。

廊下を抜ければ、中央の階段が存在感を主張する吹き抜けの玄関ホールに出た。

ニコラは隣を歩く幼馴染をちらりと横目で窺う。

先程よりは繋《つな》ぐ手に抵抗を感じなくなりはしたが、それでやっとニコラと同じ歩幅なあたり、まだ恐怖心が完全に消え去った訳では無いのだろう。

ホールの天井からは壊れかけのシャンデリアが垂れ下がり、流石に真下を歩くのは別の意味で怖く避けて通る。壁際に寄れば、剝がれ落ちた壁紙から煉瓦や木の梁《はり》が覗いていた。


「……いつもは」

「え？」

「いつもは、無理について来ようとなんてしないでしょう。どうして今回だけついて来たんですか？　私が昔、この場所を危ないと言ったから……？」

ジークハルトはニコラに対してのみ、やや強引なこともあるが、それでも引き際はきっちり弁《わきま》えていて、ニコラが本気で嫌がることはしない。ニコラの領分では足手まといになることをきちんと弁えているが故に、引くべきところでは引く人間だった。

だからこそ、今回のように無理を通してついて来ようとしたことが意外だったのだ。

昨晩も雑面を作りながら、何がジークハルトを怒らせてしまったのかをずっと考えていたのだが、ついぞ答えは出なかった。

ジークハルトは立ち止まる。手を繋いでいたニコラもつられて足を止めた。

「ねぇ、ここは神様がいるかもしれない場所である前に、廃墟だよ。浮浪者や破落戸《ごろつき》が入り込んでいるかもしれないと、少しでも考えたりした？」

「…………いえ、考えませんでした」

言われて初めて、自分の迂闊《うかつ》さに思い至る。

浮浪者からすれば、ニコラは金品を持っていそうな貴族の小娘だ。破落戸の中には人身売買に手を染める輩もいる。そんな連中からすれば、一人でのこのこ廃墟にやって来る女など、確かに格好の餌だ。

「廃墟である以上、老朽化が激しいことも想像できるよね。床板を踏み抜いて身動きできなくなったり、怪我をしてしまったり……。そういうことを、少しでも考えた？」

「…………いいえ」

唇を引き結んで黙り込んだニコラに、ジークハルトは苦笑したのかため息を吐いたのか、小さく面を揺らす。

「君が人外のモノに対してとても強いことは、嫌という程に知っているよ。でも、君は人と見えている景色が違うからかな。それとも、人に出来ないことを出来るからかな。時々、考え方が危ういと思う時がある」

ジークハルトの言葉に、ニコラは何も言い返せなかった。

「君の生身は、華奢《きゃしゃ》なただの女の子だよ。そういう危険に対して、もう少し警戒心を持つべきだ」

窘める声とは裏腹に、頭を撫でる手もニコラを見つめる視線もひどく優しいものだ。

何だか気恥ずかしくなって、ニコラはふいっと横を向く。

「まぁ、君の警戒が薄いところは、私が補うからいいのだけれど」

「…………そんな面をつけて言ってちゃ格好つきませんよ」

「ふふ、だろうね」

コミカルな表情の面にしておいて良かったと、ニコラは心底昨日の自分に感謝した。

6

ニコラとジークハルトは中央の階段を素通りし、一階の右手奥へと進んで行く。

ニコラは残念ながら、失せ物探しの類の術がそれほど得意ではない。そのため、ざっくりとした方角までしか分からないのだ。

一階奥の突き当たりに辿り着くも、残念ながらアロイスの姿は無かった。

「一階じゃないなら上ですかね……あんまりうろちょろしてないといいんですけど」

幸い玄関ホールの中央階段まで戻らずとも、一階突き当たりにも階段があったため、そこから上《のぼ》る。

中央階段より質素な分、その階段は木の腐蝕《ふしょく》も激しいようで、ぎぃこぎぃこと今にも踏み抜いてしまいそうな音が鳴る。本当に気を抜けばバキャッといってしまいそうな階段だった。

流石に二人同時に上る勇気はないため、一人ずつそろりそろりと上がって行く。

金目の物は全て、元の持ち主かはたまた盗人かに持ち出されているのだろう。

日焼けの跡からそこにあったと分かる踊り場の花瓶も、壁に掛かっていたであろう絵画も忽然と無くなっている。

何とか二人揃って二階の床を踏み締め、ほっと一息ついた瞬間に「あーーーーーーっ！」と半泣きの声が耳に突き刺さった。

ニコラは耳を塞《ふさ》ぐことよりも優先して、荷物を大きく振りかぶり、声の元にぶん投げる。

「ジーク！　ニコぐぇっ！　え？　えっ？　……何で？」

そう距離も離れていなかったため、荷物はアロイスにクリティカルヒットしたらしい。

転がって目を白黒させて困惑するアロイスに、ニコラはツカツカと歩み寄りしゃがみ込む。

「こんな、ところで、不用意に、名前、呼ばない。復唱」

区切るごとにしぴしぴと指でアロイスの額を突く。

「う、ゴメンナサイ……。こんな所で不用意に名前を呼びません」

「よろしい。ここではニカと呼んでください、アロー様」

「分かったよ」

「では、念の為聞きますが、この空間にある物を飲み食いしたりはしていませんね？」

「異界の物を食べてはいけない、だっけ？　大丈夫、してないよ。そもそもここ、食べられそうな物もないし」

ニコラは立ち上がり、ふんと仁王立ちになる。ジークハルトが手を貸して、アロイスも立ち上がった。

アロイスは恐る恐るジークハルトを見る。

「というか君、ジークで合ってる？　ニカ嬢と一緒にいるし銀髪だし、咄嗟《とっさ》にジークって叫んでしまったけど……」

「あぁ、合ってるよ」

「えっと、独特なお面……だね……？」

「あぁ、これかい？　ここには神様がいるから、私は顔を隠した方がいいんだって」

「そ、そう、なんだ……？」

それを聞いたアロイスがちらりとニコラの顔を窺うので、ニコラは肩を竦める。

「最初から着けていないと多分意味がありませんけど、アロー様もつけますか？」

一応予備は作っているため、先程ぶん投げた荷物を指差せば、アロイスはぶんぶんと頭を振った。

そんなにつけたくないものだろうか。見慣れてしまえば案外愛嬌《あいきょう》があるのにと、ニコラは少しだけ口を尖《とが》らせる。


「それにしても、本当にすぐ追いかけて来てくれたんだね。二人ともありがとう」

怯えるように肩を縮こまらせて、辺りを窺いながら礼を言うアロイスに、ジークハルトは驚いたように目を瞠《みは》る。

「すぐに？　君が行方不明になってから、少なくとも丸一日は経過しているんだけれど……」

「え、丸一日⁉」

アロイスは翠眼をこれでもかという程に見開いた。

「冗談だろう……？　だって僕はまだこの廃墟に入って、せいぜい一時間くらいしか……」

ニコラとジークハルトは神妙な顔で、揃って首を横に振る。

「神様と関わるというのは、今ではない、全く違う時間、時空と関わるということ。こういう異空間で三日過ごしても、現実世界では一秒も進んでいなかったり、その逆も然《しか》りです。神様や妖精に関わると、往々にしてこういうことが起こります」

ニコラは肩を竦める。

「だとすると、まさか……！　我儘リュカとその取り巻きたちも行方不明になっていたりするのかい⁉」

らしくもなく血相を変えるアロイスには、ジークハルトが宥《なだ》めるように大丈夫だと説明する。その間に、ニコラは少しだけアロイスの認識を改めていた。

見れば、アロイスは隣国の王子とその取り巻きが昨日無事に学院に帰り着いたと聞き、ほっと胸を撫で下ろしている。どうやら確かに、王族として公務をきちんと果たそうとする気概はちゃんとあるらしい。

正直、普段ニコラにちょっかいをかけては楽しんでいる翩々《へんぺん》たる姿からは想像がつかず、それがどうにも意外だった。

しかし、だからこそ今回ばかりは、アロイスに非はないと認めるしかないのだろう。外交問題を回避しようとして巻き込まれたのならば、それはもう仕方がない。

『興味本位で首を突っ込むのなら見捨てる』それは裏を返せば、そうでないならば助けると言うことと同義だ。アロイスを庇護《ひご》対象に加えてしまった以上、守り通せなければニコラのプライドが廃る。

ニコラはやれやれとため息を吐いた。

何はともあれ、探し人は見つかった。次は神様に会いに行かなければ。


ニコラは二人を促して再び歩き出す。

またはぐれられては敵わない。ニコラは二人の手を握って、ニコラを真ん中にした横一列で進む。

アロイスは二人と再会出来た安堵感《あんどかん》からか何なのか、いつもより饒舌《じょうぜつ》に喋った。

「ねぇ、ニカ嬢。元々ここに来ようとしていたのはリュカなのに、どうしてリュカとその取り巻きたちは無事に帰れて、僕だけ帰れなくなったんだい？」

「さぁ。顔が綺麗だからじゃないですか」

「馬鹿リュカだって、エキゾチックだけど顔立ちは整っているよ？　彼も顔だけは良いんだ。顔だけは、ね」

隣国の王子が絡むと、アロイスの言葉の端々に棘《とげ》が覗く。余程振り回されているらしい。

「じゃあ、アロー様の顔面の方が神様の好みだったとか」

ニコラがそう言えば、途端にアロイスは胡乱《うろん》げな目を向けてくる。

「え、そんな適当なことある？」

「それが本当だったら、随分と理不尽だね」

反対隣のジークハルトも苦笑するが、ニコラは手を繋いだまま器用に肩を竦めた。

「何言ってるんですか、神様なんて大概理不尽なものですよ」

ニコラはアロイスとジークハルトの顔を交互に見上げる。

「いいですか。神様が成すことは『全てが善』なんです。その結果、人間に迷惑や不利益が振りかかろうとも、神が善悪を決めるんですから関係ありません。神というのは、理不尽で無慈悲なことをするからこそ神であって、信仰の対象になる。……だから彼らは厄介なんですよ。可能なことなら無縁でいたい」

ニコラは苦々しく吐き捨てた。

多神教の始まりは共通して、人智《じんち》の及ばない、理不尽で強大な自然の脅威に対する祈りだ。例えば、台風が来て、洪水が起こり、人に禍《わざわい》が降りかかるとする。だが自然を神と考える人間たちはそれを「神の怒りだから」と考える。そうして、想うことは像を結ぶ。

神様の成り立ちがそんな風だからこそ、彼らの性質が理不尽なことに関しては折り紙つき。伊達《だて》に『関わりたくない仕事ランキング』二位を張っていないのだ。

「とまぁ、顔が好みというのは冗談として。実際のところは、人ならざるモノと関わったことが有るか無いか、あたりじゃないですかね」

本当にアロイスの顔が気に入って神隠しをしたのなら、凡庸なニコラや顔を隠しているジークハルトまでここに招かれることはなかったはずだ。

では今ここにいる、性別も身分もまるでバラバラな三人の共通点はといえば何か。それは、人ならざるモノが存在するということを知っていることだった。

知れば知るほどアレらは近くなる上、干渉されやすくなるのだから、妥当な仮説だろう。

二階の床は一階よりも心許《こころもと》なく、一歩一歩進むごとにギィギィと耳障りな音が鳴る。

三階は無く、見上げた天井には雨漏りの跡が無数にある。湿気の影響からか、壁も腐蝕が激しい。

二階の状態は一階よりさらに悪かった。

カビ臭さが一層強まって、ニコラは眉をひそめる。

「ここ、ウィステリア好きの伯爵の邸宅だったらしいよ。借金がかさんで夜逃げしたみたいだね」

アロイスはニコラたちと合流するまでに調べて得た情報を話す。

一般に、洋館の造りは一階が他人の出入りする社交の場で、二階が住人のプライベート空間だ。

二階の書斎などには日記や帳簿などがそのまま残されていたらしい。

「というか、ウィステリアって手入れしないとこんなに生い茂るものなんだね、吃驚《びっくり》したよ」

アロイスは尚《なお》も饒舌に喋り続ける。

その脈絡のなさに、何だかいつもと様子が違うなと、ジークハルトと顔を見合せた時だった。

通り過ぎて来た二、三メートル後方で、バキッと一際大きく家鳴りが鳴る。

「うわぁぁぁあぁああ！」

アロイスの間抜けなビビり声に、ニコラは普段の意趣返しに揶揄《からか》ってやろうと口を開きかけて、

瞬く間にそれどころではなくなった。

「え、ちょ、わっ！」

「アロー⁉」

アロイスがニコラの手を掴んだまま全力で走り出したのだ。

ニコラは同年代の同性と比べても非常に小柄で、当然ながらアロイスより足も遥かに短い。その上、ニコラは前世も今世も、壊滅的に運動が苦手だった。いわゆる運動音痴というやつである。

そんなニコラが、足のコンパスからして違うアロイスの全力疾走に引っ張られればどうなるか。答えは明白だった。

ぐん、身体に負荷がかかる感覚に悲鳴を上げる暇もなく、当然ながら、物音はただの老朽化が原因だと宥める余裕もない。つられて必死に足を動かそうとするが空回るばかりで、半ば引きずられるように二階を駆け抜け、中央階段を転がるように駆け降りる。

「アロー、ストップストップ！　このままじゃニカが死んでしまうから！」

途中から見兼ねてニコラの背を支えていたジークハルトは、片手をニコラの背に添えたままニコラを追い越して、アロイスの腕を掴んで止める。

途端に足がもつれて転倒しそうになったところを、ジークハルトがひょいと支え直して何とか事なきを得た。しかしニコラは完全に息が上がってしまって、呼吸も文句もままならない。

「アロー、駄目だよ。ニカは運動だけは壊滅的に、それはもう絶望的に、出来ないんだ。こんな風に走らせたらすぐに死んでしまうよ」

非常に失礼な言い草だとは思うが、運動が壊滅的に出来ないというのは、自他ともに認めるところだった。反論したくても出来ず、しようとしたとしても喋れる段階には程遠い。

ニコラは激しく肩を上下させながら、息を整えるのに精一杯だった。

ジークハルトに窘められてようやく少し冷静になったらしいアロイスは、慌ててニコラを覗き込んで謝る。

「ニカ嬢、本当にごめんね！　え、でも待って、たったこれだけの距離を走っただけで、こうなるの？　嘘でしょ体力無さすぎない……？」

アロイスは信じられないものでも見るように、たった今降りてきた階段と二階を見上げ、もう一度ニコラを見る。その様子がどうしようもなく癇《かん》に障って、全力で睨《ね》めつけた。

確かに走ったトータルの距離は二十数メートル程で、アロイスもジークハルトも、ほとんど全くといっていいほど息は上がっていない。

ニコラが運動音痴なことは確かだが、悔しさと腹立ち紛れに渾身《こんしん》の力でアロイスの足を踏んづけた。

それからニコラはたっぷり五分ほどかけて呼吸を落ち着かせ、そして唸る。

「……だいたい、どうしてそんなに、ビビり散らかして、るんですか。ここには何も居ないことくらい、ひと目で分かる、でしょうに」

「えっ？」

アロイスは目を瞬く。

ニコラもまた、何故アロイスが驚くのかが分からずに困惑した。

アロイスの目は、ほとんどニコラと同程度に視えているはずなのに、何を驚くことがあるというのか。

「こんなに禍々しいのに……⁉　何も居ないのかい？　本当に……？」

「あぁ……なるほど」

ニコラは片手で顔を覆って天を仰ぐ。

アロイスはジークハルトとはまた違った観点から恐怖心を煽られていたらしい。

確かに、ニコラをして近付きたくないと思わしめた、以前の強烈な瘴気は薄く、今は残滓として漂うばかり。

ニコラからすれば、比較対象が数年前のとんでもない禍々しさであったため、残滓のようなその瘴気を前に、原因である本体はもうここには居ないのだと判断していた。

だが、以前の状態を知らなければ、この瘴気の名残は確かに気分のいいものではないだろう。そのくせ目に映るのは何も居ないがらんどうの風景なのだから、逆に気味悪くもなるかと、ニコラは肺の中の空気を全部出し切る勢いでため息を吐いた。

「今ここには、神様の他には本当に何も居ませんったら。この禍々しさは、多分全く別物の残りカスみたいなものですから、大丈夫です」

そう言って、もう一度ジークハルトとアロイスの手を取る。

「さぁ、あとは神様にご挨拶に行くだけです。早く終わらせて帰りましょう」

向かう先は先程とは反対側の、一階最奥。

この薄汚い廃墟の中で、弱々しくも清浄な気を放つ御柱《みばしら》の元だ。

7

一階の突き当たり。そこには、薄汚れてはいるものの瀟洒《しょうしゃ》な扉があった。

白かったであろう塗装は大半が剝がれ落ちてしまっているが、扉の真ん中に嵌め込まれたステンドグラスだけは、埃でくすんではいるものの鮮やかなものだった。

「……多分、この先に神様が居ます」

両隣から、ごくりと生唾を飲む音が聞こえる。

「行きますよ」

繫いでいた手を解き、ゆっくりと扉を押し開ける。

そこは、館と扉ひとつで隣接した、かつてはガラス張りだったと思われる温室だった。

ガラスを支えていた骨組みは残っているものの、その骨組みは数十年に亘《わた》って手入れもされず、野放図に育ったウィステリアの添え木となっており、骨組みの間を埋めていたであろうガラスは全て内側に破片となって散らばっている。

正方形が連なるハーリキンチェックタイルの床の所々には、縁石で区切られた花壇があるものの、植物は何一つ育ってはいない。だが、それもそのはず。

何せ日光は生い茂るウィステリアの葉によって殆《ほとん》ど遮られ、温室の中まで届いてはいないのだ。

かつて花壇に植えられていた植物もとうの昔に枯れ果てて腐り、土に還《かえ》ったのだろう。

ハーリキンチェックのタイルも無惨なものだった。かつては一部の隙もなく敷き詰められていたであろうそれらは、地中から根を伸ばしたウィステリアの隆起により、ところどころ無様に掘り返され、モグラに荒らされたかのように浮き上がっている。

そんな惨憺《さんたん》たる状態の温室の内、葉の隙間から細い線状に降り注ぐ幾筋の光に照らされる中、その女神像は鎮座していた。その光景は退廃的ながら、どこか幻想的な雰囲気を纏《まと》う。

誰も何も言わずとも、神が何を求めているのか、三人全員が理解していた。

朽ちかけた温室の中、タイルを掘り返してなお伸びようとする蔦が絡まり巻き付いた、女神の石膏《せっこう》像に三人は近寄る。

台座を除けば一メートルにも満たない小さな女神の立像に這う蔦を、ニコラはするりとなぞった。

台座は既に巻き付く蔦でギチギチと締め上げられ、ヒビが幾筋か走っている。

立像の本体に這うのはまだ青く細い蔦だが、未来は想像にかたくない。巻き付かれた側に意識があれば、たまったものではないだろう。

「メアトル神。豊穣《ほうじょう》の神様だね。転じて商売繁盛の神様でもある」

「……流石ですね」

隣に立つジークハルトを見上げて、ニコラはほうと息をつく。

ニコラとて神の怒りを買うのは怖く、この世界の神話は一通り覚えてはいる。だが、それが彫像となると話は別だった。全部同じように見えてしまって見分けがつかないのだ。こういう時、ジークハルトの無駄に高性能な記憶力は頼もしい。

だが言われてみれば確かに、その女神像は胸に穀物のようなものを抱いていた。

豊穣と商売繁盛。稲荷《いなり》神社に祀られる宇迦之御魂神《うかのみたまのかみ》と似たような職能のメアトル神は、民衆の生活に直結する分、かなりメジャーな神様だ。

有名だけあって、メアトル神を祀る神殿も多かったはず。恐らくこの立像もそういった神殿から招請して来たものなのだろう。

「一度神様を勧請《かんじょう》したのなら、最後まで祀らないといけないし、それが出来ないのなら、きちんと御返ししなきゃいけないいんですけどね……」

ニコラは今生きているかも分からない、夜逃げした邸の主人にため息を吐いて、腕まくりをする。

「さ、この蔦を剝ぎ取りましょうか」

ニコラがそう言えば、ジークハルトとアロイスも「そうだね」と頷いた。

蔦を切る人間、剝ぎ取る人間と三人は手分けして、絡みつく蔦を排除していく。

アロイスは、ニコラが荷物の中に忍ばせていたナイフを使って蔦を切りながら、ふと呟いた。

「ねぇ、結局さ、この絡みついたウィステリアを払ってくれるなら、誰でも良かったんじゃないかい？」

「確かにこんな作業、ニカみたいな不思議な力を持っていなくても、誰でも出来るだろうね」

ジークハルトも手を動かしながら頷く。

確かに、神隠しの対象は、廃墟を度胸試しに訪れる人間でも良かったのだろう。だが——。

「受け取る側に受け入れる準備がなければ、平行線なことも珍しくありませんよ」

ニコラは像の細やかな衣紋の窪《くぼ》みをつつつ……と指でなぞる。

「力の強い神様本体ならともかく、こういう小さな分霊なら、『目に見えないモノなど存在する訳がない』と信じて疑わない人間を相手にしていても、多分一生平行線でしょう。彼らはただの無機物に蔦が巻き付いていようと、何とも思わない」

だからこそ、人ならざるモノと関わったことがあり、その存在を知っているニコラたちは神様に期待されて、神隠しに招かれたのだろう。

「それじゃあ僕たち、かなり割を食うことにならない？」

不満げに口を尖らせたアロイスを、ニコラはじろりと睥睨《へいげい》する。

「だから言ったでしょう。こちら側に関わらずに生きていけるなら、それに越したことは無いって」

「………君やジークがあの時言っていたことの本当の意味を、今やっと理解したかも」

「だっからもう遅いんだよなぁ……」

ニコラは肩を落とし、ジークハルトが苦笑する。

以後は黙々と作業を進め、ナイフで切れる範囲を全て排除し終わるのに、そう時間はかからなかった。

8

「こんなものかな」

最後の一本を切り終えたジークハルトが立ち上がる。

未《いま》だ台座には太い蔦が絡まるが、蔦というのは案外繊維質で切るのにも労力を要するのだ。これ以上はナイフより斧《おの》などで断ち切った方が早いだろう。

少なくとも女神像の本体は蔦も埃も払いきり、見違える程には綺麗になったのだから、この辺りで許してほしいところだ。

供物には大地の恵みとして、果物と穀物で出来た菓子を台座に添え、ワインを周りの地面に注ぐ。

持って来た荷物の大半がなくなり、鞄《かばん》は随分と軽くなった。

「あとは、また後日神殿に引き取りに来てもらいましょう」

「じゃあ、生徒会に神官の子息がいるから、私から伝えておくよ」

「よろしくお願いします」

ジークハルトの申し出に、遠慮なく乗っかる。

ようやく人心地ついたとニコラが身体を伸ばせば、いつの間にやら遠くでニコラたちを捜しているエルンストの呼び声が聞こえるようになっていた。どうやら神様はちゃんと元の時空に戻してくれたらしい。ご満足いただけたようだった。

遠くからの呼び声は次第に音量と明瞭さを増して、近付いて来るのが分かる。

「殿下ぁーっ！　閣下ッ！　どこですか⁉　ウェーバー嬢！　どこにいるッ⁉」

「おーいエルンー！　僕たちは一階の奥にいるよー！　屋敷に隣接した温室！」

「殿下ぁぁぁぁぁああ！」

ダダダダダと近付いてくる足音に、三人は顔を見合わせ肩を竦める。

これは下手に動かず合流を待った方が早そうだった。


「それにしても不思議だね」

とりあえず温室から出ようとすれば、ジークハルトが呟く声を拾って振り返る。

「何がですか？」

思案げに立像を見るジークハルトに、ニコラは首を傾げた。

「いや、この館の主人は伯爵だったんだろう？　貴族が商売の神様を祀るなんて珍しいと思ってね」

「本当ですね」

言われてみれば、確かにそうだった。農民や商人が信仰するなら分かるが、何とも妙な話ではある。

だが、アロイスだけはそれを疑問には思わないらしい。アロイスは温室の隅まで歩いて、それから朽ちかけた複数の木箱を見下ろして口を開いた。

「多分、ね。本当に商売繁盛を願っていたんだと思うよ」

ニコラとジークハルトも近寄って覗き込めば、それは黒いカビが侵食した木製の箱だった。ざっと三十箱はあるだろうか。

無惨に倒れ散らばる箱の中には等間隔に木枠が嵌め込まれており、そうっと引っ張り出してみれば、木枠には規則的な六角形が敷き詰められている。

「これは……」

「蜜蜂の巣箱…………？」

ニコラはジークハルトと顔を見合わせる。

「うん。夜逃げする前は資金繰りのために、ここで室内養蜂をやっていたらしいよ。書斎に帳簿や日記も残っていたから、少し読んだんだ」

ビビりまくっていた割に、地味に探索はしていたらしい。アロイスの言葉に、ニコラはなるほど、と呟いた。

蜂蜜はスコーンに垂らしたり紅茶に垂らしたりと、ちょっとした贅沢品《ぜいたく》ではあるが需要は大いにある。また蜜蝋《みつろう》も、シーリングスタンプや蠟燭《ろうそく》、はたまた口紅などの化粧品から床ワックスなどにも使われ、加工品としての汎用性は高い。正に傾きかけた家計の、起死回生の一手だったのだろう。

結局はその甲斐《かい》もなかったようだが、夜逃げの直前まで館の主は足掻《あが》いていたらしい。

よくよく見れば地面に蜂の翅《はね》のようなものが大量に落ちていて、ニコラは少しだけ悼ましく思う。

主人の夜逃げのあと、温室の中に花が咲いているうちはいい。

だが、水遣りをする人間も絶え、花が枯れたあと、このガラス張りの温室に閉じ込められた蜜蜂たちは当然飢えてしまったことだろう。

そう思い至った瞬間に、ザッと血の気が引いて、ニコラは立ち尽くす。

蜜蜂も蜂の名に違わず、スズメバチ等に比べれば少量とはいえ、アナフィラキシーショックを起こし得る毒を持つ。そんな毒を持つ大量の虫が、ガラス張りの密閉空間で飢え、もしも共食いの殺し合いを繰り広げたとすれば、それはもはや――。

その思い付きが正しければ、数年前にニコラの心胆を寒からしめた、あの怖気の正体には説明がつく。だがそうなると、今度はソレが今この廃墟に居ないのは何故かという新たな疑問は出て来るが……。

死骸の胴でも見れば共食いが起こったかどうか分かるかもしれないが、さすがに胴体は自然の分解が進んだのか、見当たらない。散らばるのは翅ばかりで、ニコラの仮説を確かめる術《すべ》はなかった。

「殿下ぁーっ！　ご無事でしたか⁉」

瀟洒な扉はメキャッと音を立てて、ご臨終を迎えた。

どデカい犬のようにアロイスに纏わりついたエルンストは、アロイスに怪我がないことの確認を終えると、ジークハルトにも一礼する。

「閣下においてもご無事で何よりです。ただ、性急で申し訳ないのですが……今すぐ寮に戻らなければ門限を過ぎてしまうのです」

「不味いじゃないか！」

「そんな、今日私たちがこの廃墟に入ったのは昼頃だろう⁉」

「神隠しなんて、そんなものですって。ちなみにエルンスト様、あと何分で門限ですか？」

「十五分だッ！」

「は……？　えっ、たったの十五分⁉」

ニコラは間抜けにもぱかりと口を開ける。

バタバタと壊れてしまった温室の扉をくぐり、四人は一斉に屋敷の廊下を走り出した。

「十五分だって⁉　私たちなら全力で走れば間に合うけれど、ニコラの足だと確実に間に合わないよ！」

「閣下！　自分が抱えて走れば間に合うかと！」

「…………………」

入って来た勝手口を目指して走っている現時点で、どんどん前を走る三人の背は遠くなっていくばかりだ。背に腹はかえられなかった。

「…………お願いします」

廊下を駆け、厨房を抜け、勝手口から外に出れば、空は完全に黄昏時《たそがれ》だった。

屋敷を囲む鉄柵を越えれば、ニコラはすぐさまエルンストの肩に担がれる。気分はさながら盗賊に拐《かどわ》かされる町娘だった。

軽々とニコラを持ち上げてなおスピードを落とさないエルンストの走りっぷりに、ニコラは思わず白目を剝く。そんな規則的な振動に揺られながら、自分で走るより倍以上の速さで遠ざかっていく廃墟を、ニコラは最後に一瞥《いちべつ》した。

蔦を伸ばし、互いに絡み合うようにして天へと伸びるウィステリアは、まるでこの空間を包み囲い、閉じ込めているかのようだった。

ニコラのちょこっとオカルト講座④

【神】

想うことは、像を結ぶ——それが想像です。

名付けられていて、人格を示す神話があって、その外見的特徴を共通して認識出来るように、彫像やら絵画がある。「神が存在する」という言霊が、神を実在たらしめるわけですね。

信仰の原初は、人知の及ばない『自然の脅威』に対する祈り。

成り立ちがそんなだからこそ、理不尽さこそがアイデンティティーというか……。人の手に負えないことが多いんですよね。

五章——人を呪わば穴三つ四つ

1

「……ちょーっとばかし、厄ネタを引き寄せすぎじゃありませんかね」

何とか門限ギリギリに滑り込んだ、神隠し廃墟《はいきょ》ツアーのその後。

男子寮と女子寮の死角になる建物の狭間で、ニコラは不機嫌を隠しもせずに腕を組む。

目の前には、十五分ノンストップの全力疾走（うち一人はニコラという荷物を抱えていた）で流石に息を乱した男たちが三人、建物に背を預け座り込んでいた。

凄絶《せいぜつ》なまでの美形、童顔寄りのハニーフェイス、精悍《せいかん》な男前。

バラエティ豊かな青年たちが揃《そろ》いも揃って頰を上気させ、心做《こころな》しか目を潤ませながら荒く息をつく様は何とも目に毒ではあるが、ニコラはそんな絵面より何より、切実に欲しいものがあった。安寧の時間である。

今やニコラの職業は祓い屋でも何でもなく、ただのいち学生なのだ。何が悲しくて、タダ働きで人ならざるモノに対応しなくてはならないのか。

祓い屋稼業は危険手当も込みで、報酬の高い仕事だった。

だが今やジークハルトとおまけのアロイスを助けるのは、完全にボランティア。こんなにも頻繁に頼られていては、学生なのに学業に手が回らない。

実際、この週末に出されていた課題はまだ殆《ほとん》ど手付かずで自室の机の上に鎮座しているのだから、ニコラの不満は正当なものであるはずだった。

「しばらく自由な時間をください。しょうもないことで手を煩わせないでください。ちょっとやそっとのことなら我慢してください。いいですね」

言いたいことを一方的にまくし立てると、ジークハルトとアロイスは「分かったよ」ときまり悪そうに頷《うなず》いた。

エルンストは一人無言だったが、彼が自ら怪異絡みでニコラを頼ってくることは無いと思われるので問題ない。

「それでは皆さん、ご機嫌よう」

突き放すように、わざとらしく丁寧な一礼をして、ニコラはそのまま真っ直《す》ぐ女子寮へと帰る。

自室へ戻れば、嫌でも目に入ってしまう週末の課題。それらからそっと目を逸らして、黙考すること十数秒の後。

ニコラは埃《ほこり》っぽくなった衣服を乱雑に脱ぎ捨てると、そのままバタンとベッドに倒れ込んだ。

「仮眠しよ……仮眠とるくらいいいでしょ……」

我ながら体力の無さには呆《あき》れるが、その言い訳を咎《とが》める人間はいない。

ニコラはあっという間に深い眠りに落ちた。

◆◆◆

今にして思えば、あの時から既にその悪夢は始まっていたのだろう。

飛び起きてしまうほどに嫌な夢を見たはずなのに、最初はどんな内容かを思い出すことは出来なかった。

ただ、夜着の袖を捲《まく》り上げれば、腕にはじわりと汗が滲《にじ》んでいて、色素の薄い産毛が月光に透けて金色に光っていた。

2

目元を刺激され眩《まぶ》しさに瞼《まぶた》を震わせる。

薄目を開ければ、眩しさの正体がカーテンの隙間から室内に差し込む朝日だと分かり、ニコラは他人事のように呟《つぶや》いた。

「あーあ、やらかした」

仮眠のつもりが、しっかりと朝まで熟睡してしまったらしい。

時計を見て、全く進んでいない課題を見て、深々とため息を吐く。

時計の短針と長針が示す数字は、身支度を整えて始業時間に間に合うように登校するには、まだ余りある時間ではある。だが、課題を全て終わらせるには圧倒的に足りなかった。

ニコラはぐぐ、と両手を上に突き上げ伸びをして身体を覚醒させてから、教師への言い訳を考えながら手早く入浴を済ます。

お湯をせっせと運んでは来るものの、秋とはいえ十分な量になるまでには冷めてしまう。半ばヤケクソになってぬるま湯を烏《からす》の行水のように浴び、凍えながら部屋に戻れば、机の上をころころと転がるジェミニが居た。

「あぁ、おかえり。昨日と一昨日はありがとう」

アロイスに化けてもらっていたことを労《ねぎら》ってやれば、ジェミニはぴょこんと小さく跳ねる。

それからジェミニは机の上に置きっぱなしになっていたウィジャボードのアルファベットの上をころころと転がるので、ニコラはひょいとボードを覗《のぞ》き込んだ。

『ドアのすきま』

『てがみ』

ジェミニの示す通りにドアを振り返れば、確かにドアの前に紙が落ちていた。

拾い上げたそれは、手紙と言うにはもっと簡素で粗末な、ちぎり取ったメモ紙を二つに折っただけのもの。それを開いたニコラは、思わず口笛を吹いた。

「ワーォ」

〝あなたの身の上に、不幸が降り掛かりますように〟

いっそ懐かしささえ覚えてしまうほど古典的な文面に、ニコラは苦笑するしかない。

「ジェミニ、これの差出人、見た？」

机を振り返れば、ウィジャボードのＮＯの上でジェミニはもよんもよんとバウンドする。

「そう。ま、いいや」

呪詛《じゅそ》とも呼べないような児戯《じぎ》だと、ニコラは適当にそれを折り畳む。

病は気から、呪いも気から。人は思い込みで死んでしまうことさえ出来る、器用な生き物だ。軽度の呪いは、「他人から呪われている」と被呪者が認識することで初めて発動する。「呪われている」という自身の思い込みから体調を崩したりと、自ら不幸を呼び寄せてしまうのだ。

〝人を呪わば穴二つ〟とは言うが、こういった類はそもそも呪いとして発動するかどうかも、その効果も全て被呪者の心持ちに依存するため、報いの跳ね返りもまちまち。呪詛というにはやはり程遠い児戯だった。

当然ながら、ギミックを知っているニコラが相手では、呪いが発動するはずもない。そのため犯人を特定する気も特には起きない。

眠くもないくせにくありと欠伸を一つ零《こぼ》して制服に着替えると、ニコラは普段よりも余裕をもって、のんびりと登校した。

――とまぁ、朝の時点では本当に犯人を特定する気はなかったのだが、気分とは変わるもの。

午前最後の授業をぼんやりと聞き流しつつ、ニコラは渋面でボソリと呟いていた。

「……一周回って、なんか腹立ってきたな」

知らぬ間に見知らぬ人間から「不幸になれ」と願われるのは、よくよく考えると不愉快だった。呪いこそ発動しなかったが、送り主はニコラの気分を害すことには成功したらしい。

「こらこら。私語は慎みなさいって、また怒られるわよ？　すでに課題のことで目を付けられてるんだから」

「まぁ、確かに嫌味ったらしかったし、仕方ないけどね」

幸いニコラの呟きは、大教室での数クラス合同授業であったため、響き渡ることこそなかったが、その代わりにバッチリ両隣には聞こえていたらしい。

両隣に座るカリンとエルザはニコラの怒りの矛先は教師だと思ったらしく、どうどうと宥《なだ》めてくる。それもそのはず。

休日は体調を崩してしまい課題が終わらなかったと言い訳したニコラは、授業の始まりに衆人環視のもと、かなりねちっこく嫌味を言われたのだ。おまけに課題自体も無くなった訳ではなく、期日が明日に延びただけ。

不機嫌の原因の一端という意味では、その教師の嫌味もあながち間違いではなかった。

ニコラの胸中では、教師の必要以上の嫌味に対する苛立ち、好きで休日を棒に振った訳ではないのにという不満、見知らぬ人間に不幸を願われた不愉快さがぐるぐると渦巻く。不機嫌にもなろうというものだった。

「そんなにむくれると、可愛い顔が台無しよ?」

「ねぇ嫌味?」

カリンのお世辞にも、ささくれ立った心のままに噛《か》み付いてしまう。

「あら、ニコラは自分のことをいつも卑下するけれど、それぞれのパーツとか素材はそんなに悪くないじゃない。化粧映えしそうよね」

「そうそう。それなのにニコラったら全く化粧っけがないんだもの。ねぇ、わざと野暮ったくしてなぁい?」

ニコラよりは断然愛らしい顔立ちの二人にまじまじと顔を見られて、ニコラは狭い椅子の上をじりじりと後退《あとずさ》る。

いっそ私語を注意されて雑談が中断される方が個人的には有り難いが、いかんせん大教室の後方に陣取ってしまったせいで教師の目は行き届いていない。ずいっと迫るカリンとエルザに、ニコラはタジタジになってしまう。

確かにニコラの顔立ちは中の中で、致命的に誤魔化しが利かないほど不格好なパーツはない。そういう地味な顔立ちというのは、確かに結構化粧が映える。そんなことは、前世で毎日メイクをしていた彼女からすれば百も承知のことだった。

メイクほど慣れと場数が必要なものはないのだ。化粧を覚えたての十代と、慣れて自分に似合うものがどういうものか熟知した二十代では当然完成度が違う。

ようは、化粧をすると少しばかり垢抜《あかぬ》けすぎてしまうのだ。あえて野暮ったくして没個性を狙っているというのは図星だった。

「ソンナコトナイワ」

ニコラの完全な棒読みに、二人はジトッとした目を向けるが、ニコラは明後日の方角を見てやり過ごすしかない。

だが、例えば傍《はた》から見れば、何も居ない空間に話しかけているところを、万が一他人に見られてしまったとして。やはりそういう時には没個性である方が、記憶に残りにくいのだ。

ニコラの可もなく不可もない素顔は、そういう意味でも都合が良いのだから仕方ない。

タイミングよく授業終了の鐘が鳴り響き、ニコラはこれ幸いと、急いで参考書を片付けて立ち上がる。

「ほら、お腹すいたから早く食堂《ダイニングホール》に行かない？」

「あ、こら、すぐ話を逸らす！」

「今度の週末、わたし達にお化粧させなさいよ」

「いーや」

やいのやいのと言いつつ人の流れに乗って教室を出る。廊下を歩き出してしばらくすれば、前の方から黄色い声が上がって三人は顔を見合わせた。黄色い声はドミノ倒しのように、次第に三人のもとへ近付いて来る。

背伸びしてぴょこぴょこと前方を覗いたカリンはやがて、無邪気に顔を輝かせて「もう少ししたら銀の君とすれ違えるみたい！」と二人に報告した。彼女は相変わらずのミーハーらしい。

カリンの言う通り、斜め前方からやって来るジークハルトの姿が見えるようになるまで、そう時間はかからなかった。

国さえ傾けられそうなほど絢爛《けんらん》なご尊顔を見るに、今日も今日とて抜群に状態が良いらしい。

彼の隣にはアロイスの姿もエルンストの姿もなく、その代わりに十数人の女子生徒に囲まれながらジークハルトは歩いていた。

あれではジークハルトも令嬢たちも歩きにくかろうにと思うものの、彼女らは器用にフォーメーションを崩さずに歩くので、ニコラはいっそ感心する程だった。

彼を取り囲んでいるのはきっと、由緒正しい家柄の才媛たちなのだろう。髪色も髪型も顔立ちの系統も、その令嬢たちの一群は見事にバラエティ豊富だった。

共通しているのは、皆女子アナにでもなれそうな顔面偏差値であることだろうか。

だがジークハルトは、優美ではあるものの仮面のように作り物めいた完璧な笑みで、令嬢たちを丁寧ではあるものの取り付く島もなくあしらう。

だがその一方で、ニコラとすれ違っても、ジークハルトはニコラを一瞥《いちべつ》すらしなかった。

何だかんだ言って、ジークハルトはニコラの意を尊重して、一般生徒の前で繋《つな》がりを匂わせるようなことは今までにもしたことがない。

ジークハルトがニコラに関わって来る時は、実は徹底して周りに人が居ないことを確かめた後のことなのだ。ニコラは幼馴染《おさななじみ》のそういうところを信用しているし信頼もしているからこそ、学内で大型犬のようにじゃれついて来る時も、ある程度は容認してしまっていた。

恐らく最も気を許している友人であろうアロイス、その従者のエルンスト、そしてアロイスの婚約者かつ、生徒会での親交があるオリヴィアの前だけが例外なだけで、それ以外の場面でジークハルトがその約束を違えたことは一度もないのだ。

結局一度もニコラとジークハルトの視線は交錯することなく、ジークハルトは通り過ぎて行く。

憂い顔が素敵だとか、翳《かげ》りのある佇《たたず》まいが魅惑的だとか、そういう声がニコラたちの前後から口々に聞こえて来て、ニコラはほんの少しだけ目を伏せた。

もはや無表情と同義のような、あの鉄壁の笑みでさえそういう風に捉えられてしまうのかと、ニコラは幼馴染に少しだけ同情する。

ジークハルトの見目麗しさと、それを存分に引き立たせる立ち居振る舞い、外面の良さは全て、ジークハルトの鎧《よろい》だった。しかしその内面は、ただの年相応の青年でしかないのだ。

いやむしろ、望まぬ好意や好意から転じた悪意を向けられ続けた結果、外面ばかりが早熟してしまい、気を許した人間の前では年相応より幼い部分もあるかもしれなかった。

そういう風に育たざるをえなかったジークハルトのことを、誰よりも近い場所で見て来たからこそ、ニコラは彼を明確に拒絶は出来ないでいる。

そのくせ彼の好意に応えることはしないのだから、自分も大概性格が悪いという自覚はあるのだが。

「銀の君って、まだ婚約者はいないでしょ？　あんなに綺麗《きれい》な人と結婚出来る人、羨ましいな」

ぽぉっと頬を赤らめるカリンに対して、エルザはにべもなく切り捨てる。

「そう？　芸術品として美しいなとは思うけど、私は隣に立ちたいとは思えないわ。あの美貌の隣に自分がいるなんて、想像するだけで居た堪《たま》れなくない？」

そう言うエルザに、ニコラは雑念を振り払うように激しく頷く。

「ぶっちゃけそれはマジでそう」

「ぶっちゃけ？」

「まじ？」

聞き慣れない言葉に首を傾げる二人をよそに、ニコラはぼんやりと食堂への道筋を辿《たど》った。

◆◆◆

蜘蛛がいた。

寮内や校舎ではあまり見かけないような、手のひら大の大きさではあるが、自然に囲まれた離宮に行けば、たまに見かけてしまうような、そんな少しばかり大きな蜘蛛。

虫は人並みに好きでも嫌いでもないはずなのに、何故だかどうしようもなく近付きたくなくて、踵《きびす》を返す。

ちらりと振り返れば、その蜘蛛は真っ直ぐにこちらを目指して来ているようで、理由も分からず薄気味が悪いと思った時には目が覚めていた。

身動《みじろ》げば、夜着の隙間から外気が入り込み身震いする。知らず汗ばんでいたらしい。

時計を見ればまだ未明で、もう一眠りしようと横になれば、眠気はすぐに訪れた。


――蜘蛛は二倍の大きさになって、再び夢に現れた。

3

休日に休んだ気がしないためか、はたまた週の頭であるためか、ニコラはその日の午後の授業も身が入らずに、日がな一日をぼんやりと過ごした。

授業を終え、放課後は友人と喋《しゃべ》り、夕食も入浴も済ませる。ぼんやりとしたまま期日が明日に延びただけの課題を解くも、何となく頭はスッキリしないままだ。

一般教養としての数学を解きながら、ニコラはのろのろと万年筆を走らせる。

特に煮詰まっている訳でもないのに腕を組んでみては、ぼーっと天井を見上げてみたり、肘をついてみたり。

高級品なだけあり手に馴染《なじ》む深藍の万年筆をクルクルと回していると、脳裏に見慣れた銀色がちらついて仕方なかった。

ニコラは昼間の一幕を思い出す。

ジークハルトには今のところ、婚約者はいない。だが、今年入学したニコラと違い、ジークハルトは今年度が最終学年だ。卒業はそう遠い話ではなく、我儘《わがまま》を通して婚約者を決めずにいられる限界は、案外近い。突き放せないでいるとはいえ、もう潮時なのだろう。

婚約者は、今日彼を取り囲んでいた女子アナみたいな一群の中からでも、それ以外からでも、自由に選べばいいとニコラは思う。

幸運にも選べる立場にいるのだから、無愛想で可愛げのない娘を追いかけることなどやめて、さっさと由緒正しく美人な令嬢と婚約してしまえばいい。それはどうしようもなくニコラの本心だった。

ただ一方で、ジークハルトに婚約者が出来てしまえば、流石に今までのように守ってやることが出来ないというのもまた事実。

ニコラ謹製の御守りなども、婚約者が出来てしまえば渡しにくい。他の令嬢の手作りの品を持ち歩くなど、婚約者からすれば顰蹙《ひんしゅく》ものだろう。

生命の危機に陥れば自動で顕現する式神も渡してはいるが、もしもソレが婚約者の目の前で発現してしまえば、目も当てられない。

何故なら咄嗟《とっさ》の瞬間にジークハルトを守れるような、自立思考する式神は、自分の姿でしか作れないのだ。まだ見ぬ未来の婚約者の視点からすれば、いきなり出現して逢瀬《おうせ》を邪魔する不審者以外の何者でもない。

「本当に、どうしたものかねぇ……」

今までのようにズルズルと曖昧な関係を続けるどころか、決定的に関係性を変えなければならない時は、案外迫っているのかもしれなかった。

今日は三角のつみきのような形になって、ペタンペタンと机の上を転がるジェミニを手持ち無沙汰にこちょこちょと撫《な》でていれば、部屋の扉がコンコンと叩《たた》かれる。

こんな時間に誰だろうかと振り向けば、壁掛けの時計が目に入る。時刻はもうすぐ午前二時を指そうとする時間だった。元日本人からすれば馴染み深い、丑《うし》三つ時。

こんな夜更けに部屋を訪ねてくるような約束はなかったはずだがと、ニコラは首を傾げる。

コンコンと、さらに強く扉を叩かれて、ニコラはふと気付くことがあり、扉に近寄る。

確かめるために、ドアは開けずに内側からコンコンコンコンとノックを返せば、もう一度コンコンと叩き返されて、ニコラは確信を持って眉をひそめた。

ノック音は、やけに下の方、足元から聞こえて来るのだ。

それだけではない。そのノック音はニコラが叩いた、ややくぐもった音よりももっと硬質な質感の音だった。

それは例えるなら、まるで陶器か何かで叩いているかのような――。

「ジェミニ、ちょっと外から回って、何がいるか見て来て」

机の上の三角はきゅるんと回って鴉の姿になったので、窓を開けてやる。

ニコラの部屋は角部屋になっていて、廊下の突き当たりには窓があるのだ。そこから覗けば、ドアの外に何がいるのかすぐに分かるはずだった。

程なくして戻って来た鴉を迎え入れれば、鴉はしゅるしゅると解けてウィジャボードの上を跳ねる。

『おにんぎょう』

「まーじか」

ニコラは「だっる」と吐き捨てる。

陶器のような質感の音からして、ビスクドール人形か何かだろうか。

そういえば、とニコラは完全に忘れ去っていた今朝方の、悪意ある手紙のことを思い出す。アレも適当に処理しなければなぁーと、ニコラは顔を歪《ゆが》めた。

「ね、その人形、自力で扉を開けられそうだった?」

ジェミニはNOの文字の上をころんころんと回る。

「そ?　んじゃ、今日は放置で。そんなことやってる場合じゃないもんな……」

振り返れば、まだ白紙のページの方が多い課題が机の上に鎮座しているのだから、頭が痛い。

背後ではカリカリカリカリカリカリと戸を引っ掻《か》く音が聞こえ始めるが、ニコラはもう振り向くことすらしなかった。

「うるさい。明日相手してあげるから静かにしてな」

そう言って、完全に無視を決め込んだ。

◆◆◆

蜘蛛は眠ると必ず倍の大きさになって現れ、そして追いかけて来た。

悪い夢が続くこともあるだろうと気に留めず、初日に何度も眠り直してしまったのが悪手だったのだろう。今や中型犬サイズにまで大きくなってしまった蜘蛛の走るスピードの速いこと。

全力疾走で逃げる背後から聞こえて来る、石畳を蹴るカチカチカチカチカチカチという爪音が、ただただ気持ち悪くて、怖くて、不快でしかない。

息苦しさに目を覚ます。

心臓が激しく脈打ち、全身から汗が流れて夜着を濡《ぬ》らしていた。

次に眠る時にはさらに倍になっているのだろうと思うと、ただひたすらに気が重かった。

4

翌日の放課後、ニコラは一人でぶらぶらと校舎の裏手を歩いていた。

「先人たちは言いました。燃やせばたいていのことはどうにかなるのです。なんちって」

曰《いわ》くありげな物は、燃やすに限る。

ニコラはお焚《た》き上げが出来るような、人目につかない場所で、かつ物を燃やしても隠蔽が簡単で、燃え広がりそうにない場所を一人で探していた。

だが、それらの条件を満たす場所は中々少ない。

燃え広がりそうな草木がない場所は、すなわち人通りのある所。そしてその逆も然《しか》り。全ての条件を満たす場所は、案外見つからないものだった。

……………ナァオ。

振り向けば、先日の茶会でニコラたちを威嚇した茶トラの猫と、バチッと目が合う。

二メートルも離れていない東屋《ガゼボ》で香箱座りをする猫に、ニコラはゆっくりゆっくりと近付いた。

目をじっと見つめるのは威嚇していると判断されるので、視線は外し外しに。

手を伸ばせば触れる距離に入っても逃げようとはしないのを確認して、意を決してそっと手を伸ばせば――――残念ながら、今日も今日とてバリッと容赦なく引っ掻かれてしまう。

猫は立ち上がってちらりとニコラを振り返り、呆れたようにナーォと鳴くと、トテテッと走って行ってしまった。

手の甲に走る赤い三本線に目をやって、ニコラは「やっぱ駄目かぁー」とため息交じりに呟いて、がっくりと肩を落とす。

ニコラは猫に、蛇蝎《だかつ》のごとく嫌われる。

前世では、見知らぬ野良猫たちも自ら擦り寄って来るほどに懐かれる方で、実際かなりの猫好きだったのだ。それが今世になった途端にこの体たらく。

いつも触れる距離まで近付くことは許してくれるのに、いざ触ろうとすれば、必ず引っ掻かれてしまうのだ。

理由に思い当たる節は、一つしかない。それは前世と今世の境目で、彼女が贄《にえ》として捧《ささ》げられて死んだことだった。

噎《む》せ返る血の匂いと獣臭。今際《いまわ》の際のことは正直今でも夢に見ることがあるので、記憶が薄れるということはない。

「……多分、猫の血でも使ってたんだろうなー」

部屋一面に書かれた血文字の光景を思い出す。あの血の量だ。相当の数を殺したのだろう。

猫は九つの命を持つ。贄としてのコスパも良く、悪魔への供物として使われることもしばしばあるというのは、かつて師から教わったことだった。

「私だって被害者側なのに」

ぷくっとむくれてみても、何も変わらないのだろう。

魂に同族の血臭が染み付いてしまっているのなら、ニコラが猫に好かれることはこの先もきっとないに違いない。

ニコラはしゃがみ込んだまま、猫が走って行った方角をぼーっと眺める。

猫好きからすれば、お猫様はそこに存在するだけで尊い。触れずとも、側《そば》で眺めるだけで十分癒されるもの。

だが、先日も五、六メートル先から威嚇されてしまったことを思い出して、ニコラはため息とともにしょんぼりと項垂《うなだ》れた。

「え……あ、れ……？　待って、いや…………いやいやいや、そんなまさかね？」

ふと浮かんでしまった荒唐無稽な推測に、ニコラは目を見開き、呆然《ぼうぜん》と呟く。

「いやでも、そう考えてみると……」

数式の答えを先に見て、間の数式がパズルのように埋まっていくような、そんな感覚。

逆説的に、今までに漠然と覚えた違和感の正体が解けていってしまう。

「……うわぁ、確かめたくないなコレは。というか、確かめたところでどうだっていう話だしな、うん、忘れよう。それがいい」

立ち上がって、身体を捻《ひね》ってポキポキと音を鳴らす。

そもそも、お焚き上げ出来そうな場所もまだ見つかっていないのだ。

東棟周りが駄目なら西塔だと方向転換をすれば、運悪く人とぶつかってしまう。教材が入った鞄《かばん》の中身もぶちまけてしまって、内心ではあーぁとため息を吐いた。

「すみません」

一応、きちんと謝罪をしてから顔を上げる。どうやら連れ立って歩く男子生徒数名の端っこにいた男とぶつかってしまったらしかった。

男は「あぁ、いーよいーよ」と言いながら、ニコラがぶちまけた参考書を拾ってくれようとするので、ニコラも慌てて教材を掻き集めようとしゃがみ込む。

だが、男は拾った参考書の記名部分を指でなぞってから、玩具《おもちゃ》を見つけたような口調で呟いた。

「へぇ、君がニコラ・フォン・ウェーバーなんだ？」

見知らぬ男子生徒に名前を知られるほど、ニコラは目立つようなことをした覚えはなかった。

なんとなく直感でぞわりと感じた時には、ふっと影が落ちて来る。

「おっ、この子が例の？」

「思ったより地味だな」

ニコラにかかる影は二つ三つと増えていき、顔を上げるのは不味《まず》いと悟る。じりじりと後退るなか目に入る、新入生にしては使い込まれた革の靴。

恐らく上級生なのだろうと当たりをつけるが、何故彼らがニコラの名前を知っているのか、絡んでくるのか分からない。

足を数えるに、男はざっと四人。うち一人に腕を摑《つか》まれ、引っ張られるように無理やり立たされる。

身体を折って、ニコラの顔を下から覗き込んだ男は不躾《ぶしつけ》にニコラの顔をじろじろと眺め、そして視線を舐《な》めるように下へ下ろしていく。品定めするような視線の不快さにぞわっと鳥肌が立って眉をひそめた。

「ふーん。アイツら身分の割に、女の趣味悪ぃんだ？」

「その分テクニックが凄いんじゃねぇ？」

「それは期待出来そうだ」

「こんな人気のない所を歩いてるんだ、誘ってるんだろう」

下卑た笑い声を上げる男たちには品性の欠片もない。下町寄りの口調から商人階級か、貴族だとしても下級貴族か。そんなことを現実逃避で推察するが、それで現状が好転するはずもなく。ニコラはグッと唇を噛み締める。

「俺たちとも、ちょっと遊ぼうぜ。面貸せよ」

ゲラゲラと下品な男たちは笑う。

その遊びが普通の遊びではないのだと分からないほど、ニコラは鈍くもないし、カマトトぶるつもりもない。

「……私の面、取り外し可能じゃないので貸せないです。他を当たってください」

身を捩《よじ》って摑まれたままの手を振りほどこうとするも、残念ながらビクともしなかった。それどころか益々力を込められ、痛みに唇を噛む。

それは、いよいよ本格的に拙いと感じ始めた時だった。

「——何をしているのかな？」

底冷えするような冷ややかな響きに、ニコラの腕を摑む男の手が緩む。

男たちを怯《ひる》ませたその声はしかし、何よりもニコラを安心させるものだった。

「何をしているのか、と聞いているんだよ。言葉を忘れてしまったのかな」

氷のようと表現するにもまだ生温い冷徹さを孕《はら》んで、ゆっくりと歩み寄ってくる凄絶な美貌の青年を前に、今度は男たちがじりじりと後退る。

綺麗すぎて、一切の隙がない笑み。青年が一歩踏み出す度に、威圧感は増していくようだった。

「う、あ……」

「え、エーデルシュタイン！　ち、違う！　こ、こいつの方がオレらを誘ってきて、ッ！　あ、いや、お前だって王子やミュラーと一緒にお楽しみだったんだろう⁉　俺たちだって！」

四人の中でもリーダー格らしい男は気圧《けお》されたように、無様にベラベラと喋り出す。

だがその不快な内容に、ニコラはひくりと頬が引き攣《つ》った。

ジークハルトはそれを聞き、今度は一切の表情を消す。形ばかり貼り付けていた冷笑さえもがすこんと抜け落ちた、能面のような無表情。

ニコラでさえ見たことのないその表情に、背筋を冷たいものが滑り落ちる。

「勘違いしているようだから言っておくよ。こちらのウェーバー子爵令嬢は、噂《うわさ》になっているような、素行の乱れた人間じゃない。彼女の腹違いの姉が、王太子付きの侍女として王宮で働いていてね、先日は体調を崩して宿下がりしているというので、ウェーバー嬢とアロイスは一緒に彼女を見舞ったんだよ。エルンストはアロイスの護衛で、私は腕利きの医師を知っているから仲介しただけさ。噂は事実無根だ」

「……噂？」

あぁ、なるほど、と納得すると同時に、舌打ちしたい気分になった。

ニコラは一人っ子だ。ジークハルトの言うような、腹違いの姉などいない。

だが、ジークハルトの真っ赤な作り話に出て来た関係者の名前と「先日」という表現を鑑みるに、ことの顛末《てんまつ》に凡《およ》その想像はついてしまう。ニコラはどうやら、とんでもなく不愉快な噂の渦中にいるらしかった。

「学内での〝自由恋愛〟は好きにすればいいとは思うけれど、流石に同意のない乱暴未遂は生徒会として見過ごせない」

ジークハルトは侮蔑の色を含んだ紫水晶で男たちを冷ややかに睥睨《へいげい》する。男子生徒たちはその視線を真っ向から受けて、怯むように身を縮めた。

「後日、然るべき処罰は受けてもらう。今日のところは去るといい」

美形の怒りは大層に峻烈《しゅんれつ》で、それが傾国級であればなおのこと。気圧されたらしい男たちは舌打ちとともに、こちらを振り返ることなく慌ただしく去っていく。

気付かないうちに止めていた息が細く長く漏れた。震えてしまった手を隠すように、後ろ手でそっと拳を握る。

男子生徒たちの姿が完全に見えなくなってから、張り詰めていた空気がようやく緩む。

「ウェーバー嬢。経緯を説明したいから、少し時間をもらえるかな」

他人行儀の硬質な声に、ニコラは「分かりました」とだけ小さく返した。

手近な入口から校舎に入り、階段を上がる。

二階の空いた教室に入り、座るように促されたので言われるがままに従った。

「今日の放課後にこの棟の使用申請は来ていないし、私が見て回ることになっているから生徒会の巡回もないよ。安心していい」

人目がないとは言いつつも、ジークハルトはいつものようにニコラに引っ付いてはこなかった。

「……あの日、門限ギリギリに滑り込んだ時、たぶん誰かに見られていたんですね」

ニコラの言葉に、ジークハルトは静かに頷いた。形の良い眉が悩ましげに寄せられる。

「昨日と今日で、男子寮内にそういう噂があっという間に広がってしまってね。それを伝えようと、丁度ニコラを探していたんだ」

ジークハルトは噂の詳細をぼかすが、大方ジークハルト、アロイス、エルンストの三人を手玉に取るビッチ、あたりではないかと思う。ニコラはアンネの一件で聞いた話を思い出した。

遊びと割り切った男女同士の、爵位を超えた〝火遊び〟。ニコラは知らぬ間に、そういう弁《わきま》えた遊びをする側の人間というレッテルを貼られてしまったらしい。

ああいう輩に絡まれるのも、理由が分かってしまえば納得というものだった。

「火消しは既にして回っているけれど、しばらくは好奇の目に晒《さら》されてしまうかもしれない。本当にごめん」

ジークハルトは心から懺悔《ざんげ》するように、何度も謝罪を繰り返す。

ニコラはぽつりと呟いた。

「ジークハルト様のせいじゃ、ないですから。私も迂闊《うかつ》でした」

神隠しの一件自体に、ジークハルトの落ち度はない。

それに、門限ギリギリの時間に滑り込んだ時、目視できる範囲に生徒はいなかった。それは互いに確認したはずなのだ。

それでも目撃されていたというのなら、よほど目のいい人間がいたのだろう。ジークハルトたちだけを責めるわけにもいくまい。

「ジークハルト様のせいじゃ、ありません。頭を上げてください」

「ニコラ……」

そっとニコラに手を伸ばしかけて、ジークハルトはその手をすぐに引っ込めると、ひどく不格好な笑みを浮かべた。

「ごめん。しばらく不用意に触れたりしないから。……あの男たちの前で、手が震えていたね」

――隠したのに、目敏《めざと》い。

今度はニコラが不格好な笑みを浮かべる番だった。

別に今までとて、ジークハルトに触れられること自体を嫌がっていたわけではないのだ。ただ、誰かに見られて、結果的に面倒なことになるのが嫌だっただけ。それだけだ。

引っ込められてしまったジークハルトの手を追いかけて、ニコラは両手できゅっと握り込む。

「ニコラ?」

「………言わないと分かりませんか」

ニコラは不本意そうにきゅっと下唇を噛んで、目を泳がす。

「貴方なら、安心します、から。別に怖くなんかありません」

ジークハルトが自身を、あの野卑で粗野な連中と同列に扱うのは、何だか我慢がならなかった。それだけだ。他意はないのだ。

さらりとジークハルトの長い髪が頬に触れ、まるでカーテンのようにニコラを覆った。視界いっぱいに銀色が広がる。いつもよりも幾分か掠《かす》れた声で、ジークハルトは頭上で囁《ささや》いた。

「あの時……私のニコラに何をしているのかと、言えたら良かったのにね」

ジークハルトは縋《すが》るように、壊れ物をいだくように、ニコラの痩軀《そうく》を抱き締める。

「ねぇ、貴族なんて辞めて、今すぐここではない所へ行こうか」

「ウェーバー領の端っこでアプリコットを育てて、時々お忍びでやって来るアロイスを匿ったりするんだ」

ジークハルトはニコラの肩口に頭を埋《うず》めて、容姿に見合った美声で楽しげに夢物語を語る。

「身分なんて無くなれば、表立ってニコラを守れる。獣でも盗賊でも、何からだって守ってみせるよ。舞踏会に行くたびに生霊を大量に持ち帰って来ることも、もうないんだ。ニコラの手間もきっと減る」

ニコラが頷いてしまえば、きっと事はトントン拍子に運ぶのだろう。

ニコラの両親は、長年一途にニコラを追いかけ続けるジークハルトに対して好感度が天元突破しているので、駆け落ちと言いつつ祝福して送り出すに違いない。

器用で要領のいいジークハルトは案外上手く農民だってこなすのだろうし、本当にニコラと死ぬまで添い遂げるのだろう。

それでもニコラが頷けないでいるのは、ひとえにニコラに覚悟が足りないからだった。

「ジークハルト様のは、ただの刷り込みなんですよ」

ニコラはそっと目を伏せる。

ジークハルトがニコラを慕うのは、ある種の刷り込みだと、ニコラはずっと思い続けている。

ひよこが最初に見たものを親と慕って懐くように、ジークハルトを助けた最初の人間が、たまたまニコラだったというだけだ。

「刷り込み、ね。最初はもしかすると、そうだったのかもしれないね」

ジークハルトは気分を害した様子もなく、薄く笑うとニコラの頬をするりと撫でた。

「でもね、ニコラ。刷り込みだけで十年も想っていられるほど、人間は単純な生き物じゃないよ」

キュウと切なげに細められた瞳に見つめられ、ニコラは口をギザギザに引き結ぶ。

そんな様子にジークハルトは苦笑して、そっとニコラから身を離した。


それでも、ニコラにはまだ覚悟が足りないのだ。

ニコラが関わらなければ、ジークハルトは一生を貴族のまま終えたかもしれない。

自分の干渉によって、他人の人生を変えてしまうことに対する責任を、ニコラはまだ持ち切れないでいた。

◆◆◆

枕を変えれば、場所を変えればこの悪夢も終わるかもしれない。そう思い、外泊届を出した。

だが、それでも結果は変わらなかった。

蜘蛛は中型犬のさらに倍の大きさ。もはや直線で走っても逃げ切れず、無理やり小回りを利かせて走るしかない。

追いつかれる、頭に浮かぶのはそればかり。焦燥のあまり思考が上手く働かない。

石畳を弾く不快な爪音は、もはやすぐ背後まで迫っていた。

5

「…………手伝ってほしいことがあります」

ジークハルトの腕の中で赤くなったり気難しい表情になったりと百面相をしていたニコラは、やがて目を泳がせながらモゴモゴと言った。

それはジークハルトの望む答えではなかったが、ニコラなりの譲歩ではあるのだろう。

ニコラが襲われかけても、表立っては守ることも出来ないジークハルトに対する、最大限の譲歩。

基本的に他人を頼ろうとしないニコラが、自ら巻き込み協力を乞う。

たったそれだけのことに歓喜してしまうあたり、惚《ほ》れた弱みとは恐ろしい。

とある物を燃やすために、人目につかない場所で、かつ物を燃やしても隠蔽が簡単で、燃え広がりそうにない場所を探していたのだというニコラに、ジークハルトは西塔裏のごみ置き場を提案した。

ごみ置き場は簡素な煉瓦《れんが》造りの小屋で、すぐ隣にはごみを燃やすための窯炉《ようろ》もあり、周囲に雑草や植木もなく、何より入口の鍵は生徒会が管理している。ニコラは即座に、ジークハルトの提案を採用した。

落ち合うのは、草木も眠る午前二時。

約束の時間に、ジークハルトはフード付きの外套《がいとう》を被り、音を立てずに寮の自室を抜け出した。ランタンでも持って歩きたいところだが、流石に寮監に見つかるリスクを思うと、残念ながらそれも難しい。

幸い月は煌々《こうこう》と明るいが、建物の陰に入ってしまうと途端に闇が深くなってしまう。手探りで建物の壁を伝いながら待ち合わせの場所に辿り着けば、ニコラは既にそこにいた。

「待たせたかい」

「いえ、今着いたところです。外套を被ってきたんですね」

「まぁ、私の髪は目立つからね……」

「まぁ、それもそうですね」

ジークハルトの銀髪は闇夜の中では主張が激しく、隠密には向かない。

対照的にニコラは豊かで癖のない黒髪を隠すことなく夜風に靡《なび》かせて、「行きましょう」とジークハルトの手を取り歩き出した。

しばらくは無言で建物の陰を壁伝いに進む。建物が途切れ木々の間を抜けると、ようやく月の光が注ぐ、校舎へ続くメインストリートに出る。ここまで来てしまえば、寮舎からの死角に入るため、二人は顔を見合わせてほっと一息ついた。

ニコラは月の下で踊るように、軽やかに石畳の上を歩く。足取りは猫のように軽く、機嫌が良さそうだった。

「秋ってすごく短いでしょう。暑くも寒くもない絶妙な時期の夜に散歩するの、好きなんです。ほら、月だって綺麗」

「そうだね。綺麗な満月だ」

遮蔽物のない月の下は、ランタンなどまるで必要ない程に明るい。

「ジークハルト様。婚約者、早く決めてしまってください」

月を見上げながら、ニコラはそんなことを呟く。

「嫌だよ。ニコラ以外嫌だ」

「いつまでもそんなこと、言ってられないでしょう。私も何か、今まで通りに守り続ける方法を考

ぞる。

藍色に月の光が映り込んでゆらゆらと揺らめくので、ジークハルトは目の縁《ふち》をそっと指の先でな
ニコラは真上にある月から目を外し、深い海色の瞳でジークハルトを真っ直ぐに射抜いた。

えますから、早く……」

「なんて、表情してるの」

「……何てことない表情ですよ」

指先が涙に濡れることはない。

だが、潤んでいるように見えるという自身の主観を、ジークハルトは信じたかった。

「そう……。だけど、婚約するのも結婚するのも、私はニコラ以外嫌だよ」

「……意地っ張りめ」

ニコラはほんの少しだけ困ったように、安堵《あんど》したように、眉を下げる。

意地っ張りはどっちだと、ジークハルトは苦笑した。

「選択肢なんて、星の数ほどあるくせに」

「どんなに星があろうとも、私が欲しい月はたった一つだからね。意味がないんだ」

「誰が上手いこと言えと」

「ふふふ」

それっきり、二人は口を閉ざす。

この問答は、今まで何度も繰り返されてきたもの。今までずっと平行線だったことが、今日いき

なり決着するはずもない。お互いにそれが分かっているから、沈黙は息苦しいものではなかった。

口を閉じてしまえば、清冽《せいれつ》な夜風が草木をさわさわと撫でる音、虫の声に意識が向く。しばらくそれらに耳を傾けながら歩いていれば、そのうち微かに違和感のある音が混じっているのに気付いて、ジークハルトは足を止めた。

コッコッコッコッ――。
カラカラカラカラ――。

じっと耳を澄ましていなければ聴き逃してしまうような、足音のようでいて、何かを引きずるような微かな音は、次第にじわじわと音量を増していく。それはどうやら、少しずつ近付いて来ているらしかった。

「……ニコラ、何か聞こえるんだけれど」

「おや、お出ましですね」

ニコラは待ち望んでいたと言わんばかりに、艶然と笑みを湛《たた》えて背後を振り向く。

ジークハルトもまた釣られるようにゆっくりと振り返れば、ソレはいた。

メインストリートの道幅に対し、不釣り合いなまでに小さいその人影は、これまた背丈に対して不釣り合いな程に大きく無骨な裁ち鋏《ばさみ》の刃先をカラカラと引きずりながら、ジークハルトたちの十数メートルほど後方にいた。

「に、人形が、動いて……」

ソレは、三十センチほどの大きさだろうか。

埃を被ってくすんではいるが、金の巻き髪は月の光を浴びて鈍く輝き、青白い肌は陶器のように滑らかだった。大きな瞳は微動だにせず、ただ無機質に見開かれている。

精巧な作りのビスクドールは、自身の背丈ほどの大きな裁ち鋏を背負い、くすんだワインレッドのドレスの裾を揺らしながら、一歩また一歩と、ジークハルトたちに近付いて来ていた。

月明かりを浴びた顔には不気味な陰影がつき、変わるはずのない微笑が弓なりにうっそりと歪む。

『みぃ、つけぇたぁあ』

「――――ッ！」

非現実的な光景に喉が引き攣《つ》れ、声は音にならなかった。冷たい手で背筋を撫でられたように怖気《おぞけ》が走る。

気付けば辺りは無風になっており、ゾッとするような静寂だけが辺りを包み込んでいた。

「ね、ジークハルト様。ちょっとあの子、破壊か捕獲かしたいんですよ。こんな開けたところで迎え撃つのもあれなので、早々にそのごみ置き場に行きましょう」

ニコラはそんな、明らかに異常な光景をものともせずに、まるで明日の天気の話題でも振るような軽い口調で、ひょいと人形を指差す
「どうしてそんなに冷静なんだい⁉」

普通、人形はひとりでに動かないし、嗤《わら》わないし、何より凶器を持って近寄っては来ない。

ニコラの反応を見ていると、自分の常識の方が間違っているのかと錯覚しそうになってしまう。

「そりゃまぁあの子、昨日も来ましたから。昨晩相手をしてあげなかったせいで、怒って凶器を持って来ちゃったみたいですね」

唖然《あぜん》とするジークハルトをよそに、ニコラは「課題が終わらなかったから仕方ないのに……せっかちな」と不満げに口を尖《とが》らせる。

その斜め上に大いにズレた呟きには緊張感の欠片もなく、ジークハルトは一周回って驚愕《きょうがく》やら恐怖が薄れていくのを自覚した。強《こわ》ばった身体からすとんと力が抜けて、苦くはあるものの、笑みさえ浮かんで来てしまう。

ジークハルトは己の肩口にも届かない、低い位置にあるニコラの頭を見下ろす。

見知らぬ男子生徒に囲まれて震えてしまうような、普通の女の子のようでいて、そのくせ誰もが恐れ慄くような怪異を前にしても怯《おび》えひとつ見せない、ひどくアンバランスな幼馴染。

思えば、ニコラが隣にいるのだから、恐ろしいことなど何もないのだ。

ならば、不必要に恐がる必要はどこにもない。

珍しくニコラから頼ってくれたのだ。ジークハルトは自分に出来ることを十全にこなさなければなるまい。ジークハルトは深呼吸をして、意識を切り替えた。

「ニコラ、目的地はあの角を曲がったらすぐだよ。倉庫で迎え撃つんだろう？　走ろう」

小さいくせに、自分を救ってくれる唯一の手を摑んで走り出す。

ニコラがへばらないで済むスピード配分を見極めて走るのは、ジークハルトの得意なことの一つだった。

◆◆◆

6

もう一度眠れば、さらに倍の大きさとスピード。そうなればもう、確実に追いつかれてしまう。

それから一睡も出来ずに迎えた翌日、馬車に乗って学院へ戻るたった一瞬、規則的な揺れに一瞬意識が遠のいてしまった時には、もう追い掛けられていた。

もはや獅子《しし》ほどの大きさになってしまった蜘蛛にひたすら逃げ惑うも、結果は目に見えていて。

腕に走る痛みに目を覚ませば、袖には濡れた布が張り付く不快な感触。裾から零れ滴る液体は赤い。

夢の中で負った傷は現実にも反映されるのだと否応なく理解して、這《は》い寄る死の予感にカチカチと歯の鳴る音が唇の隙間から零れる。

胃から何かが込み上げてきたが、気管がぐっと塞がって、ただ噎せるだけで終わってしまった。

ジークハルトに手を引かれて走り、角を曲がれば、すぐにそれと分かる建物が目に入る。

ごみ置き場は、煉瓦を積み上げただけの非常に簡素な小屋だった。その隣には同じく煉瓦造りの、大きな竈《かまど》のような焼却炉のような、なんとも形容し難い建造物がある。

恐らく小屋にある程度ごみを溜《た》め、隣にある大きな竈のようなものでまとめて焼却しているのだろう。立派な煙突がついているし、月明かりの下でも煤《すす》けているのが分かる。

この一帯だけは草木や植木もなく、窯炉の隣には薪が大量に積んであるので近付いた。

「ジークハルト様、武器《エモノ》使います？」

「さすがに鋏《はさみ》を相手に丸腰は避けたいね。借りようかな」

比較的長く細いものを手に取り、ジークハルトは何度か軽い素振りすると、得物を定めたようだった。

「じゃあ、小屋で待ち伏せしましょうか」

小屋の中は、外観から想像するに違わぬ、ただの四角い空間だった。

休日に焼却したばかりなのか、ごみは案外少なく、覚悟していたキツい悪臭もほとんど無い。

扉を閉めてしまえば、光源は採光窓と換気口から入る月光ばかり。それでも今日が満月だからか、何も見えなくなるほど暗いわけではなかった。

ニコラはジークハルトの持つ薪に『万魔拱服《ばんまきょうぶく》』と記した呪符をぺたりと貼り、ジークハルト自身には『封』と書いた呪符を手渡す。

「完全に四肢も頭も胴も破壊してしまうか、隙を見てこのお札をあの子の身体に貼るか、どちらかで大丈夫です。巻き込んでおいて今更ですけど、お願いできますか？」

ジークハルトは「任せて」と不敵に笑む。

いつも学院内ですれ違う彼が浮かべているような、それこそ人形じみた微笑よりずっと年相応で好ましい笑みに、ニコラもまた頷いた。

――コンコン。

戸を叩く音は、やはり足元から聞こえてくる。

ニコラは扉のドアノブを掴み、扉の死角に隠れた。ジークハルトも薪を両手で構え、扉の斜め前に立つ。

顔を見合わせ頷き合って、ニコラは扉を勢いよく開けた。

途端に足元からとんでもない跳躍を見せたその西洋人形は、両手で裁ち鋏を構え、真っ直ぐにその切っ先をジークハルトの目に突き立てようとする。

だがジークハルトは薪の一振りの下《もと》、それを軽々と弾き飛ばした。

小屋の壁に叩き付けられたビスクドールには筋肉もバネもないはずなのに、やけに機敏に起き上がるので、ニコラは敬意を込めて「チャッ◯ーか」と呟いてしまう。

だが、決着は映画のような劇的なものではなく、勝敗は拍子抜けするほどあっさりとついてしまうもので。

それもそのはず。ビスクドールが裁ち鋏を振りかざす先は、終始徹底してニコラだった。

初撃以外は執拗《しつよう》にニコラばかりを狙い続ける人形を、ジークハルトは人形より遥《はる》かに長い腕と武器でいなすのだ。はなから勝負になるはずも無い。

弾き飛ばすこと数回、人形の手から裁ち鋏が零れた瞬間に、ニコラは裁ち鋏を蹴り飛ばし、ジークハルトは『封』の呪符をビスクドールの顔面に貼り付ける。

ビスクドールは最後に四肢をびたんと跳ねさせ、それからぷつりと糸が切れたように動かなくなった。

「ありがとうございました」

「役に立てたなら良かったよ」

ジークハルトは息すら乱さず、嬉《うれ》しそうにあどけなく笑った。

「さて、と……」

ここからはニコラの領分だ。

動かなくなったビスクドールを摑んで片手持ち上げようとしたニコラは、思わず体勢を崩してしまう。

「え、待って重っ⁉」

ビスクドール――磁器製人形ということを差し引いても、ソレは想像以上に重量があり、貧弱なニコラでは片手で持ち上げることも難しい。

両手でズリズリと煉瓦の窯炉の前まで引きずったニコラは、「ゴメンネー」と形ばかり謝ってから、その頭をむんずと摑む。

捻《ねじ》りながら引っ張ること数秒、ゴキッと音を立てて、頭は外れた。

ジークハルトが隣からドン引きしたような顔を向けてくるが、黙殺する。

「何だこれ……」

人形の首から覗くのは、ぎっしりと詰まった麦。

足首を両手で掴んでひっくり返し、わっさわっさと振ると、胴いっぱいに詰め込まれているらしい麦がザラザラザラザラと重力に従って落ちる。それとともに、ベルベット地のドレスがべらりと捲《まく》れ、その胴が赤い糸で腹巻きのようにぐるぐる巻きにされている様子が顕《あらわ》になる。

ニコラは何となく嫌な既視感を感じて、表情が強ばった。

「……ジークハルト様、さっきの裁ち鋏、持って来てくれませんか？」

二つ返事ですぐに手渡されたその裁ち鋏で赤い糸を切って行けば、どうやらその人形は磁器の腹部をかち割られているようだった。

赤い糸を幾重にも巻き付けることで、ぽっかり空いた割れ目に蓋をしていたらしい。

ニコラの眉間にはますますしわが寄る。

「ひとりかくれんぼの亜種かこれ……？」

ニコラはボソリと呟いた。

ひとりかくれんぼ――それは２０００年代に流行した都市伝説で、自身で用意した人形とかくれんぼをすることで怪奇現象を体験することが出来るという口コミで、爆発的に拡がった怪談だった。

その、ひとりかくれんぼを始める前の下準備というのが、どうにもこのビスクドールの有様と似通うように思えて仕方がないのだ。


一つ、用意したぬいぐるみに名前を付ける。

二つ、ぬいぐるみを裂いて、中の綿などを全て取り出す。

三つ、綿の代わりに米を詰め、爪切りで切った自分の爪、あるいは髪の毛か血を入れる。

四つ、最後に裂いた部分を赤い糸で縫い合わせ、糸はある程度の長さをぬいぐるみに巻き付けて括《くく》る。


以上がひとりかくれんぼの、下準備の手順だった。

この人形が名付けられているかどうかは分からないし、磁器製人形である以上縫い合わせることも出来ないが、なんともひとりかくれんぼを彷彿《ほうふつ》とさせる部分は多い。ニコラは無言で顔を顰《しか》めた。

詰められていた麦は全て出尽くしたのに、人形を振ればまだカサカサと音がする。

ニコラはそうっとその割れ目に指を突っ込み、中を検《あらた》める。

指先に触れた、折り畳まれた紙片を引っ張り出してそれを開いたとき、ニコラは不覚にも息を呑んだ。

それは、小さな分厚い羊皮紙だった。

王立学院の制服を着た黒髪の少女の肖像画で、裏面を見れば他ならぬニコラの名前と生年月日が記されている。

手のひらサイズの紙片に肖像画を描かれる機会など人生においてそう何度もあるものではない。

入学時に提出させられた姿絵だとすぐに分かる。

ジークハルトがそっとニコラの肩を抱いた。

「誰がこんな、陰湿な…………」

ジークハルトが「陰湿」と表現するのも分からなくはなかった。

ニコラの姿絵は、顔の辺りがナイフか何かでぐちゃぐちゃに切り裂かれていたのだから。

不幸を祈る手紙なんぞよりよっぽど明確にニコラを呪おうとする意志に、少しだけ背筋が寒くなる。正直、ジークハルトの温もりはありがたい。ニコラは肩に乗った手をきゅっと握り込んだ。

それにしても「陰湿」全くもってその通りだった。

漠然と浮かんだイメージを表現するのに丁度いい言葉を探しながら、ニコラはうろうろと視線を彷徨《さまよ》わせた。

「……何かこう、そこはかとなく、こう…………そう、嫌らしさに日本的な湿度を感じる、というか」

口に出してしまうことで、その考えはより鮮明になってしまい、ニコラは瞠目《どうもく》した。

脳裏に過《よぎ》る考えに蓋をして、ニコラはバチンと両頬を叩く。

「うん、燃やそう。燃やすに限る」

まるで放火魔のような台詞《せりふ》を呟きながら、ニコラは勢いよく立ち上がった。

ニコラはジークハルトにも指示を出しながら、薪を窯炉の前で井桁型に組んでいく。出来上がったのは、さながら小さなキャンプファイヤーの土台のようだった。

その中心に人形を添え、庭師が剪定《せんてい》したらしい枝をザクザクと突き刺し、最後にマッチで火を付ければ、それは瞬く間に激しく燃え上がる。

「火って古今東西、破壊と再生の力があると言われていて、不浄を浄化して清浄なものへと変える力があるんですよねー」


——あぁァあああぁぁあああアあぁァァぁぁあああアアアああああぁぁァッ！


火中の人形からこの世のものとは思えない断末魔が響き渡るが、ニコラは静かに目を伏せるだけで、同情はしなかった。

「……少しだけ、小さい頃を思い出したよ。ニコラに出会う前は、よく人形も動いていたような気がする。いつの間にか忘れてしまっていたけれどね」

火を見つめながら、ジークハルトが小さく呟いた。

「まぁ、人形というのは元々念が込もりやすいですからね。頭があって、両手両足があるのに、中身が空洞なんですもん。今回みたいに誰かを呪おうとしていなくても、勝手に動き出すことだって、珍しくありませんよ」

「もしかして、昔うちの屋敷にあった妹のビスクドールたちも、ニコラが何とかしてくれていたのかな」

「…………ええまぁ」

初めてエーデルシュタイン邸を訪れた時のことを思い出す。

それはもう、とんでもない化け物屋敷になりかけていて、ニコラは頭を抱えて卒倒しそうになったものだった。

「一体一体こっそり頭を外して、片っ端から呪符をねじ込んでやりましたよ」

「道理で頭を外す作業が手馴《てな》れてると……今更だけど、ありがとう」

ジークハルトはふにゃりと整いすぎた相好を崩す。

だらしなく緩み切った顔を引っ張ってやろうとして、いつもの隙のない仮面のような微笑よりマシかと、ニコラは鼻を鳴らした。

「あぁ、そういえば」

ニコラはごそごそとポケットを漁り、不幸を祈る手紙を最後にその焔《ほのお》のてっぺんに焚《く》べる。

もう断末魔さえ上げなくなった人形の上に落ちたその紙片もまた、端から焦げ落ちて、ほろほろと崩れて行った。

「ジークハルト様、人を呪ったりすることだけは、しないでくださいね。人を呪わば穴二つ。誰かの不幸を望めば、その不幸はそっくりそのまま、必ず自分に返ってきます。法則からは逃れられません」

「…………この人形の送り主も、かい？」

「それは…………残念ながら、いいえ」

ニコラは揺らめく炎を見下ろして首を振る。

「呪いは、成就した時点で報いとして跳ね返ります。この人形は私を害せなかった。成就しなかったので、呪者に跳ね返ることはありません」

「そう……ニコラの不幸を願うような人に報いがないのは、少しだけ残念だけれど。分かった、私は人を呪ったりしないよ」

「そうしてください」

そう忠告はしつつも、正直なところ、ニコラはそこまで心配はしていなかった。

望まぬ好意を向けられては、人の負の面ばかりを怪奇現象としてその身に受け続け、それどころか神様や妖精にもちょっかいをかけられてしまう幼馴染を、ニコラは静かに横目で見上げる。

それでもジークハルトがそういうモノたちを一度も恨んだことがないことを、ニコラは知っていた。

何だかんだでお人好しなのだ。だからこそ、この先何かを呪うこともないのだろうと、ニコラは無条件に信じられる。

気付けば妖精が数匹寄って来ていて、炎の周りを楽しげに飛び回る。

光る鱗粉《りんぷん》と揺らめく焰がきらきらと光って、とても綺麗で。

それを見せてやりたくなって、ニコラの方から手を握ってやれば、目を見開いて息を呑んだジークハルトは子どものように目を輝かせて、「綺麗だね」と笑った。

次に眠った時が最期かもしれない。

そう思うと居てもいられなくなって、夜通し歩いていれば眠らずに済むだろうかと、ふらふらと寮を抜け出した。

◆◆◆

7

完全に燃え尽きた燃えカスを全て窯炉の中に放り込んでから、二人は立ち上がった。

火が消えてしまえば、流石に少し肌寒く感じるようになって、ジークハルトとニコラは行きよりも足早に、来た道を戻る。

途中、早足が疲れたのかペースが落ちてきたニコラに負《お》ぶることを提案すれば、ニコラは珍しく素直にこくりと頷いた。しょぼしょぼと瞬きをしているあたり、眠くなっていたらしい。

ニコラを背負い、その上から外套を羽織り直せば、温いのかあっという間に寝息が聞こえだして苦笑する。

ニコラが寝ているのをいいことに、ジークハルトは歩調を緩めて、のんびりと石畳を歩いた。

耳元で聴こえる穏やかな寝息と共に、人っ子一人いない月夜を散歩するのは存外楽しいもの。

日頃のニコラ不足を補うように、ジークハルトはすっかり気を抜いてメインストリートを歩いていた。

そう、こんな真夜中に寮を抜け出して校舎までやって来る人間など居ないと、完全に油断していたのだ。互いが互いに気付いた時にはもう、月明かりでも顔がはっきりと識別出来る距離で、その人物と目が合う。

「……ジーク？」

「アロイス……？」

月明かりの下、見知った顔に目を瞬く。

互いに相手を認識してからたっぷり数秒は固まった後、先に我に返ったのはアロイスの方だった。

「生徒会長が夜歩きなんて、悪い奴だな。君も眠れなかったのかい？」

アロイスはくすりと笑って、いつもの調子でおどけたようにそう言った。

だがその翠眼の下には、光源が月明かりしか無くともはっきり見て取れるほど、色濃い隈《くま》が浮かんでいて、ジークハルトは目を眇《すが》める。

「君も、ね。そういう君は、どれくらい眠れていないのかな」

「……ちょっとだけ、かな」

「知らないようだから言うけれど。君のちょっとはものすごくなんだよ、いつだって」

「…………そうかもしれないなぁ」

観念したように、アロイスは両手を上げて「正直参っているんだ」と零した。

袖から覗く腕に巻かれた包帯と滲んだ血に目を留めたジークハルトは、そっと背中のニコラを揺すって起こす。

ぽやぽやと寝ぼけ眼《まなこ》のまま地面に降り立ったニコラは、ぼんやりとジークハルトを見上げ、それからアロイスの方へゆっくりと視線を移して、ぱちぱちと瞬きすること数回。

それからがっくりと地面に膝をつき、顔を両手で覆って呻《うめ》いた。

「言いましたよ、えぇ確かに言いました。しばらく厄介ごとは持ってくるなって。でもたったの三日、目を離しただけでコレはないでしょうよ…………」

8

午前三時半、真夜中の思いがけない邂逅《かいこう》のあと。三人はそのまま場所をアロイスの私室に移していた。

寮監の巡回が多いのは主に休日と休日の前日ばかりで、平日には緩い。今日のような週のど真ん中なら尚更のこと。

寮監の巡回とかち合うこともなく、案外簡単に男子寮へ潜り込めてしまったことに面食らいつつ、ニコラはジークハルトに借りて被っていた外套を脱いで持ち主へ返した。

寮舎へ戻る道すがら、ニコラとジークハルトの二人は幽鬼のように青白い顔のアロイスから、事のあらましを全て聞き終えていた。

曰く、アロイスは廃墟から戻って来たその日の晩から、とある悪夢を繰り返し見るようになってしまったらしい――それは、ひたすら蜘蛛に追い掛けられるという、何ともゾッとしない夢。

しかもタチが悪いことに、覚醒し、再度眠るごとに蜘蛛のサイズは倍、倍、倍。もちろん追い掛けて来るスピードもそれに比例するという。

悪夢を見始めた日からたったの三日で、既にライオンサイズ。次に眠った時には当然その倍。日本のイエグモであるアシダカ軍曹でさえ、目を剝くような素早さで走るのだ、シンプルに地獄のような話だった。

正直、今まで生きていることが奇跡に近い。ニコラは話を聞くだけでも鳥肌が止まらなかった。

その上、明晰夢《めいせきむ》――夢であると自覚しながら見る夢であるにもかかわらず、その夢の中では現実より速く走ることも、空を飛ぶことも出来ないらしい。

「本当に身一つで逃げている状態かな……。何て言えばいいのか分からないけれど、夢の主導権は完全に何か別のものに握られている、そんな感じだよ」

アロイスはげっそりとした表情でそう零した。

公務にかこつけて王宮で眠ってみても、馬車の中でも、どこで眠ってもその夢から逃れることは出来ず。挙句の果てには、夢の中で得た傷が、目が覚めると現実の体に反映されていたらしい。

何とも詰みすぎている状況に、ニコラも頭を抱えるしかない。

考えられる可能性は、あの廃墟から妙なモノをお持ち帰りしてしまったか、或《ある》いは……。

だが、廃墟で拾って来てしまっていたのなら、その時点で自分が何かしらに気付けそうなもの。ニコラは首を捻るしかない。

結局うだうだと考え込んでいても埒《らち》が明かないため、とりあえず夢絡みの怪異という点を鑑みて、寝具周りを検めに来たというわけだった。

カーテンを開け、ニコラは月明かりのもとアロイスの私室を見回す。

部屋の設えや調度品は流石王族というべきか、ニコラのような下級貴族に与えられた部屋と比べると、かなり優遇されていた。部屋の面積自体もニコラが宛《あ》てがわれている部屋より断然広い。

まず手始めにぺらりと布団を捲《めく》れば、肌触りからして全く違い、ニコラは「おぉ……」と小さく呟く。マットレス部分を指で押せば、ぼよんと跳ね返る弾力性。毎日この寝台で眠れるのは心底羨ましい。

続いてこれまた手触りのいい枕を持ち上げてはみるものの、これといって出てくる物は何もなかった。

これはアテが外れたかなと、無造作に枕をひっくり返せば、ふと枕の下になっていた面に僅《わず》かな凹凸があるのに気付いて、ニコラは「お、ビンゴ？」と囁く。月明かりのおかげで陰影が濃く、目に留まったのだろう。

枕のカバーを外してしまえば、中から出て来たのは小さな紙片だった。

ニコラがアロイスを振り返るも、アロイスは訝《いぶか》しげにふるふると首を振る。どうやら彼にも心当たりはないらしい。

折り畳まれた紙片を持って光源である窓際に寄れば、アロイスとジークハルトも近寄ってきてひょいと手元を覗き込む。

紙片の手触りに何だか既視感を覚えながら、それをそっと開けば、中心に包まれていたのは黒くクシャッとなった何か。

「何だろ、このモジャモジャ――ってうわコレ！　キモっ！」

黒いソレに目を近付けたことでようやくその正体を悟り、ニコラは思わず仰《の》け反《ぞ》ってソレを放り捨てた。

「え、何？」

「何だったの？」

ニコラは彼らに比べれば身長もかなり小さい。彼らは幸運にもニコラの手元が遠く、その正体が分からなかったらしい。ニコラは小声で叫んだ。

「蜘蛛ですよ！　干からびた蜘蛛の死骸！　うわぁ、キモすぎて一周回ってなおキモい……うぇー」

ひと目で蜘蛛と分からなかったのは、死んで長い手足がクシャッと折り畳まれているためだった。知らず顔を近付けてしまったことを激しく後悔する。

ニコラは指先だけで死骸を包んでいた紙のみをそーっと拾い、ブンブンと振り広げて内側を見、そして思いっきり顔を歪めた。

その紙片の感触に覚えがあるのも当然だったのだ。それはたった一時間前に触ったばかりのものと全く同じ手触りの、小さな羊皮紙だった。

裏面にはアロイスのフルネームと生年月日。表には肖像画が描かれており、そのアロイスの顔もまた、刃物で無惨に切り裂かれている。

「これ、もしかして入学の時の姿絵かい……？」

その紙片を手に取り眉をひそめるアロイスをよそに、ジークハルトはちらりとニコラの顔を窺《うかが》うように見る。

誰がどう見ても、ニコラを呪った一件と手口が似ていた。言いたいことは分かるが、ニコラは静かに首を横に振る。ニコラ自身、分からないことだらけなのだ。それに、ニコラの一件に関しては、一応既に終わっている。今は余計な情報を増やさない方がいいだろう。

釈然としない様子であるものの、ジークハルトはおもむろに口を開く。

「ねぇニコラ。この蜘蛛の死骸もさっきの人形のように燃やしてしまえば、アロイスの悪夢も終わるのかな」

「……いいえ、残念ながら終わらないでしょうね……。何せ、寝る場所を変えても逃れられないんです。呪いはもう完全に怪異として、殿下の頭の中に入り込んでいるんでしょう」

ニコラは首を振って、ジークハルトの言葉を否定した。

「じゃあ、どうすれば……何か方法は無いのかい？」

縋るような目を向けてくるアロイスに、ニコラはあごに手を添えて歯切れ悪く口を開いた。

「呪いは基本、呪いの媒体自体を破壊か焼却がセオリーなんでまぁ、夢の中でその蜘蛛を殺せたらいいんでしょうけど……」

「アレを一人で？　しかも素手で……？　冗談だろう……？」

アロイスは青白い月光のもと、窶《やつ》れた顔にいかにも絶望してますと言わんばかりの表情を浮かべる。絵面的に悲壮感が凄まじく、見ていられなかった。

確かに馬鹿でかい蜘蛛を素手で殺せと言われれば、ニコラでもそういう表情になるだろう。流石のニコラも罪悪感が湧いて、フォローを入れようとしてポロリと口を滑らせてしまう。

「武器を持つことは出来ると思います。……あとは、まぁ、私も夢の中には入れるとは……思います、ケド………」

期待と希望にアロイスの顔は喜色満面に輝き、そしてニコラが尻すぼみになっていくにつれ、先程よりひどい絶望顔になってしまう。

意図せず上げて落とすという所業を行ってしまい、余計に罪悪感に苛《さいな》まれながら、ニコラは結論を口にした。

「ぶっちゃけ足手まといが増えるだけ、なんですよねぇ………」

ジークハルトは、燃え尽きて真っ白い灰のようになってしまったアロイスの背を気遣うようにひと撫でして、ニコラに視線を向ける。

「それは、ニコラはアロイスの夢の中に入れるのに、その怪異をいつものようには倒せない、ってこと？」

今までニコラが人ならざるモノを相手に遅れをとったところを見たことがないためか、ジークハルトはひどく驚いたように訊《たず》ねてくる。

その信頼は祓い屋の実績として誇らしいが、今回ばかりはおずおずと頷くしかない。

「……良くも悪くも、夢っていうのは夢を見る本人の意識がベースなんですよ」

人は全く見たことも聞いたこともない情景を夢に見ることは出来ない。逆に言えば、夢とは全て既知のことなのだ。

「今、殿下の夢はその蜘蛛の呪いに干渉されて、主導権を握られている状態だと思うんですけど、一番根底にあるのはやっぱり殿下の意識なんですよ。ちなみに殿下は、いつもどこを逃げ回っているんですか？」

ニコラの質問に、アロイスはのろのろと顔を上げる。

「…………王宮だよ。フィールドが広い上によく見知っている場所だから、今まで何とか首の皮一枚繋がってたんだ」

アロイスは萎びた声で答えた。

「多分、殿下が一番慣れ親しんでいて、勝手が分かる場所だからですね。フィールドが王宮なのは、殿下の防衛本能でしょう」

或いは、いつぞやの仕事をしなさそうな守護霊が、珍しく仕事をしているのか。

目を凝らしてみても、何処にも姿が見えない守護霊をニコラは思い浮かべ、それからニコラは目の前の二人の顔を交互に見た。

「殿下は既に、私の体力の無さとか、運動が出来ないことを知ってしまっていることを前提として考えてくださいね。そんな運動雑魚の私が殿下の夢の中に入れたとして、もはやライオンのさらに倍サイズの蜘蛛を相手に、出来ることがあると思いますか……？　それも、王宮という土地勘もまったくないような場所で……？」

ベッドに並んで腰掛けたアロイスとジークハルトは、揃ってスっとニコラから目を逸らした。

失礼ではあるが、正しい反応だった。

「それに、殿下は私に何が出来て、何が出来ないのかを具体的には知らないでしょう？　つまり私が普段使える術の類も、殿下の夢の中では使えない可能性があります。正直、殿下の夢の中に入った私は、ただの貧弱な一般人なんですよ。多分、何の役にも立てません……」

アロイスとジークハルトは、揃って項垂《うなだ》れた。

ニコラとしても当然、助けたい気持ちはある。だが、ニコラが夢の中に入ったところで、本当に何の役にも立たないのだ。下手をすれば、死体が増えるだけ。ニコラもまた項垂れるしかなかった。

三人で悄然《しょうぜん》と考え込む中、ふと何かに気付いたようにジークハルトが顔を上げた。

「ねぇニコラ。さっき、夢の中で武器を持たせることは出来ると言ったね？」

「それくらいなら、まぁ。でもそれだけじゃ……」

「じゃあ、ニコラではなく私をアロイスの夢の中に送り込むことは、出来るのかな？」

「「！」」

ニコラは目を見開き、アロイスもまた弾かれたように顔を上げた。

「出来、ると思います……多分」

「良かった。じゃあ、二人がかりでその蜘蛛を斬ってしまえば、悪夢は終わるね」

私なら何度か登城したこともあるし、少しなら土地勘もあるよとジークハルトは笑う。

覚悟を決めたような眼差しに、ニコラは何も言えなかった。

確かに、ニコラが夢を渡るより遥かにマシな案ではある。弱い人間が役に立たないならば、強い人間を加勢に放り込むしかない。


「殿下も、剣術は得意なんですか?」

「僕は人並みさ」

「ニコラ、謙遜だよ。アロイスの剣術の順位も十分、上から数えた方が早いからね」

ジークハルトは、こういうことであまりお世辞を言うことは少ない。ジークハルトがそう評するのなら、アロイスもまたそこそこの使い手ではあるのだろう。

「ジークやエルンにはいつも敵わないから、これでもコンプレックスなんだよ」

アロイスはそう言って、子どものようにむくれて唇を尖らせる。その顔色は相変わらず悪いものの、断然生気が戻って来ていて、少しだけ安心する。

確かにウザ絡みは鬱陶しいが、別に死んでほしいとまで思っているわけではない。

むしろ遠慮なく悪態をつけるその気安さは、歳の近い面倒な兄弟、くらいには思い始めてしまっている節さえあるのだから、ニコラも大概絆《ほだ》されている自覚はある。

ニコラはチョロい自分にそっとため息をついた。

「エルンストも一緒に来てくれたなら、心強いんだけれどね」

「エルンスト様が夢を渡れるかどうかは賭けになりますけど……でも、ダメ元で声はかけてみてもいいかと思います」

「じゃあ、エルンにもお願いしてみるよ」

三人で顔を見合わせ、頷き合う。

「とりあえず、殿下はこのまま気合いで眠らずに朝を迎えてください」

「私も朝まで付き合うよ。この時間まで起きているんだ。朝までも大して変わらない」

ジークハルトは遠くの山の端が白み出す窓の外を眺めて柔らかく笑う。

「私はいったん自分の部屋に戻って必要なものを準備します。殿下、放課後まで持ちますか？」

顔を覗き込んで目を合わせれば、アロイスは丸く大きな翡翠《ひすい》の眼を悪戯《いたずら》っぽく細めて「勿論《もちろん》。耐えてみせるよ」と頷いた。

ニコラは再びジークハルトの外套を借り、頭からすっぽりと被ると二人を振り返る。

「模造刀ではない真剣《サーベル》を三振り、用意しておいてください。では、また放課後にこの部屋で」

そう言ってくるりと踵《きびす》を返す。

「二人とも、本当にありがとう……」

後ろ手にひらひらと手を振って、ニコラは部屋の扉を静かに閉めた。

翌日の時間はあっという間に過ぎた。

授業中にも教師に隠れてせっせと内職し、放課後になるとニコラは真っ直ぐにアロイスの部屋に向かう。

だが日中とはいえ、女子が一人で男子寮を闊歩《かっぽ》するのは流石に外聞が悪い。その上ニコラが三人の男を手玉に取っているなどという、不愉快極まりない噂が広まっている以上、何の対策もなしに男子寮へ乗り込むわけにもいかなかった。

——この身は現《うつつ》にあらじ　霞《かすみ》の彼岸にありしもの
ニコラは心の中で小さく唱えて、己に隠形《おんぎょう》の術をかける。これで姿は完全に消え去り、気配すら感じ取れなくなるはずだった。

冷たい膜のようなものが身体を包むのを肌で感じて、ニコラは満足げに頷く。誰にも見咎《みとが》められることなく、ニコラは堂々と男子寮に足を踏み入れた。


昨夜の静まり返った様子とは違い、日中の男子寮は活気があり、寮内を歩く生徒も相応に多い。だが、彼らはニコラとすれ違っても、一瞥すらしなかった。

術のおかげで難なくアロイスの部屋まで辿り着いたニコラは、ノックもせずに扉を開ける。するりと部屋の中に滑り込めば、既にアロイス、ジークハルト、エルンストは揃っていた。どうやらニコラが最後だったらしい。

「……遅くなりました」

ニコラが隠形を解けば、三人は三者三様の反応を見せた。アロイスはきらきらと好奇に目を輝かせ、対してエルンストは驚愕に目を見張り、あんぐりと大口を開ける。ジークハルトは慣れたのか、いつもの柔和な笑みでニコラを出迎えた。

だが、各々の反応は想定内といえた。想定外だったのは、アロイスのその後の行動だった。てっきり、いつものようにあれこれ質問攻めにされるのかと思っていたのだ。

ニコラは適当にあしらうための返答も用意していたというのに、アロイスの興味津々ですといった態度は一瞬で引っ込んでしまう。

アロイスはニコラの予想に反して、真面目な表情で口を開いた。

「改めて言わせてほしいんだ。ニコラ嬢、本当にありがとう」

そう言って、アロイスはニコラの手をぎゅうっと握り込む。

昨夜は月明かりの下で青白いという印象しか受けなかったが、明るい所で見れば、アロイスの顔色はもはや見事に土気色だった。目の下には真っ黒い隈もある。

元が白磁の肌だからこそ際立つそれらのおかげで、その窶れようはこの上なく顕著だった。

美人の翳《かげ》りには色気があるとはよく聞くが、そんなことはないとニコラは確信する。いつも揶揄《からか》ってくる様子の方が、腹は立てどもよほど健全で好ましい。

ニコラはふっと息を吐いて、腹を決める。もうとっくにアロイスも庇護《ひご》対象として数えてしまったのだ。意地でも助けるという覚悟を込めて、ニコラはその手を力強く握り返した。

ニコラはぐるりと部屋を見渡す。

月光の薄明かりの中で見た昨夜と違い、明るい中で見渡せばまた印象が変わってくるものではあるが、それはそれとして。

窓際に立つエルンストを目に留めて、ニコラは二人を振り仰いだ。

「もうエルンスト様に事情は話してありますか?」

アロイスとジークハルトはこくりと頷く。

「真剣は?」

「ここにあるぞ」

エルンストが壁を示すのでそちらに目をやれば、その三振りは確かに立てかけてあった。それは貴族が観賞用に飾るような装飾過多な物ではなく、もっと機能的で、実用的な作りをした剣で。

ニコラは腰に手を当て鷹揚《おうよう》に頷き、不敵に笑んだ。

「さて。それでは、悪夢狩りと行きましょうか」

◇

昨晩部屋に戻って用意した物の数々を、ニコラはテキパキと寝台横のサイドテーブルの上に並べていく。

たとえ夢の主導権を握られていようとも、悪夢のベースは、あくまでもアロイスの意識。良くも悪くも、全てはアロイスの認識、もとい思い込みにかかっていた。


『ニコラであれば、夢の中で武器を使えるようにする、何かしらの術を使うことが出来る』

『ニコラなら、アロイスの夢にジークハルトとエルンストを送り込むことが出来る』


そう、アロイスが思い込むことが出来るか否か。夢の中に武器を持ち込むことも、ジークハルトとエルンストを夢に引き込むことも、全てはアロイスの認識次第なのだ。

今回ニコラは夢渡りに関して、術を使うことはない。

我ながらペテン師じみているなと思わないでもないが、そういう考えはおくびにも出さず、ニコラは凛《りん》として口八丁を並べるしかなかった。

神道や密教、陰陽道、はたまた祓魔師《エクソシスト》の悪魔封じの術エトセトラ、エトセトラ。

それらは万能の、神様の如き力ではなくて、ニコラには出来ることも出来ないことも当然ある。

だが、今のアロイスの前では、不思議なことを何でもやってのける、魔法使いでなくてはならなかった。

サイドテーブルの上に並べた物の中から、ニコラは赤い糸を掴むと三人の小指に巻き付けて、アロイスを中心にそれを繋げていく。

〝決して切れない運命の赤い糸〟などというジンクスがこの世界にあるかどうかは知らないが、繋がりを意識させるために、視覚的にも目立つ赤色を選んだ。

「こうして糸で繋いで、三人とも例の蜘蛛を仕込んだ枕で眠ってもらいます。殿下が悪夢に引きずり込まれれば、繋がっているジークハルト様とエルンスト様も、自動的にその夢に招かれることになります」

ニコラはまるで塾講師が数学の公式を説明するが如く、普遍的なものを説明するように断定的に述べた。

「そして、夢の中に入れたら、その蜘蛛を殺してください」

少しでも勝ちのビジョンを明確に想起出来るように、またそれが言霊になるように、ニコラはゆっくりと説明し、声に霊力を乗せる。

「悪夢みたいに馬鹿でかい蜘蛛も、足を一本切り落とすだけで、格段にスピードは落ちます。大丈夫。蜘蛛なんて、足を全部切り落としてしまえばただの無様な真ん丸です」

アロイスは真剣な目でニコラを見つめ、頷いた。

「基本的に、呪いの媒体は被呪者、つまり呪われた人間しか眼中にありません」

ニコラは昨夜のビスクドールを思い出す。

懲りずにニコラに鋏を突き立てようと向かって来ては、その背後からあっさりとジークハルトに弾き飛ばされる姿は何とも滑稽なもので、ニコラは昨夜の話も掻い摘んで説明した。

「そんな風に殿下だけを一辺倒に狙い続ける蜘蛛の足を、ノーマークの第三者が片っ端から削ぎ落としていくことはきっと、そう難しいことではないですよね？」

ジークハルトとエルンストを見据えれば、二人もまたしっかりと頷いた。昨日の今日だ。ジークハルトは特に、そのビジョンが鮮明に浮かんでいることだろう。

ニコラは夜なべして、授業中にも内職して作ったアイテムたちを指差して、自信ありげに笑ってみせる。

「私も外からサポートします。例えばこれ」

ニコラはサイドテーブルの上に並べた大量の薄い人型の木の板を何枚か手に取り、トランプカードのように扇状に翳《かざ》す。

「身代わりの形代《かたしろ》、といいます。名前を書くことで、一度限りその人の身代わりになってくれるんですよ。例えば本体が腕に傷を負えば、この板の腕がパキッと割れ、足に傷を負えば板の足が代わりに割れます」

「すごいね」

「これはかなり、ありがたいな」

アロイスとジークハルトはきらきらと目を輝かせてニコラの手元を覗く。

形代の原料となる香木は、しがない子爵令嬢からすれば恐ろしく高価だ。そのため余程差し迫った時にしか使わないのだが、今回は大盤振る舞いするしかない。

「眠っている間、形代が割れる度に、新しい形代を供給し続けます」

その代わり、あとでしっかりと請求しようと心に誓って、ニコラはにっこり笑った。

エルンストはといえば、半信半疑という顔でニコラの話を聞いているが、こちらに関してはあまり多くは望むまい。むしろ半分は信じていそうなあたり、最初に比べればだいぶ進歩している方だろう。

「最後のサポートアイテムは、コレです。その名もドリームキャッチャー。悪夢を絡めとる呪《まじな》い道具です」

ニコラが授業中にちまちまと編んだそれは、輪っかの中に糸を張り巡らせて網目状にした、インディアンの呪《まじな》い道具だった。

蜘蛛の巣状に張った糸で蜘蛛を絡めとるというのも妙な話だが、悪夢であることには違いない。妨害にはなるだろう。

「これで外からちょこちょこ蜘蛛の邪魔をしてみます。……だから、早々に夢の中で決着をつけて来てくださいね」

ニコラとしても、いつものようにサクッと祓ってやりたいにもかかわらず、アロイスの命は今もなお風前の灯で、彼ら自身に委ねるしかないのだ。

ニコラに今出来ることはと言えば、ペテンじみた口八丁で言いくるめ、サポートアイテムを投げるだけ。何だかんだ言って、正直なところ、ニコラは歯痒《はがゆ》くて仕方がなかった。

「……だからさっさと、生還して来てくださいよ」

ニコラは唇を噛んで、口を真一文字に引き結ぶ。

ジークハルトとアロイスは顔を見合わせてから、くすりと小さく笑うと、それぞれニコラの頭をくしゃりと掻き混ぜた。

10

ニコラはスプリングの効いたベッドの最も上座に座り、なんとも珍妙な絵面を見下ろす。

ニコラの膝元のすぐ下にはひとつの枕があり、枕をシェアして眠る青年が三人、ほとんど隙間もなく川の字で眠っていた。

彼らは小指を赤い糸で繋いで、利き手には実用的な剣を握り込む。さながら何かの儀式の祭壇のようにも見える何とも奇妙な光景に、我ながら思わず失笑してしまう。

「これ、もし誰かが今この部屋に踏み込んで来たら、どうなるんだろうな……。どう考えても、もっと変な噂が出回るよなぁ」

ニコラはぼそりと呟いた。

徹夜明けのアロイスとジークハルトはと言えば、目を瞑《つむ》るとものの数十秒で深い眠りに落ちた。

眉根を寄せ、表情は険しいながらも規則的な寝息を立てる二人の胸の上に、それぞれの名前を書いた形代を三枚ずつ置いてやれば、早速アロイスの形代にピシッと小さな傷が入る。

蜘蛛の爪が掠りでもしたのだろうが、完全に割れてしまうまでは大丈夫かと目を離す。

そんな二人の傍らで、エルンストは一人、むくりと身体を起こしていた。

エルンストはアロイスを挟んだ反対隣に眠るジークハルトの強ばった寝顔を見下ろして、静かに顔を曇らせた。

「……閣下は、殿下の夢の中へ行けたのだな」

丁度、ジークハルトの胸の上の形代も一枚、ピシリと腕に亀裂が入るのが見えて、ニコラも「そうみたいですね」と小さく相槌《あいづち》を打った。

夢に入れなかったのなら、繋いでいても仕方がないからと、ニコラは身体を伸ばしてアロイスとエルンストの糸の繋がりを解いてやる。

エルンストはのろのろと寝台を降りると二人を見下ろし、それっきり黙り込んでしまう。

ニコラはそんなエルンストからも視線を外して「さて、私も妨害を始めるとするか」と独り言を呟いて、にやりと笑った。

ニコラが枕の中に手を入れゴソゴソと探っても、アロイスとジークハルトは全く目を覚ます兆しを見せない。指に掠ったその羊皮紙を、ニコラは摑んで引っ張り出す。言うまでもなく、それは例の蜘蛛の死骸を折り畳んで包んだ、アロイスの姿絵だった。

羊皮紙越しとはいえ、死骸を包んでいると思うと触りたくないという気持ちは拭いきれないが、そこはぐっと呑み込むしかない。嫌悪を抑え込んで、自作のドリームキャッチャーを羊皮紙に押し付けてみる。だが、

「あ」

網目の白い糸の部分は途端に赤黒く染まり、ブチブチとちぎれていってしまう。

ニコラは片眉を上げて「ほーん？」と呟いて、それから自覚的に悪どい笑みを浮かべた。

「残念ながら作ったドリームキャッチャーはひとつじゃないんだよなぁー？　うぉりゃうぉりゃうぉりゃうぉりゃー」

ニコラはサイドテーブルから、ごそっと五個ほどまとめてドリームキャッチャーを掴み、それらで羊皮紙ごと挟んでぐいぐい揉《も》んでやる。一、二個は糸が切れたが、全てが切れるということもないので効果は一応あるのだろう。

「こちとら授業中も無心で量産したんじゃ喰らえ喰らえ！　追加じゃおりゃー！」

徹夜でハイになったテンションでどんどんドリームキャッチャーを追加で重ね、ワシワシと挟んでいれば、非常に物言いたげな、じっとりとした視線を感じて顔を上げる。

「……何ですか。徹夜明けでテンションおかしいんですよ文句ありますか」

「…………いや」

だが、返された何とも歯切れの悪い反応に、ニコラの方が調子を乱されて、きょとんと目を瞬いてしまう。普段は全ての語尾に『！』が付きそうなほど暑苦しいのに、今日はなんだか妙にしおらしいのだ。

いつもの暑苦しさならば邪険にしても心は痛まないが、今日のエルンストはなんだか叱られた後の犬を放置するようで若干気が引ける。ニコラは渋々と水を向けた。

「……何か言いたいことや聞きたいことがあるなら、聞きますよ」

近くでジメジメとキノコを生やされていれば、こちらとしても落ち着かなかった。

エルンストはハッと顔を上げて、それから迷子のようにうろうろと視線を彷徨わせる。

それからアロイスの包帯を巻いた腕に目を落とし、口を開いた。

「俺の目の前で、殿下は負傷されたんだ。二人しか乗っていない馬車の中で、俺の目の前で、殿下は夢に魘《うな》されて、そして目を開けられた時には怪我を負われていた。曲者の姿など、何処にもなかった……！」

グッと眉間にしわを寄せ、エルンストは低く唸《うな》る。

「この前だってそうだ。俺は確かにお前と手を繋いで一緒に廃墟に入ったのに、気付けば俺は一人で屋敷の中にいた……。屋敷中を何時間も探し回ったんだ。温室だって探したはずなのに、お前と閣下はひょっこり殿下を連れて戻って来た……」

エルンストは悔しげに唇を噛み、胸の内を吐露する。

「今もそうだな。殿下の御身が危ない時に、いつも傍《そば》にいられないのは、俺についているという守護霊とやらがいるからか？　それなら、そんな守護霊などッ……！」

「こらこら、滅多なことを言っちゃ駄目ですよ」

ニコラはとうとう割れてしまった三枚のうちの一枚をベッドの下に放り捨て、新しい形代にアロイスの名前を記しながら、首を振って片手間に諭す。

「エルンスト様の守護霊は本当に強い。エルンスト様がもし夢の中に入れていたら、多分この上なく殿下の役に立ったんです。エルンスト様のハイパー強い守護霊がいるだけで、かなり状況は好転したでしょうし、何よりエルンスト様自身の戦力も加われば、こんな悪夢、すぐに終わったと思います」

エルンストは夢を渡れない可能性が高かったので口にはしなかったが、極論、アロイスは夢の中でエルンストの背後に隠れてさえいれば良かったのだ。エルンストを守る強力な守護霊は、結果的に巡り巡ってアロイスを守ったことだろう。

ニコラには正直武術のことはよく分からないが、それでもジークハルトに敵わないと言わしめるほどの剣の腕だ。

エルンストも一緒に夢を渡れていれば、ものの数分で蜘蛛退治は遂行出来たかもしれなかった。

ダメ元でも彼を巻き込もうと思ったのは、エルンストの守護霊と戦力がそれだけ魅力的だったからだ。

「今回、エルンスト様が夢を渡れなかったのは、守護霊のせいなんかじゃありません。エルンスト様自身の問題です」

「俺、の……？」

ニコラは手遊《てずさ》みにドリームキャッチャーサンドをぎゅむぎゅむと弄びながら、エルンストを見上げて核心をついた。

「エルンスト様は、目を閉じているから、当然なんですよ」

ジークハルトの胸の上、ほとんど割れかけの形代の一枚を補充しながら、ニコラはエルンストを見据えた。

「エルンスト様は、まだこっち側の世界を拒絶しているんです。心の中ではやっぱり、目に見えないモノなんて存在しないと思っているんですね。だからどんなに目を凝らしたところで、見ようと思っていないものは見えないし、在ると思っていないものに、触れる訳もない」

「…………」

エルンストは俯《うつむ》いて、握ったままになっていた、出番のなかった長剣をぐっと握り締める。

「でも、世の中には、世にも奇妙で不思議なこともたくさんあるんですよ。案外ね」

ブチッと糸が切れたドリームキャッチャーを片目に翳して穴から覗き、ニコラは苦笑した。


エルンストの守護霊は今までずっと、そういった妙なモノからエルンストを遠ざけ続けて来たのだろう。だからこそ彼の周りでは不可思議なことなど何も起きなかったし、エルンスト本人もこうして現実主義者として育った。

だが、エルンストはここに来て立て続けに、アロイスの神隠しであったり、アロイスが目の前でひとりでに負傷するという、常識では説明がつかない奇妙なことを目の当たりにしている。

信じる土壌というのは、ニコラとの初対面の頃とは違い、多少は育まれてきているはずだった。

「本当に、殿下を守りたいのなら……。拒絶してないで、その目をカッ開いて、主人を害そうとする存在に焦点を合わせてみたら、いいんじゃないですかね」

「目を、開いて……焦点を合わせる…………」

それっきり、エルンストは考え込むようにブツブツと呟き始め、もうニコラの声は届いていないようだった。

やはり、どうにも真面目で堅物。

それでも、さっきまでの萎らしい様子よりは断然マシだった。

エルンストに妙なことを吹き込むなと抗議しているつもりなのか、エルンストの背後ではペッカーーーーーッ！　と目を灼《や》きそうなほどに、守護霊が激しく光り輝いている。

それでも、本人が知りたいと望むなら別に良いではないかと、ニコラはそっぽを向いた。

どうせこちら側と関わったとしても、この守護霊を突破出来るモノなど居ないのだから、問題あるまい。

ふと見下ろせば、二人の瞼は同時にふるりと震えるところだった。

強ばっていた表情も、眉間のしわもふっと柔らかく緩んで、どうやらあちらも終わったらしいと気付く。ニコラもホッとひと息ついた。

「エルンスト様、どうやら終わったらしいですよ」

「そ、そうか……」

あとは、アロイスとジークハルトの繋がりを解くだけだ。

「えーんがちょ、なんてね」

それは、ニコラが身体を伸ばして糸を解こうとした瞬間だった。

前触れなどなく唐突に、ソレはやって来た。

ドッと心臓が跳ねる。脂汗が滲む。

二人の胸上に置いた形代たちが、バキバキと派手な音を立てて割れていく。ジークハルトの制服のポケットからするりと式神が零れ落ち、自発的に顕現した。

「嘘、でしょ……?」

生理的に込み上げる吐き気を気合いで抑え込んで、ニコラは震える手で素早く印を結ぶ。

咄嗟ながらも、何層にも結んだ結界の最も内側で、それでもアロイスとジークハルトは血反吐を吐き、寝台の上で身体を折った。

そのあまりの禍々しさに、走る怖気に、ニコラでさえも唇が戦慄《わなな》く。

幾重にも組んだ結界の、その向こう側で、

――蜂と、目が合った。

彼女がニコラになる前の、とある幕間

黒川六花《くろかわりっか》はスパンと勢いよく窓を開け放つ。

いや、開け放とうとして、あまりの立て付けの悪さに阻まれて大きく舌打ちをした。力を込めて四苦八苦することしばらく、ようやく開いた窓から細く煙が流れ出ていく。

「……ねぇ、窓も開けずにタバコ吸うとか有り得ないでしょ。非常識か」

眉根を寄せて振り返れば、無造作に括ったロン毛に無精髭、三白眼と三拍子揃《そろ》った三十路の男が紫煙を燻《くゆ》らせていた。

男は中指と人差し指の奥に煙草を挟んだ、口許《くちもと》を覆うような吸い方でシニカルに嗤《わら》う。

「うるせぇ馬ァ鹿。なんとでも言えー？　つーかここ俺の事務所な、つまりは俺が法律なんですぅー」

「語尾伸ばさないでよ腹立つな」

松方宗輔《まつかたそうすけ》――大変不本意ながら、六花はその男と師弟関係にあった。それも、人ならざるモノに相対する術を教える師と弟子という、およそ尋常ではない関係性である。

六花が松方に出会ったのはその昔、まだ十歳かそこらの年齢までさかのぼる。それなりに長い付き合いではあるし、恩も多少なりとは感じている。師事している以上、祓《はら》い屋としての腕や知識も認めてはいる。

だがそれはそれとして、素行や人間性まで尊敬出来るかといえば、答えは否だった。

「つーかよォ、そもそも俺ぁ、常識外れの奇術の類をお前らに教えてるワケよ。そんな相手に常識なんか求めンなっつー話なんだワ」

松方はそう言って、行儀悪くも足をデスクに載せてふんぞり返る。

「ねぇ、足」

「が長いって？　そりゃ悪かったなァー」

六花のジト目にも、松方はニヤニヤと嗤うばかりで一向に堪《こた》えた様子はない。

仕方なく六花は松方から、あちらこちらの革が剝がれかけた応接用のソファに視線を移した。同い年の弟弟子はソファに寝転がり、ひぃ、ふぅ、みぃ、と退屈そうに呪符の枚数を数えている。

「陽太《ようた》、あんたも何か言ってよ」

「えー、俺は別にタバコの匂い嫌いじゃねーし？　そーすけの行儀が悪ぃのも、人を食った態度なのもまぁ、今更じゃん？」

弟弟子は顔だけこちらに向け、興味なさげに欠伸をする。どうやら味方はいないらしい。

六花は深いため息をついて、窓から下を見下ろした。

大通りから一本入った狭い路地。小汚い雑居ビルがひしめき合う薄暗い小道は、人通りもなくひどく静かだ。

向かいにある雑居ビルの薄汚れた窓ガラスには、ヒビに沿ってガムテープが雑に貼られていて、剝がれかけたテナント募集のポスターが風に揺られてパタパタと音を立てていた。

隣近所にはどう見ても既に廃業しているマッサージ店、謳《うた》い文句だけはやたらと親切な消費者金融、いかがわしいピンクのネオンなどが居並ぶ。

そんな、辛気臭さをありったけ詰め込んだような一画に、その事務所はあった。


不可思議で異様、法則不明で、道理では説明がつかない現象。人ならざるモノが引き起こすトラブルを解決する専門家。

真に困窮している依頼人は、かなり金払いが良かったりするのだ。本来ならば、低家賃の薄汚れた雑居ビルに事務所を構える必要もないのだろうが。

『オイオイ半人前、よーく考えてみ？　こんな稼業で、小洒落《こじゃれ》て小綺麗《こぎれい》なオフィスを構えてみろよ。胡散臭《うさんくさ》すぎて誰も近寄らねェだろォがよ』

いつぞや松方が言った台詞《せりふ》に、六花はひどく納得してしまったのだ。不覚にも。

他人に職業を名乗ることも、綺麗《きれい》な事務所を持つことも憚《はばか》られるとは、つくづく碌《ろく》でもない稼業だと思う。六花はもう一度窓の外を眺めて、諦めたように弟弟子の向かいのソファへ腰掛けた。

「なぁ、そういやさ。そーすけが今まで関わった中で、一番嫌だった案件ってどんなの？」

弟弟子は、乾かした呪符を数えるのに飽きたらしい。ソファから身を起こしてそんなことを尋ねた。

机の上に放られた呪符に躍る文字は、あいも変わらず蚯蚓《みみず》がのたくったように汚い。

松方は煙草から口を離して、一瞬考え込むように天井を見上げた。

「あー、そりゃアレよ。蠱毒《こどく》だ蠱毒。フィクションでもちょいちょい取り上げられてるし、大まかには知ってンだろ」

松方は意外にも、真面目に顔を顰《しか》めて吐き捨てる。それから「まァ、良い機会か」と呟《つぶや》いて、ゆらりと立ち上がった。

そのまま棚の方に向かい、よれて黄ばんだ『現代怪異全集』を手に取りぱらぱらと捲る。

「蠱毒――蠱術《こじゅつ》、巫蠱《ふこ》とも。毒虫や毒を持つ小動物を容器に閉じ込めて、互いに共食いをした果てに残った一匹が〝蠱〟と呼ばれる神霊となり、相手を呪い殺す、と。まぁクソみてェな呪詛《じゅそ》の一種だぁな」

オーソドックスなのは蛇、百足、蜘蛛、蛙、蛾、らへんか――そう言って松方は煙をふかした。

「古代中国で発祥、そんで少なくとも七百年代には日本に伝来して、律令制でも禁じられてる。あとはまァ……あんま一般に知られちゃいねェが地味ぃーな副産物として、使用者の家は栄えたりする、なんつーのもある」

六花はへぇ、と呟いた。蠱毒はフィクションでもよく題材にされるが、使用後の副産物に関しては六花も知らなかった。

「だがまァ、とはいえ『人を呪わば穴二つ』だ。栄えるも何も、だいたい跳ね返りで呪者本人が死んだ後の話にゃーなるがな」

「あー、それもそっか。ま、どー考えても家が栄えるより跳ね返る方が先だよなー」

今度は弟弟子が納得した様子で相槌《あいづち》を打つ。

確かにフィクションにおいて、蠱毒を使用する側が正義であることなどほとんどない。むしろ悪役である方が相場であるし、『悪役の死後に、悪役の生家が栄えました』などと描いても蛇足にしかならないだろう。一般に知られていないのも無理はない。

「じゃー陽太よォ。コイツが例えば、丑《うし》の刻参りなんかと違う点、分かるか？」

「え、なんだろ……。六花わかる？」

「多分わかるけど、ちょっとは自分で考えなよ」

呆《あき》れた顔で答えれば、弟弟子は「えー」と口を尖《とが》らせた。ちゃんと考えれば分かるくせに、弟弟子はすぐに考えることを面倒臭がるのだ。

「んー……あ、待って分かったかも！　効果が限定的なんじゃね？　ほら、丑の刻参りとかは相手に何かしらの不幸が降りかかれば、成就ってことになるじゃん。でも蠱毒の場合、呪詛の成就ってイコール相手の死だし、限定的なの」

「おー、それだそれ。珍しく正解。蠱毒のタチが悪リィところは、その効能が被呪者の死一択って点なのヨ。そんで必然的に、跳ね返る報いも死亡一択。おまけに動物を使った呪詛は解呪が非常に困難なわけよ。まァ動物にも思考感情があるからな。あー……何だ、つまりアレよ」

松方は無造作に括った髪をワシワシと掻《か》いて顔を歪《ゆが》め、弟子二人の目を交互に覗《のぞ》き込んだ。

「コイツに関連する依頼を受けたなら、大抵の場合、被呪者と呪者両方の死に目を見る羽目になる可能性が高ぇっつーこった。嫌なら軽々しく依頼受けんな。仕事は選んでいい」

そんで、と言葉を続けながら、松方は三白眼をスッと細めた。

「仮に仕事を請け負ったとしても、だ。法則からは逃れらンねェのよ。呪者にまで仏心を出したりすんなよ。見捨てるべき命もある。そンでそれを気にも病むな。依頼を受けたからって、そこまで面倒見てやらなきゃなンねェ筋合いはねェ。人を呪った奴が悪い。以上」

思いのほか真剣なトーンの忠告に、六花と弟弟子は無言で顔を突き合わせる。

「…………なー六花、これってさ、柄にもなく俺たちのこと心配してるって解釈でオーケー？」

「…………明日は地雷が降ってくるかも」

「おめーら聞こえてっからなー。ハァーア、俺お前らのそーいう可愛げねェとこマジで嫌い」

松方は照れを隠すように、弟子たちの頭をわしゃわしゃわしゃーっと乱暴に掻き混ぜた。

「言ってろよ。この俺がこんなこと言うくらい、蠱毒は胸糞《むなくそ》悪ぃ代物《シロモン》だっつー話なんだワ。あんなモン、作る奴も使う奴もマトモじゃねェの。お前らも実物を見りゃ分かるだろーぜ」

ひどく実感のこもったその言葉は、やけに脳裏に焼き付いて離れなかった。

終章——陋劣の果て

1

ハァ、ハァ、ハァと、荒く息をつきながら、ニコラは結界の向こう側にいる蜜蜂を睨《にら》みつけた。

辛うじて結界が間に合ったことに安堵《あんど》して、震える手を自分で握り込む。

「これが……蠱毒《こどく》」

ソレはもはや滅茶苦茶な禍物《まがつもの》だった。

這《は》い寄る濃密な死の気配に思わず生唾を飲む。脂汗が滲《にじ》み出るようなプレッシャーに怖気《おぞけ》が止まらない。

あのウィステリアに囲まれた廃墟《はいきょ》で思い浮かんだ最悪の想定は、どうやら当たっていたらしいとニコラは無言で唇を噛《か》んだ。

蜜蜂も蜂の名に違わず、少量とはいえアナフィラキシーショックを起こし得る毒を持つ。

屋敷の主人の夜逃げのあと、ガラス張りの温室の中で飢えた大量の蜜蜂は、生存競争の共食いの果てに、天然の蠱毒へ成り果ててしまったのだろう。

「殿下ッ⁉　閣下ッ⁉」

訳も分からずがむしゃらに何重にも張った結界の一番内側にあたる、ベッドの上にいた三人を囲う結界は、立ち位置的にエルンストと顕現した式神の二人を隔ててしまったらしい。

エルンストは透明の障壁をバンバンと叩《たた》いて声を荒らげる。

「おいウェーバー嬢！　何が起きている！　悪夢は終わったんじゃないのか⁉」

「蜘蛛は終わりました！　でも今度は蜂が！」

混乱したニコラの説明も支離滅裂で、これでは何も伝わるまいと頭の隅では思いながらも、論理的な説明を考える余裕もない。

「後ろの！　蜂が！」『今度は蜘蛛じゃなくて蜂が！』

『ああもう説明めんどくさいな！　今こそその目ん玉カッ開いてくださいよ！　主君に血反吐を吐かせている存在が、今そこにいるんですってば！』

ジークハルトに持たせていた、生命の危機になれば自動で顕現するよう術を施した式神と、自身の声がぴたりと完全に重なる。

エルンストはニコラたちの剣幕に言われるがまま背後を振り返り、一度ぐっと目を閉じて、そして意を決したようにカッと目を見開いた。

「蜂⁉　これか……⁉　これは、蜜蜂、なのか⁉」

方角、仰角、どんぴしゃり。エルンストの視線は真っ直《す》ぐに蜂を捉えていた。

『そう！　それ！』

「なッ⁉　そもそもお前は何故二人もいる⁉　双子だったのか！」

「違う！」「それは後で！」

全くもってそれどころではないのだ。

本体のニコラは、血反吐を吐いて意識もなくなったアロイスとジークハルトを窒息してしまわないように転がして横にする。

幸い、結界によってあの禍物が一定以上には近付くことが出来ないためか、状態がこれ以上悪化することはなさそうで、ニコラは僅《わず》かに胸を撫《な》で下ろした。

体勢を横にしたことで、二人の胸元からは形代《かたしろ》が滑り落ちる。割れてしまった形代は、アロイスが三枚、ジークハルトが一枚半。

ニコラ自身はといえば、とんでもない禍物に対する生理的な嫌悪と忌避感以外には特に影響は無い。エルンストにも特に影響は無さそうだった。

だとすれば、考えられることは一つだけ。

誰かが蠱毒を使って再びアロイスを呪ったのだ。

ニコラがまだアロイスとジークハルトの縁《えにし》を解く前だったために、ジークハルトは夢で繋《つな》がっているアロイスのダメージを何割か共有しているのではないかと推測を立てる。

ずっと不思議だったのだ。いや、胸騒ぎがしていたという方が正しいか。

蠱という禍物、怪異になってしまった最後の一匹は、どうやって魔除《まよ》けのウィステリアが一部の隙もなく蔓延《はびこ》る屋敷の中から抜け出したのか。

その価値や用途を知る何者かが、連れ出したのではないか、と――。

「おい、ウェーバー嬢！　俺は難しいことはよく分からないが、あの蜂を殺せば事態は変わるのか⁉」

エルンストがニコラを振り返って吼《ほ》える。

ニコラは自分の式神と顔を見合わせるが、答えは出ない。

当然だった。ニコラの分身なのだから、知識も記憶も全く同じ。ニコラ本体が確証を持てないことを、式神が判断出来るはずもない。

「……やってみないことには、分かりません」

「ならやるぞ！」

ニコラは残ったありったけの形代にアロイスとジークハルトの名前を書き、それからエルンストと蠱毒との間の結界を解く。その瞬間、エルンストの姿は掻《か》き消え、瞬きの一瞬の後にはもう、蜜蜂は斬り伏せられていた。

「は、はっや……⁉」

だが、真っ二つになった蜜蜂は地に落ちることなく、斬られた断面を再生させながら不快な羽音を鳴らし続ける。エルンストが二閃《せん》三閃と剣を振って細切れにしてみても、ことごとく再生してしまい、その羽音が止むことはなかった。

「私！」

「任せろ私！」

ニコラが式神に目配《めくば》せすれば、式神は即座にエルンストの手を摑《つか》み、部屋の外へと走り出した。

ニコラは蜂が完全に再生しきる前に再び印を組み、結界を張り直す。

『あんなモン、作る奴も使う奴もマトモじゃねェの。お前らも実物を見りゃ分かるだろーぜ』

ふと師匠の言葉が頭を過《よぎ》る。

被呪者に近付いただけで血反吐を吐かせるような、とてつもない禍物を前に、ニコラは「まったくだよ」と呟《つぶや》いた。

冷や汗が背筋を滑り落ちる。

嫌な持久戦の幕開けだった。

2

ニコラはすかさずエルンストの手を摑み、廊下へ飛び出した。同時に、自分たちに隠形《おんぎょう》の術をかけて走り出す。

「おい！　ウェーバー嬢、何処へ行く⁉」

「あそこでアレを切り刻んでいても、埒《らち》が明きません。だったら犯人を突き止めた方が、まだ何か進展する可能性が……無くはありません」

ゼロではない、とは言えずに唇を噛む。

ニコラはニコラのコピー。術者本体の思考や性格、知識や記憶の範囲内で自発的に動く駒だ。

頭の中でリフレインする、『蠱毒に関われば、被呪者と呪者の両方の死に目を目にする羽目になる』というかつての師の言葉を打ち消すために、ニコラは珍しく必死で走った。

「犯人、と言ったな。お前は犯人に当てがあるのか⁉」

「なくは、ありません。どう、して、そんなことをするの、かはっ、分かりません、けど！」

ニコラの足の遅さにドン引いた顔で並走するエルンストは、喋《しゃべ》りながらでも全く息が上がることはない。自分の運動音痴さをこれほど呪ったことはなかった。

だが一説に、第六感とは著しく劣った能力を補うために発達するともいう。ニコラの霊能力の代償がこの運動神経の悪さだと言うのなら、諦めるしかないのだろう。二人の命を救える可能性があるとすれば、糸口はニコラの能力と知識、経験以外にない。

「その犯人と思われる人間に、今から会いに行くのだな⁉」

「は、い！」

呪いの媒体として使われた、顔面を切り刻まれた姿絵。裏面に記された名前、生年月日。

ニコラをビスクドールで呪った人間と蜘蛛でアロイスを呪った人間の手口は、一部が非常に類似している。

蜘蛛が駄目になった瞬間に、間髪入れずに蟲毒がやって来たあたり、全て同一人物が呪っているのではとニコラは考えていた。――むしろ、こんな悪質な呪詛《じゅそ》をやってのける人間が二人も三人もいてたまるかという願望も、多分に入ってはいるのだが。

兎《と》にも角にも、目の前の手掛かりから手をつけるしかないのだ。違った時はその時だと、ニコラは床を蹴る足に力を込める。

そうして男子寮から転がり出た頃には、ニコラは息が上がりすぎてまともに会話が出来ないような有様だった。流石に見かねたエルンストが一旦休憩を取ろうとニコラを宥《なだ》めるので、ニコラは情けないながらもその提案に乗っかる。

「そういえば、寮内を俺たち二人が走っていても、誰一人気に留めていなかったな」

「……あぁ、そう、ですね、そういう術を、かけました、から……」

ニコラは荒い呼吸のまま頷《うなず》いた。呼吸を整えながら、壁に寄りかかる。

「術だと？」

「さっき、殿下の部屋に、私が突然現れたように、見えたでしょう。透明人間になるようなものだと、思ってもらえれば……」

厳密にいえば、透明というよりは人の認識にとまらなくなる、という方が正しいのだが。エルンスト相手に細かいことまで説明する必要もないだろう。

ニコラの雑な説明に、エルンストは百面相をしながら黙り込む。珍しく静かなのに、それでも顔面はうるさいあたり、一周回って器用な男である。大方「そんな馬鹿な」と言ってしまいたいのに、否定しきれなくなってきているのだろう。

「そういうものだと信じてください。疑わないでください。受け入れてください」

「ぐっ……わ、分かった」

ニコラが凄んでみせれば渋々と頷くあたり、エルンストも着々と順応力が上がりつつあるらしい。まだ納得しかねる様子ではありつつも、エルンストはそれ以上何も言わなかった。


そうこうしていれば、ようやく呼吸が落ち着いてくる。壁に預けた背を離そうとしたところで、ふと視界の端に動くものを捉えた気がした。反射的にそちらを見遣れば、いつぞやの野良というにはやけに毛並みの良い茶トラの猫がいる。

猫は初めて出会った茶会の日のように、四、五メートル先からじっとニコラを見上げていた。ニコラが身動きすれば、それに反応するように猫の視線も動く。ニコラはまだ隠形の術を解いてはいないのに、どうやら猫には二人の姿が見えているらしい。

猫には幽霊が見えている、という俗説があるが、あながち間違いでもないのかもしれない。

ニコラは静かにエルンストの袖を引いた。

「エルンスト様、確かめたいことがあるんです。その猫を捕まえておいてください」

「猫を？　おい、それは本当に必要なことなのか⁉」

「必要なんです。お願いします」

「…………………」

釈然としない様子ながら、エルンストは猫に近付いて腕を伸ばす。やはりこちらの姿が見えているのだろう。猫は逃げることなく、あっさりと抱え上げられた。

野良にしてはやはり毛並みも恰幅《かっぷく》もよく、学生たちから世話をされているのか、人にも慣れている様子だった。もぞもぞとエルンストの腕の中で居心地の良い場所を探して収まるあたり、何とも大物の風格がある。

ニコラは猫にも隠形の術をかけ、エルンストを見上げた。

「エルンスト様。これから向かう先は、女子寮です」

「つまり、犯人は女生徒なのか⁉」

「……まだ分かりません。それを確かめに行きます」

現在は放課後だが、その人物が女子寮に居るという確信はない。

もし居なければ、校舎を虱潰《しらみつぶ》しに探す羽目になるが、アロイスに蠱毒を嗾《けしか》けたばかりであることを考えると、校舎よりは私室にいる可能性の方が高いだろう。

「俺は、何をすればいい」

エルンストの問いかけに、ニコラは静かに首を振った。

「特には、何も。……ただ、式神である私が破壊されてしまうと、私の本体にも殆どそっくりダメージが反映されます。エルンスト様は、例えば私が殺されそうになったりした時だけ、助けてください。そうでなければ、じっと声を上げずに、見守るだけ」

淡々と言葉を紡ぐニコラに、エルンストは何かを言いかけるも、やがては口を噤《つぐ》んだ。

「たとえどんなに意外な人物が相手でも、私たちの会話の意味が分からなくても、静かにしていてくださいね。殿下たちを助けたいなら、この約束を守ってください。お願いします」

ニコラは深々と頭を下げる。日本式の所作は、この西洋風の世界ではあまり馴染《なじ》みがないのだろう。戸惑う気配があった。だが、結局エルンストは何も言わず、深く息を吐き出す。

「……分かった。必ず約束を守る」

「ありがとうございます」

今度は息を乱さないで済むギリギリのスピードで、足早に女子寮へ向かう。

一刻も早く、何か打開策をと、気付けば小走りになってしまう身体を何度も何度も律しながら、ニコラたちは容疑者の部屋を目指した。

3

「本当に、透明人間になっているのだな……」

エルンストは己の身体を見下ろして、信じがたいといった風に呟いた。

ニコラの隠形の術が十全に作用しているのだ。猫を抱いた男子生徒という、女子寮では目立って仕方がないはずの姿に対しても、誰ひとりとして不審の目を向ける者はいなかった。まるでそこに誰もいないかのように、皆無関心に通り過ぎていく。

ニコラは少しだけ得意げな気分になって、ささやかな胸を張りながら女子寮内を先導した。

やがて、二人は目的の部屋の階へ辿《たど》り着く。

それは、その人物の部屋から六メートル以上も手前のこと。エルンストの腕の中で、猫はフーッと牙を剝き出しにして、険しく唸《うな》り始めた。そして五メートルを切ったあたりで、堪《たま》らないとでも言うように毛を逆立て、爪を立てて暴れ出す。

エルンストが慌てて手を離せば、猫は飛び降りて一目散に逃げ出した。

——あぁ、やはり。

ニコラは静かに目を伏せる。猫の行動は、ニコラの推測が正しいことを何よりも雄弁に物語っていた。

自分の隠形の術のみを解いて、コンコンコンコン、と戸を叩く。

西洋社会において、二回のノックはトイレノック。思えば初めて会った時にも、彼女はコンコンとノックしていたなと、ニコラは思いを馳《は》せる。

「ニコラ・フォン・ウェーバーです。どうしても確かめたいことがあるので、お部屋に入れてくださいませんか」

その人物は、豊かに波打つ亜麻色の髪をふわりと揺らして、ひょっこりと扉から顔を覗《のぞ》かせた。

そして、ニコラの姿を認めて艶《あで》やかに笑う。

「あら、どうされたの？　そうね、この後は予定がありますから……。二十分ほどでよければ、どうぞお入りになって」

オリヴィア・フォン・リューネブルク。同性でさえ羨んでしまいそうなほど抜群のプロポーションを誇る侯爵令嬢は、警戒することもなく、あっさりとニコラを自室に招き入れた。

「寮の私室ったら狭くて嫌ね？　とりあえず自由にお座りになって。あ、そうだ紅茶でも――」

「結構です」

もてなそうとするオリヴィアを、ニコラは無視して言葉を遮る。

結論は端的に。一分一秒でも時間が惜しいのだ。冗長な前置きなどいらなかった。

脈絡もなく唐突に、ニコラは切り出した。

「私も、猫に嫌われるんですよ。前世じゃそんなことは全くなかったんですけど、こっちでは何故かいつも引っ掻かれるようになってしまって。でも逆に言えば、猫が短い前足で引っ掻くことが出来る距離までは、いつも近付けるんです。…………貴女ほどじゃない」

ニコラは皮肉げに口の端を上げる。

あの日の茶会の席でも、猫は五、六メートルも先から、近付きたくないと言わんばかりに威嚇していた。猫が逃げ出したのは、ニコラが居たからではなく、オリヴィアが居たからだ。

「前世の貴女が、猫と私を贄《にえ》にしたんですね。そして、悪魔に願い事をした。違いますか？」

机に置いてあるティーポットを手に取ろうとしていたオリヴィアは、はたと手を止める。

「ぜんせ？　悪魔？」

オリヴィアは心底訳が分からないと言わんばかりに、きょとんとした表情で小首を傾げる。

「あ、分かったわ！　もしかしてニコラちゃん、物語を書いていらっしゃるのね？　そうでしょう？」

オリヴィアは思い付いたとでも言うように、無邪気に胸元で手を合わせる。

だが、しらばっくれるならそれでも別によかった。茶番に付き合うつもりは無いのだ。ニコラは一切を黙殺して、構わず続ける。

「最初は漠然とした懐かしさとか、ちょっとした違和感で、何が引っかかったのかも分からなかったんです」

それは、魚の小骨が喉に刺さったような、しばらくすれば忘れてしまうような、ふとした瞬間の小さな引っかかり。

ニコラは昨日の放課後、ビスクドールを燃やす場所を探していた時のことを思い出す。

昨日、触ろうとした猫に引っ掻かれたことをきっかけに、『前世の自分を生贄《いけにえ》にした人物は、オリヴィアなのではないか』という可能性には思い至っていたのだ。そして、その可能性は逆説的に、今までの小さな違和感の正体をニコラに教えてくれた。

「ねぇ、知っていますか？　笑う時、口許《くちもと》に手を添えて隠すのは日本人だけなんですよ。もちろん『いただきます』と言うのも日本人だけ」

あの日の茶会でオリヴィアは確かに、アプリコットのジャムに「いただきます」と言い、口許に手を添え楚々《そそ》と笑っていた。何ということはない。ニコラは十数年振りに見聞きした、懐かしい行為や仕草に、違和感を覚えていただけだったのだ。

「分かりますよ。染み付いた習慣は、案外消えない」

ニコラは一歩踏み出す。

昔はニコラも、それらの癖を無意識に繰り返してしまうことが多かったのだ。

だがそれも、幼いジークハルトが「珍しい癖だね」と無邪気に不思議がるたびに、西洋文化の世界観にそぐわない行為なのだと気付いて、いつしか少しずつ矯正されていったことを思い出す。

それはもう随分と昔、それも五歳かそこらの時分の話だ。

いつの間にか風化していて、気付くのがこんなにも遅くなってしまったことに自嘲する。それほど長い時間を、もうこの世界で過ごしてしまったのだなと、ニコラは苦笑した。


「ねぇ、貴女が私を呪ったんでしょう。あのビスクドールの人形で」

ニコラは『ひとりかくれんぼ』を思わせる、胴をかち割られ、米の代わりに麦を詰められ、赤い糸を巻くことで封をされたビスクドールのことを思い出す。

あの人形もまた、ドアをコンコンとノックし、決まって午前二時ごろにニコラの元を訪れた。

西洋文化には夕暮れ時、逢魔が時《トワイライトゾーン》という概念はあっても、丑《うし》三つ時という概念にあたるものは存在しないのだ。だからこそ、そこはかとなく日本の仕様を思わせるその呪いに、ニコラは真っ先にオリヴィアを思い浮かべた。

だがそれでも、ニコラは別に本人に確かめようとも、表沙汰にしようとも思っていなかったのだ。

前世でのことを暴いたとしても、前世の自分が生き返るわけでもなく、何よりいくら自分が呪われたところで、ニコラは自分で対処出来る。

呪いの矛先がニコラである限り、呪いは成就しないのだから、報いの跳ね返りが呪者に返ることもない。ニコラが標的である限りは、何も行動を起こすつもりはなかったのだ。

だからこそ、似たような手口でアロイスが呪われた時に、ニコラはひどく困惑した。

「ねぇオリヴィア様。どうして殿下を、自分の婚約者の死を、望んだりしているんですか」

ニコラはオリヴィアの文机に近寄る。文机の端には、あの日の茶会でニコラが渡したジャムのガラス瓶が無造作に置いてあった。

ニコラはその瓶を手に取り翳《かざ》す。ガラス瓶の中にジャムは既に無く、その代わりに最近では見慣れてしまった金色の髪が幾筋か、窓から入る陽光に煌《きら》めいていた。

瓶の中には、あの日廃墟で感じたものと同じ瘴気《しょうき》の残滓《ざんし》が残っていて、ニコラは顔を歪《ゆが》める。確かめたかったことはほとんど全て、状況証拠で明白になってしまった。

「ねぇ、どうしてですか……オリヴィア様」

ニコラは一切の表情を削ぎ落としてこちらを見るオリヴィアに視線を戻す。

どうしても分からないことはただ一つ。何故オリヴィアがアロイスの死を希《こいねが》うのか、それだけだった。

オリヴィアは口角を三日月のように吊り上げて、ニタリと歪《いびつ》に嗤《わら》った。

「……だって、神様が間違えたりするから」

「え？」

オリヴィアは熱に浮かされたように虚空を見つめたかと思うと、今度は子どものように地団駄を踏む。

「だってだってだって！　せっかく言われた通りに、猫だって祓《はら》い屋だって贄に捧《ささ》げてお願いしたのに、神様はアロイスの婚約者ポジションなんかに生まれ変わらせたんだもの！　『オリヴィア』なんて、主人公ですらない脇役だし！　そもそもあたしが攻略したかったのは、アロイスじゃなくてジークハルトなのに！」

「…………は？」

オリヴィアの言葉の意味が分からず、ニコラはぽかんと口を開ける。オリヴィアはそんなニコラの様子など全く意に介さず、独り言のように言葉を紡ぐ。

「だから、アロイスは邪魔なのよ」

オリヴィアの表情は一瞬前までの興奮が嘘《うそ》のように凪《な》いで、今やスコンと感情が抜け落ちたように無表情だった。その落差に、思わず背筋がぞくりと粟立《あわだ》つ。

「だって、アロイスが生きてる限り、ジークハルトのルートに行けないんだもん。邪魔」

オリヴィアは子ども染みた口調でそう吐き捨てた。

言葉の端々から滲む、思想の歪さ。そしてそれと共存する幼稚さが、ただただ薄気味悪い。

お嬢様然とした口調も所作もかなぐり捨てたオリヴィアの情緒が乱高下するのを、ニコラは呆然《ぼうぜん》と眺めることしか出来なかった。

攻略、ルート。耳馴染みのある単語に、ニコラは頭を殴られたような衝撃を覚える。

「……………まさか、ここはゲームの中か何かなわけ……？」

「アンタ知らないで今まで生きてたの？ ウケるんだけど」

オリヴィアは心底可笑《おか》しいというように、けらけらと声を上げて笑った。両手を広げて身を仰《の》け反《ぞ》らせ、大げさな仕草で天を仰ぐ。

「そうよ、ここは乙女ゲーム！ ゴミみたいな現実なんか捨てて、好きなゲームの中に転生させてってお願いしたの。でもせっかく転生が叶《かな》ったのに、主人公じゃない上に、最初から好きでもないキャラの婚約者だなんて、ふざけてるでしょ？」

――まともじゃない。

巫山戯《ふざけ》ているのはお前の方だと、そう喉元まで出かかるも、ニコラは頭を振って無理やり呑み込む。

オリヴィアはもはや完全に目が異常者のそれだった。焦点は合わず瞳孔は開ききっていて、語る内容もまた、どこまでも変質的。正気とはとても思えなかった。

前世の自分がそんな馬鹿馬鹿しい理由で殺されたと知って、怒りが湧かないわけがない。

ゲーム感覚のくだらない理由のために、誰かを殺そうと思う感情など、ニコラには何一つ理解出来なかった。

それでも、この異常者に真っ当な怒りをぶつけても、何一つ響かないと嫌でも悟る。

ニコラは唇を噛んで深く息を吐き、なんとか激情をやり過ごした。それから努めて冷静に、再び口を開く。

「どうして今なんですか。昔から婚約していたのに今になって、ッ！」

言い切る前に、オリヴィアの手がニコラの頬を打つ。乾いた音が部屋に響いた。

オリヴィアはニコラの胸倉に掴みかかり、激しく揺さぶる。

「アンタが現れたからよ！　アンタみたいなモブが！」

オリヴィアは瞳をギラつかせて、歯が全て見えるほどの大口で喚《わめ》き散らした。

部屋の隅で動いたエルンストを目で制して、ニコラは自分でオリヴィアの腕を引き剥がす。

オリヴィアは肩で荒く息をして、忌々しげにニコラを睨みつけた。

「あたしだって、最初はジークハルトとの駆け落ちエンドを狙ってたのよ！　だからアロイスが婚約者でも放置したまま、生徒会でジークハルトの好感度をコツコツ上げてたのにッ！　ゲームに存在しない、親しげな幼馴染なんて現れるから！　だから！」

「――だったら、婚約者が死んでしまえばいい、と？」

ニコラが静かにそう問えば、オリヴィアは唇の端を吊り上げ、うっそりと微笑んだ。

「だって、あたしとジークハルトは家格も釣り合うでしょ？　アロイスが死ねば、婚約者がいない侯爵家同士でまとまることは自然なことよね」

ひたすらに胸糞《むなくそ》が悪い話だった。

自身の欲のためなら、他人の命や動物の命などいとも容易く踏み躙《にじ》ってしまえる彼女が、ニコラにはおぞましくて仕方がない。

ニコラが引き剝がしたその手ごとオリヴィアを突き放すと、オリヴィアは案外あっさりと離れ、そのままぽすりとベッドの上に腰掛ける。

「…………あの蜜蜂は、どうやって手に入れたんですか」

「さぁ、知らない。神様が捕まえてきてくれたし。あたしは神様のアドバイス通りにやっただけ」

オリヴィアは、もはやニコラというモブに興味を無くしたように、ふいと顔を逸らして言った。

ニコラは眉間にしわを寄せ、瞑目《めいもく》する。

生贄を所望して、こんな俗で馬鹿げた願い事を叶える存在が、神なんかであるはずがないのだ。

「貴女が願った相手は神なんかじゃない。正真正銘、悪魔だよ」

「なんだっていいわ。あたしの願いを叶えてくれるなら」

オリヴィアはニコラを一瞥《いちべつ》すらせずに、空虚にそう呟いた。

ニコラは最後にオリヴィアの横顔に向かって、静かに問いかける。

「〝人を呪わば穴二つ〟呪った報いは必ず等価として自分に返って来るんです。人を呪殺すれば自分もまた、死からは逃れられない。平安時代、貴族に呪詛を命じられた陰陽師は、相手の墓と自身の墓を二つ掘って臨んだそうですよ。……貴女は、それをきちんと覚悟してやっていますか」

オリヴィアは小馬鹿にしたような顔で、ニコラを見上げて鼻で笑った。

「それってどうせ、人を呪っちゃダメだっていう教訓的な話でしょ？　だってアンタを殺して生贄にしても、あたし何ともなかった！　アンタを呪っても、アロイスを呪っても、あたし何ともないわ！　アハハハハ！」

生贄を捧げて悪魔に願うことは契約で、呪詛とはまた別の話。そんなことも混同してしまう程に、彼女は素人なのだ。そんな、無知なずぶの素人が、半端なオカルト知識で暴走し、手を出してはいけない領域に手を出してしまった。

もはや、彼女に何を言っても無駄なのだろう。

人を呪った報いは、その呪詛が成就した後に返るもの。ノーリスクで人を呪えると勘違いさせてしまった罪は、きっとニコラにもあるのだろう。

「………そうですか」

ニコラはエルンストとアイコンタクトを交わすと静かに踵《きびす》を返し、オリヴィアの部屋を後にした。

4

ニコラはアロイスの寝台の上で、静かに式神との視覚と聴覚の共有を切って、彼らが戻って来るのを待つ。

彼らは一度ニコラの部屋へ寄り道するらしい。ニコラが今手元に欲しい、足りないと思うものをきっと持って来てくれるはずだった。

ニコラは手持ち無沙汰に、ジークハルトの頭を撫でる。常ならばサラサラと指通りの良い銀糸は、今は高熱による汗を含んでしっとりと重い。

「ねぇ、ここ、ゲームの中なんですって。ジークハルト様も攻略対象キャラらしいですよ。駆け落ちルートなんかがあるから、あんなに駆け落ちしたがってたんですかねぇ……なんて」

ニコラはぐっと唇を噛んだ。

死んで生まれ変わり、この世界で過ごした十五年間を、ニコラは二度目の人生だと思って生きてきた。今更彼らがゲームの中の登場人物だと言われても、ニコラにとって彼らはもう、等身大の人間でしかないのだ。怪我をすれば血が出て、心臓が止まれば死んでしまう、生身の人間だった。

苦悶《くもん》の表情を浮かべるアロイスの顔を汚す血を拭いながら、ニコラは二人の胸の上にある形代を見遣る。

残りはそれぞれ二枚きりで、その他はもう、みんな割れてしまった。蜂は結界の向こう側で、依然として二人を狙うように、空中で不快な羽音を鳴らし続けている。

ニコラもいよいよ、腹を括らなければならないのだろう。

形代が全て割れてしまえば、ジークハルトとアロイスは再び血反吐を吐くのだろうし、ニコラの霊力が尽きて結界が維持出来なくなれば、蜂と最低限の距離を保つことも難しくなる。リミットはすぐそこまで迫っていた。


十分とかからず、エルンストと式神はアロイスの部屋に戻って来た。

式神の手には、オリヴィアの部屋からくすねて来たらしい、件《くだん》のガラス瓶が握られていて。ニコラは式神と無言で目を合わせる。

互いの考えは手に取るように分かるのだ。ソレを回収して来たということは、式神もまた、既に覚悟は決めているのだろう。ニコラはベッドを降り、ふらふらと結界の境界に近付く。

「ごめんね私」

結界越しに、自分の分身とそっと手を添わせて、コツンと額を合わせた。

式神は目を閉じて、困ったように笑う。

「いいよ。式だしね、分かってる」

ニコラと式神は揃《そろ》って、寝台の上を振り仰いだ。

十年だ。いつだって甘ったるく蕩《とろ》けた声と表情でニコラの名前を呼ぶ、年上の幼馴染を見下ろす。

完璧主義の割に、ニコラの前でだけは甘えたになって、無邪気に全幅の信頼をおいて慕ってくる存在に、絆《ほだ》されないわけがなかった。

アロイスにだって、罪はない。罪があるとすれば、それはオリヴィアと、彼女の暴走を助長させてしまったニコラにある。

守れるものには限りがあるのだ。己の力で全てを救えると過信したことなど一度もない。ニコラは今も昔も、手の届く範囲以上には手を伸ばさないと決めている。

命の優先順位はとっくの昔に決まっているのだ。死なせるわけにはいかなかった。

自分とそっくり同じ顔の式神は、ニコラを励ますようにニッと笑って言う。

「私から言えることは一つだけ。揺れるな」

「ごめん、お願い」

「うん、分かった。任せろ」

――今できる最善を。

ニコラは傲慢にも、命の天秤《てんびん》を傾けた。


式神のニコラは結界の向こう側で、ガラス瓶の蓋を開けた。

それから、瓶をひっくり返してアロイスの髪を全て捨て、呪言で清めると、その空瓶で蜜蜂をひょいと捕まえた。

呪いの媒体は基本的に、呪われた人間しか眼中にない。アロイスを狙って宙にホバリングし続ける蜜蜂の背後から、瓶をかぶせて捕まえることは、ニコラの身体能力でもそう難しいことではなかった。

式神は瓶に軽くかぶせた蓋をズラした隙間から、先程オリヴィアに掴みかかられた時にくすねたらしい亜麻色の髪の毛を入れると、完全に蓋を閉める。

ニコラが行ったのは〝呪詛の上書き〟。

これにより被呪者はオリヴィア、呪者はニコラへと塗り替えられた。

そっと蓋を開ければ、蜂はもうアロイスたちには目もくれず、開けっ放しになっていた部屋を迷いなく出て行く。

部屋の空気がフッと軽くなる。

これから蠱毒の向かう先は、オリヴィアの元なのだろう。

蠱毒とは、生き残るための生存本能が土台にある。あの蜜蜂はただ生き残るために、密閉空間の中に入れられた相手を殺しに行くのだ。

呪いの基本は、呪いの媒体自体を破壊か焼却がセオリー。

だが、媒体にあたる蜂をエルンストが斬っても、呪いは終わらなかった。

エルンストが蜂を殺せなかったのは、恐らくあの蜂を殺す資格を、瓶の外にいるエルンストが持ち合わせていなかったからだ。

蠱毒とは、あくまで生存をかけた殺し合いが原則なのだ。あの段階で蜂を殺す資格は、瓶の中に入れられたアロイスと、彼と夢で繋がっていたジークハルトの二人しか持ち合わせていなかったのだろう。

そして今新たに、あの蜂を殺す資格は、瓶の中に入れられたオリヴィアへと移った。

ニコラとしては、あわよくば彼女があの蜂を殺してくれることを願うが、アレは既に被呪者に近付くだけで血反吐を吐かせるほどの禍物に成っている。恐らくは無理だろう。

ニコラは静かに目を伏せた。

被呪者であるアロイスが死んでしまえば、蠱毒は報いとして彼女に必ず立ち返る。

ニコラがアロイスたちを無限には守り通せなかった以上、どの道オリヴィアが助かる方法はなかったのだ。

そして言うまでもなく、オリヴィアの呪殺が終われば、あの蜂はニコラを殺すために戻って来る。

人を呪わば穴二つ。法則からは逃れられない。

「おい、ウェーバー嬢。そろそろ状況を説明してくれ！」

完全に蚊帳の外に置かれたエルンストが苛立たしげに催促するが、ニコラは敢《あ》えてそれには答えず、端的に今後の指示を伝えていく。

「あの蜜蜂はもうすぐ、こちらに戻って来るでしょう。そうしたら蜂を殺してください。それでこの呪詛は終わります。今度はエルンスト様でも殺せるはずです」

呪いが成就し報いが呪者に返れば、蠱毒はいったんフラットに戻る。資格云々《うんぬん》が関係なくなれば、今度はエルンストでも蜂を殺せるはずだった。

「………分かった」

ニコラはアロイスとジークハルトを振り返る。

「二人を看病するなら、高熱には解熱剤や氷枕を。悪寒があるようなら暖めて。そんな感じの対症療法でかまいません。すぐに快方へ向かうはずです」

机の上の万年筆と羊皮紙を拝借して、さらさらと走らせる。

カタカタと手が震えるのを反対の手で押さえ込んで、梵字《ぼんじ》を幾つか記した。

「こういう文字が書いてある紙を、式神が私の自室から持って来たはずです。それを枕の中に仕込んであげてください。似たような文字がたくさん交ざっているかもしれませんけど、間違えないでくださいね」

ゾクゾクと、高熱を出した時のような悪寒が走り出す。指先は凍ったように冷たい。怖い。

呼吸すら上手に出来なくて、口の中がカラカラに乾いていく。ニコラはそれでも、なんでもない風を装って続けた。

「あぁそれと、ウィステリアの匂い袋《サシェ》の予備も、多分持って来たんじゃないかと思います。それも二人の枕元に置いてください。無いよりマシでしょう」

早口にはなってしまったが、最低限の指示は言い切った。

エルンストはぎゅっと眉間にしわを寄せて唸る。

「一気に喋るな覚え切れん！　大体アレが戻って来るんだろう⁉　そんなのは全部終わってからでもいいんじゃないか⁉」

「……………それじゃ、遅いんですよ」

部屋の空気がまた変わった。

匂いも、湿度も、じっとりと澱《よど》む。

もう、来てしまった。

式神はするりと姿を失い、紙に戻る。やがて穴が空いた人型の紙はパサリと力なく重力に従って落ち、端から火が付いたように焦げ落ちていく。自分の姿を象《かたど》った自立思考する式神は、自分の分身。ダメージもまた、ほとんど等価だ。

せり上がる嘔吐《おうと》感と悪寒、鼻に抜ける鉄錆《さび》の臭い。押さえた手の隙間からボタボタと生温い鮮血が迸《ほとばし》る。

なんだか無性に手を握っていてほしくて幼馴染に手を伸ばしたけれど、綺麗《きれい》なものを汚してしまうのは少しだけ躊躇《ためら》われて、その手は宙を彷徨《さまよ》った。

ぐらりと視界が揺れる。力を失ったのは伸ばした手が先か、身体が先か。

きっとたくさん悲しませてしまうだろうから「ごめんなさい」と言おうとして、開けた口からはこぷりと血が溢れ出た。

5

文机に向かい、課題を解いていれば、控えめに自室の扉が叩かれる。

消灯前のこの時間に、彼らは毎日決まってジークハルトの部屋を訪れていた。

ジークハルトは文机の横にあるベッドの小さな膨らみを見遣り、それから特に誰何《すいか》することもなく、二人を招き入れるために席を立つ。

課題を解く片手間に繋いでいた左手をそっと離せば、繋いでいた華奢《きゃしゃ》な手はするりと何の抵抗もなく解けてしまう。握り返してはくれない小さな手を手離す度に、言い知れぬ不安がジークハルトの心を侵食していくようだった。

あの月夜には確かにあったはずの手の温もりは、今は本当に微弱で、その僅かな温もりさえ、手が離れてしまえばすぐに薄れて消えてしまう。それがどうしようもないほどに恐ろしく、ジークハルトは震えそうになる拳を強く握り込んだ。

悪い予感を振り払うように小さく嘆息して、そっと扉に手を伸ばす。扉を開ければ、するりとアロイスが隙間から身を滑らせ、エルンストも後に続いた。

二人は真っ直ぐに寝台へ歩み寄り、そこに眠る少女を見下ろす。

「ジーク、ニコラ嬢は……?」

遠慮がちに投げかけられる、もはやお決まりとなりつつある問い。だが、ジークハルトは今日もまた首を横に振ることしか出来ず、顔を伏せる。

「そう……」

アロイスとエルンストもまた、沈痛な面持ちで俯《うつむ》いた。

カーテンの隙間から覗く空は、まるで三人の心模様のように暗鬱としていて、分厚い雲に覆われた夜空には星一つ見えない。

呪いの一件から一週間。灯りを絞った薄暗い部屋で、ニコラ・フォン・ウェーバーは未《いま》だ昏々《こんこん》と眠り続けていた。

◇

消灯時間になれば、アロイスとエルンストは自室に戻って行く。

二人を見送ったジークハルトは、灯りを消して静かに寝台へ潜り込んだ。そして、生きているのか不安になりそうなほどに冷たいニコラの身体を、少しでも温もりが移るようにと祈りながら抱き締める。

ニコラは元より酷く華奢《きゃしゃ》ではあるが、それでも抱き込めば筋肉のついた男の身体とは違って、抱き心地は良かったのだ。本人は「そんなはずは無い」といつも否定していたが。

しかしそれも、今ではすっかり衰弱してしまって、少しでも加減を間違えてしまえば簡単に折れてしまいそうなほどに、日ごと薄く儚《はかな》くなっていく。

白く血の気の引いた頬にかかる髪をそっと掻き分けて、祈るように額を合わせれば、ニコラの瞼《まぶた》がふるりと震えた。だが、僅かに覗いた深い海色の瞳が焦点を結ぶことはなく。

ニコラは掠《かす》れた声で「……ゆ、め………？」と小さく囁《ささや》いた。夢と現の狭間にいるような呟きは消え入りそうなほどにか細い。

ニコラの意識は時折こんな風に、微睡《まどろ》みの中で一瞬の浮上を見せては、また深く深く沈んでいくことを繰り返していた。ジークハルトが小さく頷けば、ニコラは緩やかに藍色の瞳を歪ませて、泣きそうな顔でほんの少しだけ笑った。

「そっ、か」

そう言ったきり、再び瞳は閉じられる。

そっと頬を撫でるも、やはり手のひらに伝わる体温は微かなもので。それでもニコラは猫のように少しだけジークハルトの手に擦り寄ると、表情をふわりと柔らかく緩ませた。

ジークハルトはぎゅうっと心臓を握られるような感覚に、ニコラをさらに引き寄せる。

「………夢だと思ってるにしても、無防備すぎるよ。ねぇ、ニコラ」

自分の顔を見られないように、ニコラの顔を見ないで済むように、肩に顔を埋《うず》める。

「逝かないで、逝くな、お願いだから」

ニコラ自身が生きることを諦めているのだと、正しく理解してしまっているからこそ。ジークハルトは今夜もまた縋《すが》るように、弱々しくもニコラを掻き抱いた。

6

懐かしい夢を見た。

小さな女の子が虐められる夢だ。


すれ違う誰かの肩に乗っている手。

宙に浮く生首。

地面から生えている腕。

校舎の隅で蠢《うごめ》く黒い靄《もや》。

自分にしか見えないモノに怯《おび》えて、それを周囲には気味悪がられて、それは容易に虐めへと発展する。

『うそつき』

「うそじゃない」

今なら分かる。どちらの言い分も正しかったのだ。

人には人の〝現実〟がある。

互いの目に映ることやモノが互いにとっての現実で、見えている景色が違う以上、各々の現実に齟齬《そご》が生じるのは当然のこと。主観と客観はいつだって相容れない。

幼少期、小学校と経るうちに、人と見えている景色が違っていることには気付いて行くものの、だからといって普通の人に溶け込むことは容易ではなかった。

目の前の横断歩道に転がる、血まみれの女性を自覚的に踏みつけには出来ないし、突然目の前に飛び出して来られると身が竦《すく》む。妙なモノに追い掛けられると逃げるしかない。

それが自分にとっての現実なのだから、仕方がなかったのだ。

そして、視《み》えていない人間からすれば、その行動が奇異に映ることもまた、仕方のないこと。

やがて、小さな女の子は虐めに耐えかね塞ぎ込み、家に引きこもるようになってしまった。その時点でようやく、あれ、何かがおかしいぞとニコラは気付く。

てっきり前世と今世を合わせた走馬灯を見ているのだと思ってぼんやりと眺めていれば、自分の記憶と明らかに乖離《かいり》していくのだから、ニコラは慌ててしまう。

「駄目だよ引きこもっちゃ、だって家の中にいたら、――見つけてもらえない」

前世のニコラは、いつも放課後は近所の神社で時間を潰していた。少なくとも境内にいれば、妙なモノたちに絡まれることも少なかったからだ。

だが彼女はそこで、偶然にも師と出会った。

『よォそこの砂利ガキ、よーく視えてンなァ。そんだけ目が良けりゃ、生き辛ぇだろ。難儀だァな』

彼との出会いは、確かに彼女の世界を変えたのだ。それはもう、パラダイムシフト、コペルニクス的転回といえるほどに。

師と初めて出会ったその日、ニコラは生まれて初めて、自分が異常者なのではないという確信を得ることが出来たのだ。

同じモノを視ている人間が他にも存在していることを知り、専門の職業さえ存在するのだと知れたこと。それが一体どれほどの感動だったか。

同じ景色を視ている師や弟子に囲まれて過ごした日々が、どれほど得がたいものだったか。

きっとあの出会いがなければ、ニコラは世を呪ってしまっていただろう。

もしもあの頃、同じ景色を視る人間と出会えていなかったなら、きっと人生は百八十度悪い方向に変わっていたに違いないのだ。

だからこそ、ニコラは似たような経験をしたことのある先人として、自分によく似た小さな子どもに声をかける。

「家に引きこもっちゃ駄目だよ。外にいれば、いつかきっと誰かが見つけてくれるから」

視えないフリにも限度はある。

一般の家庭に、突然変異のように生まれてしまった〝視える〟子どもは、同じ視える側の人間に見出《みいだ》してもらう他に、まともに生きていく道はないのだ。

それなのに、家に引きこもってしまっては、同じ景色を共有できる人間に出会えない。

「つらいのは分かる。でも家の中で、一人でいちゃ駄目なんだよ」

「同じ景色を視ている人は、案外身近にいるかもしれないから、だから……」

「外に出よう、お願いだから！」

ニコラは言葉を尽くして外に出るよう子どもを説得する。だが、子どもの目にニコラが映ることはなかった。

ニコラの言葉は一切その子どもに届いていないようで、途方に暮れて立ち尽くしてしまう。

「駄目だ、駄目なんだよ……。家の中にいちゃ、見つけてもらえない……」

無力感に力なく頭を振る。

ニコラは完全に透明人間で、その子どもの未来に干渉出来ることは何ひとつ無いようだった。

やがて、その少女は中学も高校もほとんど通えないまま大人になり、小さな子ども部屋の中で一人慟哭《どうこく》する。

「あたしの頭がおかしいんじゃない！　視えない周りが異常なの！　世界が間違ってる！　あたしはっ、正気なのに……！」

誰にも理解されないまま、誰とも分かち合えぬ孤独。どうしたって肥大化していく自意識。

――あぁ、あの日、同じモノを視ている人間に出会えていなかったとしたら、自分もこうなっていたのかもしれないのか。

そう思ってしまえば、ニコラはもう何も言えなくなってしまった。

『人には人の現実があるのだから、仕方のないこと』

そんな考え方が出来るようになれたのは、ニコラが同じ景色を共有出来る人物に出会うことが出来たからだ。〝自分は異常者では無い〟という確証を得られないまま生きるなど、想像を絶する地獄だった。

親にも理解されず、日々「穀潰し」と罵倒され、精神の異常を嘆かれる毎日のなか。

ますます内向的になってしまったその彼女の世界は、どこまでも小さな部屋の中だけで完結していた。

ろくに恋愛も出来ないまま大きくなってしまった彼女が、部屋から出ることなく疑似恋愛を体験出来る乙女ゲームにのめり込んでしまうのは、当然の帰結だったのだろう。

彼女のお気に入りの作品は、ニコラが第二の人生と思って生きて来た、西洋風の架空の王国が舞台の学園モノ。

庶民だった女の子がなんやかんやで上流階級の学校に通うことになり、様々な男性キャラと関わりながら学生生活を謳歌《おうか》する、そんな物語だった。

飄々《ひょうひょう》としてなかなか本心を掴ませない、王道の王子様。

整いすぎた容姿が原因で、女性不信になってしまった侯爵令息。

堅物だが誠実な騎士に、天真爛漫《てんしんらんまん》でやんちゃな隣国の王子。

そして、遊び人として浮名を流す、アダルティな雰囲気の教師。

この教師は恐らく、アンネを自殺に追いやった人物だろう。どうやらニコラとジェミニは図らずも、ゲームの攻略対象になっている教師を学院から追い出してしまっていたらしい。

確かに画面の中には、ニコラのよく見知った肩書きが並んでいる。だがそれも、肩書きだけを見ればの話だ。

実際、ゲームの筋書きに書かれているほどジークハルトは女性不信にはなっていないし、単なる〝遊び人〟という設定の裏で、自殺してしまった人間だって存在する。

ニコラという人間が関わったことで変わった変化もあるだろうし、ストーリーには描かれない画面の外で、確かに生きて、死んでいった人間が無数に存在していた。

たとえ世界観のベースがゲームだったとしても、そこに生きる彼らはキャラクターではなく、確かに人間だったのだ。この世界で出会った人間たちはニコラにとって、等身大の人間だった。

登場人物の中には他にもニコラの知らない人物も出て来たが、ニコラはそれ以上ゲームのストーリーを深く見るのは止めた。主人公が本当は誰だったのかも、どんな選択肢を選べばどんな展開になったのかも、興味がないからだ。

所詮そのストーリーは、一人の人物の主観にフォーカスされたものでしかない。

誰とも知らない主人公の、主観を通した選択の結果であって、ストーリーの外にあったニコラの人生には何ら関係の無いこと。

ありきたりな話だが、皆誰しも他人の人生の脇役で、自分の人生の主役なのだ。ニコラは自分の人生を生きた。それだけのことだ。

ゲームを楽しむ彼女はやがて、ふとした休憩の合間にネットの海の中で『願いを叶える儀式』なるものを知ったらしい。代償を差し出せば、どんな願いも叶えるという、そんな甘言。

案外、悪魔というものは世間に紛れているもの。カルト教団が崇《あが》める神様は、蓋を開けてみれば悪魔だったという話も珍しくはないのだ。

グローバル化が進んだ現代においては、怪異の垣根に国境などないに等しい。

海外由来の悪魔への対処もまた、現代の祓い屋の仕事のひとつではあったのだが、正直隅々まで手が回っていたとは言い難い。彼女が辿り着いたのも、祓い屋たちの目を逃れた悪魔が操る、カルト教団のサイトだったのだろう。

見る者が見れば一目で悪魔召喚の儀式だと分かるソレを、無知な彼女は暇つぶしに実行してしまったようだった。本来なら、素人がやってもほとんど失敗してしまう召喚の儀式は、なまじ彼女に素質があっただけに、不幸にも成功してしまったらしい。

——そして、彼女は悪魔に言われるがまま供物を捧げ、願い事をした。

◇

あはッと嗤う声がして、ニコラは振り向く。

「ね――ぇ、今どんな気分？　自分を殺して自分が殺したおんなのこ走馬灯を見る気分はさぁ？　ねぇねぇ、教えてよ――ぅ」

だが、振り向いてみても姿はなく、神経を逆撫《さかな》でする間延びした声が辺りに反響しながら響くばかりでニコラは顔をしかめる。

「……お前が、オリヴィアの言う『神様』？」

そう問えば、姿なき声は一拍の間をあけて、きゃらきゃらとけたたましく笑い出した。無邪気に無垢《むく》な悪意を孕《はら》んで、その声は耳障りに鼓膜を震わせる。

「あはッ、あはははははッ！　あー可笑しい！　ボク、神様な――んだってさっ！　ほーんとさ、馬鹿だよねぇ？」

愉快で痛快でたまらないという様子で嗤う声は、心底愉しげに弾んでいる。悪辣さが滲む甲高い声がひたすらに不快で、ニコラは眉根を寄せて顔を顰《しか》めた。

「……お前の名前は」

問いかければ、「ん〜、ボク？」と一瞬の間があく。ややあってから、姿なき声は答えた。

「そ──だなっ、ルンプクネヒトとでも呼べばいいんじゃな── いかなぁ？」

「いや、まんま悪魔じゃん」

思わず口悪く突っ込んでしまえば、ソレは再びけらけらと高らかに嗤い出す。

ルンプクネヒト、黒いサンタクロース。悪い子どもの元に、子供が望まない贈り物を届けるモノ。

それはドイツにおいて、悪魔と同義の存在だった。ニコラは小さくため息を吐く。

「オリヴィアを主人公にしなかったのは、わざと？」

「だってボク、『ゲームの中に転生させてくれ』とは願われたけどっ、『ゲームの主人公に転生させてくれ』とは願われてな── いもんねッ！」

「…………だろうね」

人間の不幸こそ、愉悦で至高。それが悪魔という存在だった。

どれほど言葉を尽くして慎重に契約をしたとしても、重箱の隅をつつくように揚げ足をとっては人間を嘲笑う、それが悪魔という生き物なのだ。

知っている人間は、まず悪魔と契約しようとなどは思わない。けれど彼女は知らなかった。そうして無知ゆえの悲運は、彼女を憐れな末路へ導いてしまった。

キャッキャと嗤い続ける声の主は、暫《しばら》く笑うだけ笑ったあと、満足げに言った。

「あははッ、お前も一緒に世界に混ぜてだぁいせいか── いっ！　おかげで面白ぉいものが見られたや。まさかまさか、相打ち覚悟で呪うなんてね！」

悪意と愉悦傲慢を煮詰めて凝縮したような声色で、ソレはくふくふと煽《あお》るように嗤う。

「健気だねぇ。愛ってやつ～？」

「………………愛なんて高尚なものなわけがないだろ」

思わず吐き捨てれば、声は殊更愉しそうにケタケタと嗤った。

「愛が高尚なものだと思ってるのかっ⁉　あははッ、これだから人間はおもしろ――いんだっ！」

「てかその間延びした喋り方やめろ腹立つな」

「やぁ――だねッ！」

ニコラは盛大に舌打ちを打つ。だが、悪魔の類とまともに会話を交わそうというのがそもそもの間違いなのだろう。

それでもニコラは腹いせに、邪気に満ちた声の方角に向かってポケットの中のものを引っ摑んで投げつけた。走馬灯も夢の一種と思えば、効果も無くはないだろうと踏んでのことだ。

ポケットに入れっぱなしになっていた幾つかのドリームキャッチャーは、たいした飛距離を飛ぶこともなく放物線を描いて、そのままパラパラと落ちる。

「ワォ、こわいこわ――い、退散退散っ！　じゃあ縁があったらまた会お――うね！　Ｂｉｓ ｂａｌｄ！」

そんな捨て台詞とともに、声は少しずつ遠ざかり始める。

だが、何とも引っかかる物言いに、ニコラは眉根を寄せた。

「いや縁も何も、もう死ぬじゃん私」

「ふふふッ、あはッ残念！　多分アンタ、死なないよう？　だって本物のカミサマが、借りがどうのとか供物がどうのとか言ってたか――らさっ」

「は……？」

ニコラは思わず耳を疑った。まるで意味が分からない。この声は今何と言ったのか。

はくはくと口を開くがすぐには言葉にならず、ようやく絞り出せた声は情けなくも震えてしまう。

「そんな、なんで……!? 私が一体、どんな覚悟で、人を呪ったと……！」

人を殺しておいて、自分だけのうのうと生きろとでも言うのか。そんなの、許されていいはずがない。何より、自分が自分を許せない。ニコラはギリッと歯を食い縛る。

悪魔は愉快で堪らないというように、「かわいそうだねぇ人間、憐れだねぇっ！」と喉の奥でくふくふと嗤う。

「さっすが、カミサマって理不尽だね――っ！　残酷ぅ！　人間サマのご意向な～んて、知ったこっちゃあないみたいだ！　じゃあねっ、人の子！　またいつか！」

それっきり悪辣に形を与えたような存在の声は聞こえなくなる。

ニコラは力を失って、その場にズルズルとしゃがみ込んだ。震える手でぐしゃりと髪を掻き乱す。

ニコラがアロイスとジークハルトを永遠には守り通せなかった以上、何も手を打たなければ二人が死んだ時点で、蠱毒はオリヴィアに跳ね返っていた。

三人死ぬか、二人死ぬか。

ニコラは後者を選び、命は命で贖《あがな》った、つもりだったのだ。

憐れなオリヴィアの魂を連れて、共に死出の旅を往く覚悟で、ニコラはオリヴィアを呪った。それなのに。

「生きようなんて願ってないよ。私はそんなの、願ってなかったんだ……」

7

暖かい何かに包まれている、強ばって棒切れのようになった肢体に、ゆっくりと息を吸って空気を取り込む。鼻腔《びこう》に嗅ぎ慣れた、香水によるものではない甘やかな香りが届くと、途端に力が抜けてふっと身体が弛緩《しかん》した。

この香りを自分はいつから落ち着くものだと思っていたんだろうかと、ニコラは記憶を遡ってみるも、明確な区切りは思い出せずに瞑目する。

あの日伸ばしたけれど、握ることを躊躇《ちゅうちょ》してしまった手は、今はしっかりと幼馴染の手のひらに包み込まれていて。ジークハルトの空いた片腕は痛みを感じない絶妙な力加減で、きつくニコラを抱き締めていた。

その温もりを知覚した瞬間に、あぁ、生き残ってしまったのだなとどうしようもなく実感してしまって、喉の奥がぎゅっと狭くなる心地がする。鼻の奥がつんとして、ニコラは堪《こら》えるように唇を噛み締めた。

しばらくそのままでいた後、大きく息を吸い込んで、ゆっくりと吐き出す。

身動《みじろ》ぐのも億劫《おっくう》だが、首を僅かに巡らせると、カーテンの隙間からは日の光が差し込んでいた。鳥の囀《さえず》りから、恐らく朝なのだろうと判断する。

「……いや、そもそも何で同衾《どうきん》してるんだ」

そう言ったつもりだが、音になっていたかは怪しい。口の中は砂漠のように干上がっていて、声はガサガサに掠れていた。

「…………ん……」

不明瞭な呻《うめ》きを洩《も》らして、眼前の傾国の顔《かんばせ》は長い睫毛《まつげ》を震わせ、微かな吐息と共にうっすらと目を開ける。毛穴さえ見えない透き通る肌と、僅かに覗く紫の極上。

互いの睫毛同士が触れ合いそうなほどの極々至近距離で、無言で見つめ合うこと十数秒。ジークハルトは紫眼を零れ落ちそうなほどに見開いた。

「ニコラ⁉」

最低限の繊細さと丁寧さで両手を引かれて、上半身を起こされたかと思えば、全身ごと抱き締められる。前以上に細く、体力も落ちてしまったニコラには、へばりつくジークハルトを引き剝がす気力も膂力《りょりょく》も無く、されるがままになるしかない。

ジークハルトは壊れたようにニコラの名を連呼しながら離れず、ニコラを圧迫死させそうな勢いでぎゅうぎゅうと抱き締めて離さない。

「ジークハルト様、苦しいです」

そう言おうと思ったが、口にするのは止めた。隙間が一部もない程に密着しているのだ。その身体が震えていることに気付かないふりは出来なかった。

酷く緩慢な動きで、ニコラは泥のように重い腕をゆっくりと持ち上げて、肩口にある銀色を静かに撫でた。

指通りのいい髪に指を滑らせるも、なめらかな手触りは長くは続かず、ニコラの右手はすぐにするりと空を切る。背中まで流れていた豊かな癖のない銀糸は、いつの間にか随分と短くなってしまっていて、ニコラはそっと目を閉じた。

「……豊穣《ほうじょう》の神メアトルに、供物として捧げたんですね」

『本物のカミサマ』『借り』『供物』――悪魔の言葉を思い出す。

貸しがある神様など、あの廃墟で蔦《つた》に巻き付かれていたあの一柱以外に思い当たるものはない。

そして、髪の毛が神への供物になりうることをジークハルトに教えたのは、他でもないニコラだった。

ニコラの肩に頭を埋めたまま、ジークハルトはくぐもった声を上げる。

「〝人ならざるモノに頼み事をする時は、報酬まで自分で決めること〟私の意思で願って、差し出したよ」

そっとニコラから身体を離したジークハルトは、存在を確かめるようにニコラの輪郭をなぞった。

「生きて、いるんだね…………」

震える声に滲むのは、確かな安堵と、ほんの僅かな感傷か。

「…………生き残ってしまいました」

ニコラもまた絞り出すように呟いて、視線を落とした。

「ニコラ、私を見て？」

柔らかい物言いの割に、有無を言わせない響きにのろのろと顔を上げれば、アメジストの双眼と視線が絡む。ジークハルトは柳眉を寄せて、まるで痛みを我慢しているような歪な表情を浮かべたまま口を開いた。

「ごめん。ニコラの覚悟も、ニコラが望んでいないことも、本当は分かっていたんだ。それでも私は、私たちは、贖罪《しょくざい》なんかよりニコラに生きていてほしかった。他ならぬ私たちのエゴで、そう願ったんだよ」

そう言って、ジークハルトはニコラの手を掬《すく》うように取って包み込む。

懺悔《ざんげ》のような言葉に反して、その声音にはどこか強い意志が感じられて、ニコラはその手を振り払うことが出来なかった。

ジークハルトのアメジストの双眼が、真っ直ぐにニコラを見据える。

「だからね、ニコラが生きることを願った私たちも、一緒に背負うよ」

その言葉に、ニコラの心臓はぎゅっと鷲掴《わしづか》みにされたように苦しくなった。喉の奥が引き攣《つ》るような感覚に、唇を噛み締める。

彼らはもう、ニコラの罪を知っているのだ。そう理解して、身体中の血が冷たくなっていくような心地になった。

ジークハルトは聡《さと》い。

あの、人形を燃やした月夜。ジークハルトには、人を呪えばその不幸はそっくりそのまま自分に返って来るのだと教えてしまっていた。エルンストが見聞きした断片を繋ぎ合わせれば、オリヴィアが何を行い、ニコラが何を行ったのか、すぐに察しはついたのだろう。

ぎゅっと唇を噛み締めて身動げば、何故かベッドからパキパキと硬いものが割れる音がする。それに、何だかやけに寝台もガタガタ凸凹と歪な感触がして硬い。それはまるで、無数の木の板の上に座っているような感覚だった。

恐る恐る布団を捲《めく》れば、そこには夥《おびただ》しい量の形代の板が敷き詰めてあって、思わず目を瞠《みは》る。ざっと見渡すだけで三百枚は下らないだろう。それらの全てに、ニコラの名前が書いてあった。

「これ……………」

掠れた声のまま呟けば、ジークハルトは少しだけ表情を緩めて言った。

「アロイスが、ニコラが使っていた物と同じ香木を探して来てね。エルンストが人型に加工して、アロイスが一枚一枚名前を書いたんだ。多分、王都中どころか周辺の街の香木も全部買い占めちゃったんじゃないかな」

ジークハルトは苦笑してそう言うが、ニコラは思わず絶句する。

形代は便利だが、原材料となる香木の価格はかなり高額なため、ニコラでも余程のことがない限り使わないのだ。それをこれほど大量に。

恐らく少なく見積もっても、馬車一台を買っても優にお釣りがくる金額だろう。

もちろん金額だけではない。かなりの手間をかけているのが分かるから、ニコラは俯いて唇を引き結ぶ。

少しずつ作り置きするのとは訳が違うのだ。この膨大な作業を、彼らはニコラのために行ったというのか。

「私だけじゃなく、アロイスとエルンストも、こうしてニコラが助かることを願ったんだ。ニコラが生き延びてしまったのは私たちの所為だから、ニコラの覚悟を台無しにした私たちのことを恨んでいい。詰《なじ》っていいよ」

ジークハルトは、今度はそっと柔らかくニコラを抱き寄せた。

「私たちのせいなんだから、ニコラが今生きていることに、罪悪感を覚えたりしなくていいんだ。悪いのは私たちであって、ニコラじゃない」

幼馴染の、すっかり見通しの良くなってしまった肩越しに、寝具に散らばる無数の形代が見える。なりふり構わずニコラの延命を願った証がそこにはあって、ニコラは歯を食い縛った。

泣く資格など、ニコラは持ち合わせていない。

それでも込み上げるぐちゃぐちゃの感情は、眦《まなじり》から溢れた熱となって冷えた顔の輪郭を伝い、あごの先端にひと時留まると、雫《しずく》となって落ちた。

そんな資格はないのにと思えば思うほど、一度決壊した涙腺からは後を追うようにぼろぼろと大粒の雫が落ちて、幼馴染の肩を濡《ぬ》らす。

ニコラはその日、この世界に生まれ落ちて以来初めて、声を上げて泣きじゃくった。

8

泣いて、泣いて、ようやく少し落ち着きを取り戻せば、途端に羞恥心が襲い来る。

ぶっきらぼうにジークハルトの肩を摑んでぐいっと押し離せば、あっさりと身体は離れた。

「……一応確認しますが、殿下もちゃんと無事なんですね？　後遺症とかも無さそうでしたか？」

「うん、大丈夫。それに、もうすぐ本人たちも来ると思うよ。平日は消灯前まで見舞いに来ていたけれど、今日は休日だから朝から来ると言っていたしね」

「ジーク、入るよ」

タイミングよく扉が叩かれ、開かれる。

ジークハルトの部屋に足を踏み入れたアロイスは、起きているニコラの姿を見とめた瞬間に足を止め、急に足を止めたことで後続のエルンストにぶつかられてしまって無様につんのめる。

「殿下ッ！　申し訳ありませ――」

だが、アロイスはエルンストの謝罪など聞こえていないように、つんのめった勢いを殺さずにそのまま一目散に駆け寄って来ると、ジークハルトごとニコラを抱き締めた。

「ぐえっ」

ニコラの周りからはパキパキと不穏な音がいくつも鳴る。

「わっ！　ちょ、ちょっと！　割れてる割れてる、高価な物が意味もなく割れてる！　離してください！　ジークハルト様も！　抵抗して！」

「えぇ？」

「ニコラ嬢！　よかった、本当に無事でよかった……！　本当にごめん、ごめんね、本当にありがとう……」

ジークハルトはくすくすと笑うばかりで役には立たず、アロイスは縋り付くのを止めない。

ニコラ自身はといえば、無理やりアロイスを引き剥がす体力はないのでギャーギャーと喚くことしか出来ず、エルンストはおろおろとその周りをうろつくばかり。

なんとも気の抜ける間抜けな絵面に、思わず脱力してしまえば、その脱力はニコラと接しているジークハルト、アロイス、と次第に少しずつ伝播《でんぱ》していった。

やがて、ニコラとジークハルトに回していた腕をするりと解いたアロイスは、静かにジークハルトの文机の椅子を借り腰掛ける。ニコラとアロイスはそのまま寝台に腰掛け、エルンストは壁際に立った。

アロイスは顔を翳《かげ》らせて、少しの間何かを言い淀《よど》むように沈黙する。それから、淡々と抑揚なく言葉を紡いだ。

「オリヴィア嬢は死んだよ。一応、犯人不明の変死という扱いになっている」

「そう、ですか…………」

ニコラもまた、静かに目を伏せる。

無知は罪で、有知は罰。半端なオカルト知識は罪と罰になったのだ。たとえ悪魔に踊らされていたとしても、死はオリヴィアが背負うべき罪と罰だった。

ニコラがアロイスたちを無限には守り通せなかった以上、ニコラが呪いを上書きしなければ、アロイスとジークハルトが死に、跳ね返りでオリヴィアが死ぬまで蠱毒は終わらなかった。

三人死ぬか、二人死ぬか――ニコラは後者を取った、あの選択自体を後悔している訳ではない。

「ジークが知っていることと、エルンが見聞きしたこと。それらを合わせて、何があったのか、最低限のことは理解していると思う。改めて、本当にごめんね。そして、ありがとう」

アロイスは手を伸ばして、ニコラの手を取るとぎゅっと握り締めた。

真摯な光を湛《たた》えるエメラルドに見据えられるも、直視出来なくて、ニコラは視線を泳がせる。

「ジークからもう既に聞いたかもしれないけれど、ニコラ嬢が生きることを望んだのは、僕たちなんだ。だから君は、今生きていることに負い目を感じたりしなくていいんだよ。僕たちにも一緒に、背負わせてほしい」

アロイスは困ったような表情で微笑む。

だがそうは言われても、生憎《あいにく》と「はいそうですか」と言えるほど単純な思考をしてはいないのだ。

蠱毒を使った呪詛を実行したのが、ニコラ本人ではなく式神だったこと、神の加護、大量の形代。どれか一つでも欠けていたなら、ニコラは死んでいたかもしれない。

だが、そんな奇跡の上に成り立つ命と分かってはいても、ニコラは素直に自分の命を肯定することは出来ずに、迷子のようにうろうろと視線を彷徨わせる。

そんなニコラに声をかけたのは、意外なことにエルンストだった。

エルンストはつかつかとニコラの前までやって来ると、跪《ひざまず》いてニコラと目を合わせ、言葉を探すように訥々《とつとつ》と話し出す。

「アー、……俺の生家は代々、王族の護衛だ。俺も殿下付きになって、一度だけ死にかけたことがある」

脈絡のない話にニコラは面食らって、ぱちぱちと目を瞬いた。

そんなニコラに気付いているのかいないのか、エルンストは構わず言葉を続ける。

「その時に、父に叱られた時の言葉を今でも覚えているんだが……。父は俺に、誰かを守る時には、自分も当然助からないと三流以下だ、と。守った人間と一緒に、『助かって良かった』と喜び合えなければ、助けられた側は救われないのだと、言った。だから――」

朴訥《ぼくとつ》とした喋りとは裏腹に、ブルーグレーの瞳に真っ直ぐ射抜かれて、ニコラは息を呑む。

「だから、殿下と閣下のためにも、救われてくれないか。自分の命を肯定しては、くれないか」

エルンストの肩越しにアロイスを見れば、静かに頷かれ、隣のジークハルトを見上げれば、そっと背中を撫でられる。

吸い損ねた呼気に、かひゅっと無様に喉が鳴る。一度緩んだ涙腺はどうにも締まりがないようで、再びじわりと視界が滲んでしまっていけなかった。

アロイスは立ち上がってニコラの頭を犬猫のようにくしゃっと撫でると「エルン、僕たちはニコラ嬢が落ち着くまで外に居よう。あまり見られたくないだろうしね」と言って、エルンストを引き連れ外に出て行く。

ジークハルトはニコラをいつものように抱き込んで、嗚咽《おえつ》を上げるニコラに静かに寄り添った。

◇

どれくらい泣いていただろうか。

涙が涸《か》れても互いに言葉は交わさずに、静かに温もりを預け合っていた。

顔の火照りも呼吸もようやく落ち着いてきた頃合いに、ニコラはそういえばと口を開く。

「……どうしてジークハルト様の部屋なんです？」

ジークハルトはきょとんとした顔から、ふっと表情を緩めて言った。

「女子寮だと、私たちでは看病出来ないからね。流石に原因不明の昏睡《こんすい》状態で、医務室に連れては行けなかったし………何よりオリヴィア嬢の死と関連を疑われるのも良くないと思ったから」

なるほど、それもそうかと納得する。

「あぁ、それから。ニコラが眠っている間は、ジェミニがニコラの姿で登校してくれていたよ」

「ジェミニが？」

眠っている間に、使い魔も随分と働いていてくれたらしい。

何かご褒美でもあげなければならないなと思案していれば、「もう一つ、伝えなければいけないことがあるんだ」とやけに硬い声で告げられて、ニコラは訝《いぶか》しげにジークハルトの顔を見上げる。

少しだけ迷ったような素振りを見せてから、ジークハルトは覚悟を決めたように口を開いた。

「エルスハイマー侯爵の嫡男、ニコラの伯父上が、亡くなられたよ。……これにより、ウェーバー子爵がエルスハイマー侯の実質の跡継ぎとなられた」

「ッ！」

もともと彼に取り憑《つ》いていた、殺された長男一家が悲願を遂げたのか、はたまた偶然か。今となっては、真相は分からない。だが〝蠱毒を使用した者の家は栄える〟という蠱毒の副産物の効果は、ニコラの生家にも容赦なく降りかかったらしい。

ニコラの身分は子爵令嬢から、侯爵令嬢になることが内定している子爵令嬢へと、否応なく変わってしまったのだと理解する。

「ニコラは、私のことは嫌いかい？」

ジークハルトは狡《ずる》い。

これで、爵位が揃ったからと言ってすぐに婚姻を迫ってくるような相手なら、容赦なく見限ることが出来たのにと、ニコラは眉を下げる。

きらい。ニコラは試しに声には出さずに口の中で転がしてみる。口の中の苦さ、後味の悪さ。饐《す》えた味と似たような、名状しがたい不快感。

嫌いなわけがない。ニコラは口をへの字に引き結ぶ。

「…………私が嫌いな人間のために命を張れる人間じゃないこと、知っているくせに」

「うん、そうだね」

一ミリも疑っていなかったと言うように、さらりと言ってのけるジークハルトに腹が立って、ニコラは恨みがましく上目遣いに睨《ね》めつける。

「じゃあ、好き？」

「…………分かりません」

この期に及んで、まだ足掻《あが》こうとする自分にも呆《あき》れるが、ニコラの口は反射でそう答えていた。

「そう……困ったな。不器用なニコラのペースに合わせるつもりだったけれど、ちょっとそうも言っていられなくなったから、仕方がないね」

「え？」

ジークハルトは痛みを感じさせない絶妙な力加減でニコラの手を引いて抱き寄せて、ただでさえ近かった距離が零に等しくなる。

吐息を感じる距離に焦るが、鈍った身体は咄嗟に言うことを聞いてはくれず、ニコラはそのまま為す術もなく唇を奪われた。

「っ！」

驚いて体を引こうとするも、いつの間にか腰に回された腕に阻まれてしまう。余計に深くなる口付けに思考も呼吸も全て奪われるような気がして、くらりと目が眩《くら》む。

「……ん、んぅ……ふはっ！」

「…………嫌だった？」

問答無用でディープな口付けをかましておいて、嫌だったか事後に問うとはどういう了見か。

それでも、否応なく自覚してしまう。自分の感情に裏切られたような気がして悔しくて、ニコラは濡れた唇を噛んだ。

自分の思考の行き着く先に全く心当たりが無いと言いきれるほど初心《うぶ》ではなくて、顔が熱くて仕方がない。

ニコラの火照った頬を、ジークハルトは満足げな顔をして撫でる。

「ねぇ、嫌だった？」

「…………いやじゃ、なかっ、た」

「うん。素直でよろしい。じゃあ、聡いニコラなら分かるよね」

そう言って、ジークハルトはふっと蕩けるように頬を弛《ゆる》めて、とんでもなく色気のある微笑を浮かべる。

ニコラは火照った顔をそのままに、ふよふよと口を波打たせた。

「何だか手口が手馴《てな》れていませんか」

負け惜しみのように可愛げのない台詞を吐けば、ジークハルトはムッとしたような表情を浮かべてニコラの手を取った。

「初恋を拗《こじ》らせた男を舐《な》めないでくれるかな」

ニコラの手は導かれてぴたりと幼馴染の胸に当てられる。手のひらには、全力疾走した後かのような早鐘を打つ鼓動が感じられて、ニコラは目を瞬く。

「年齢一桁台から焦がれている女の子に口付けをして、平静でいられるほど、私の情緒は死んでいないよ」

ジークハルトは人形じみた完璧な美貌をあどけなく綻ばせて照れたように笑うので、ニコラの火照りも留まるところを知らない。

真っ赤に染まっているであろう顔を見られるのが嫌でふいとそっぽを向ければ、タイミング悪く、向いた方向にあたる部屋のドアが再び開かれる。

「目元を冷やせる物を持って来たよ——って、あはは、ニコラ嬢ったら真っ赤っかじゃないか。上手くいったみたいだね。……あ、ちなみに奥の手は？」

「何とか使わずに済んだかな」

訳知り顔で話しかけるアロイスに、ジークハルトは喜色を隠すことなく答える。

ニコラは唇を手の甲で隠して唖然《あぜん》とした。あの口付けが奥の手ではないのなら、一体何だというのか。

「…………奥の手って、何ですか」

「え、あー……」

言い淀むジークハルトには早々に見切りをつけて、アロイスの方を睨めば、アロイスは濡らしたハンカチをニコラに手渡しながら悪戯《いたずら》っぽい笑みを浮かべる。

「ヒント。オリヴィア嬢が亡くなったことで、王太子である僕の婚約者が不在になってしまったよね。従って、早急に新たな婚約者を選出しないといけない」

アロイスはピンと指を立てた。

オリヴィアの生家は、ジークハルトと同じ侯爵家だったことを思い出す。

公爵令嬢ではなく侯爵令嬢が王太子の婚約者だった理由は、ひとえに公爵家の子女に妙齢の令嬢が居ないため。

侯爵令嬢になることが内定してしまったニコラは、火照りなど一瞬で引いてサッと青ざめる。

「……まさか」

「そう。このままだと、君も僕の婚約者候補に数えられるだろうね。ま、大勢いる候補者のうちの一人ではあるだろうけれど」

ニコラは光の速さでジークハルトを振り向き、優美ながらも剣胼胝《だこ》のある手をひしと握った。

「ジークハルト様、今すぐ婚約しましょう。私をもらってください今すぐに」

「…………ほら、こうなるのが分かっていたから、これを伝えるのは最終手段だったんだ」

げんなりとした表情でジークハルトが零す。

アロイスはけらけらと笑い、いつの間にか戻って来ていたエルンストが「おい！　流石に殿下に対して失礼だとは思わないのかッ⁉」とガルガルがなる。

そんな風景に、何だかやっと日常に戻って来た感じがして、少しだけ頬が緩んだ。

何だかんだでこの日常も悪くないと思い始めていることを自覚して、ニコラは小さく肩を竦める。

知らず、悪くない苦笑いが零れた。

ニコラのちょこっとオカルト講座⑤

【呪い】

呪った相手が不幸になっても、得られる喜びはほんの一瞬。だって、その不幸は成就してしまった途端に、そっくりそのまま自分に跳ね返るから。

『人を呪わば穴二つ』という文言、有名なのに、どうしてみんなホイホイ呪うのか。昔は同業者たちと、首を傾げていたものです。

呪いは絡まった糸のようなもの。案外簡単に絡まるくせに、ほどくのは途轍もなく難しい。とても時間と手間がかかったり、こんがらがり過ぎて、どう足掻いてもほどけなかったり。厄介極まりないんだなぁこれが。

エピローグ

ニコラが目覚めてから、早半月。

ただでさえ元から貧弱だったニコラだ。すっかり落ちてしまった体力と体重を戻すため、せっせと鈍った身体を動かしては、間食をパクつく日々が続いている。

仮にも一応は死にかけた身であるので、残念ながら目覚めてすぐに日常へ復帰という訳にはいかなかったのだ。学院には今も引き続き、ジェミニが通っている状態だった。

何せ、一般には一週間の寝たきり状態で、十五パーセントほど筋力が低下するらしいのだ。

ニコラが眠っている間はジークハルトが四肢を動かしてくれていたそうだが、それでもやはり衰えは感じてしまうもの。ニコラは暇つぶしがてら、他の生徒が授業を受けている時間帯に学内や寮内を歩き回っては、リハビリに精を出す毎日だった。

だが、とはいえ二週間もそんな生活を続けていれば、流石に回復も早い。半月も経てば、もはや以前とほとんど変わりない状態にまで近付いていた。回復してきている以上、このリハビリ生活をいつまでもだらだらと続けるわけにもいかない。

ニコラは小さく「そろそろ潮時、なんだろな」と呟《つぶや》いた。

ちょうど、本日の最終授業を終えた生徒たちが、パラパラと校舎から出てくる時間帯である。ジークハルトもそろそろ寮に戻って来るだろう。

ニコラは静かに踵《きびす》を返し、ジークハルトの部屋に戻ることにした。

ちなみにではあるが、ニコラは目を覚ましてから今日に至るまで、未《いま》だジークハルトの部屋に居座っている。大変不本意ながら、利害の一致というやつだった。

ニコラはジークハルトの部屋で幼馴染を待ちながら、目覚めたその日に交わした問答を思い出す。

当然ながら、最初はニコラとて、女子寮に戻ろうとしていたのだ。

「それじゃあ、私は女子寮に戻りま、ぅわっ……」

ベッドから立ち上がろうとすれば、足がもつれ、ぐらりと身体が傾く。

転ぶ、と衝撃に備えて目を瞑《つむ》るが、咄嗟に腕を差し出したジークハルトのおかげで何とか転倒は免れた。が、しかし。

ジークハルトはそのままニコラを横抱きにして支えると、立つことを補助するのではなく、有無を言わせず再び寝台に座らせた。それから跪《ひざまず》いてニコラに目線を合わせると、ジークハルトは呆《あき》れたようにため息をつく。

「そんな状態で？　戻る必要なんてないよね」

「………………いや、でもここ男子寮……」

ニコラはしどろもどろに目を泳がせる。だが、ジークハルトはそんなニコラにはお構いなく、にっこりと笑みを浮かべた。いつも通りの柔和な雰囲気はそのまま、しかし、逃がすものかという意志を確かに感じる。

「隠形《おんぎょう》の術、と言ったかな。エルンストから聞いたよ。透明人間のようになれるんだってね？」

「うぐ……」

ニコラは咄嗟に言葉に詰まる。

「女子寮にはニコラの姿をしたジェミニが帰っていて、ニコラ自身が透明人間になれるのなら、誰かに見咎《みとが》められることもない。何より、今のニコラには介助があった方が良さそうだ。ねぇ、今のニコラが女子寮に戻る必要って、あるのかな？」

「…………」

ジークハルトの笑顔の圧力に、ニコラは目を逸らして押し黙るしかない。ジークハルトはにこにこと、だが確かな圧を感じる笑みを浮かべたまま、さらに畳み掛ける。

「ニコラが眠っている間に、すっかり秋も深まってきたんだ。寒がりなニコラは、毎年これぐらいの時期から『冷たい布団に入るのは嫌だ』と愚図りだすよね。でも生憎《あいにく》、寮の防寒具が貸し出され始めるのは、一ヶ月も先のことだ。さて、そこで提案なのだけれど――」

ジークハルトはそこまで言うと、言葉を切り、今度はふっと悪戯《いたずら》っぽい表情を浮かべた。

「このままこの部屋にいるなら、私が毎晩先にベッドに入って、寝具を温めるよ。それに、寮の部屋はそう広くない。二人で生活していれば、相応に室温も上がるだろうね。ねぇニコラ、それでも女子寮に戻りたい？」

「…………」

コチコチコチと、時計の音だけが部屋に響く。

黙考すること数十秒。確かに、人肌に温められた布団には抗《あらが》い難い魅力がある。それに、幼い頃からの付き合いだ。添い寝など今更であるし、何よりジークハルトの体温は心地良い。

そんな言い訳じみたことを頭の中でつらつらと並べて、ニコラは最終的にはおずおずと首を縦に振った。

「…………回復するまで、この部屋でお世話になります」

とまぁ、そういうわけで、ニコラはしばらくジークハルトの部屋に留まることになったのだった。


だがそんな生活も、ニコラが回復してしまえば終わりを告げる訳で。

また、この生活の終了に関してばかりは、ニコラの側から切り出さなければならないものでもあった。なぜなら、『ニコラが回復し次第、婚約の許可を得るため両家へ挨拶に行く』それが、二人の間での取り決めだったからだ。

だからこそジークハルトは、ニコラの回復を急かさない。一方で、その気になれば、ニコラの一存で婚約を先延ばしにすることも出来る、そういう状況だった。

ジークハルトは此《こ》の期に及んでもまだ、ニコラの意思を尊重しようとしているのだ。だからこそ、回復を隠すことで徒《いたずら》に婚約を先延ばしにするつもりもなかった。

心の準備をする時間は、十分すぎるほどに貰《もら》っていた。無為に引き延ばすのは、流石に不誠実だろう。ニコラは手早く私物をまとめながら、困ったように小さく笑った。

たかだか二週間の滞在だ。そう多くはない私物を全てまとめ終わる頃に、ジークハルトは部屋に戻ってきた。

ジークハルトは既にまとめられた荷物を見て目を瞠《みは》ると、ハッとしたようにニコラを振り仰ぐ。

ニコラは努めて平静を装って、けれども目線は明後日の方角に向けて、口を開いた。

「私はもう大丈夫です。回復したので女子寮に戻りますね。……あー、それから、その……例の、ご挨拶の件ですけど、いつにしますか……？」

言い終えてから、ニコラはちらりと窺《うかが》うように、上目遣いで視線を向ける。そうすれば、零《こぼ》れ落ちそうなほどに見開かれた紫水晶とかちあった。

しかしそれも一瞬のこと。ジークハルトはすぐに表情を引き締めて、静かにニコラと向き直った。壊れ物でも触るように、恭しく手を取られる。

「……私はきっと、これからもニコラに守られてばかりなのは変わらない。本当に、そんな私でいいのかな」

ジークハルトは真剣な眼差しで、けれどどこか不安そうに瞳を揺らす。確かにその整いすぎた容姿は、これからも人ならざるモノを引き寄せ続けるのだろう。だが、それでも。

ニコラは小さく嘆息して、今度は真《ま》っ直《す》ぐに紫水晶を見つめ返した。面と向かって言うのはむず痒《がゆ》いので、むすっと仏頂面になるのはご愛嬌《あいきょう》だ。

「いいんですよ。だって、私がジークハルト様を守っているだけじゃない。確かに私だって、貴方に守られてるんですから、お互い様でしょう。適材適所です」

それを聞いたジークハルトの顔に浮かぶ表情ときたら、とても言葉では表せないものだった。

それは泣き笑いのような、それでいて満面の笑みともとれそうな、そんな複雑な感情が入り混じった、けれども幸福に満ちた表情だった。

傾国というのはこういうものを言うのだろう。小さな国ならひとつふたつ吹っ飛びそうな暴力的な色香を前に、ニコラは思わず半目になる。だが、そのくせ頬だけはしっかりと熱いのだから始末に負えなかった。


だが、そんな甘やかな時間は唐突に破られることになる。派手な音を立てて、部屋の扉が勢いよく開かれたからだ。

「ジーク、いる⁉　ちょっと厄介なことになるかもしれない……！」

ニコラとジークハルトは思わず固まる。揃《そろ》って扉を振り向けば、アロイスが慌ただしく部屋に転がり込んでくるところだった。そのただならぬ様子に、二人は無言で顔を見合わせる。一体何事だろうか。

「アロイス、そんなに血相を変えてどうしたの？　君らしくもない」

「………とりあえず、これを見て」

手渡された紙を覗《のぞ》き込んだジークハルトは、柳眉を寄せる。アロイスが持ってきたものは、一通の手紙だった。封蠟《ふうろう》の紋章は王家のもの。

中身に目を通していくジークハルトの表情は、徐々に険しくなっていく。口許に手を当てて考え込むような仕草をする幼馴染の様子に、ニコラはアロイスを振り仰いだ。

「あの、一体何が……？」

そう問えば、アロイスは気まずそうとも、申し訳なさそうとも取れる表情でニコラを見下ろすと、口を開いた。

「えっと、ね。端的に言うと、宮内省がちょっと厄介な決定を下したんだよね。……曰《いわ》く『僕の婚約者を再選定するにあたって、既に成立している婚約関係を解消することは認めない』なんていう、厄介な通達を、ね」

「……あの、すみません。それの何が厄介なんです？」

ニコラは正直なところ、貴族の世情には明るくない。いまいち意味を摑《つか》みかねて、こてんと首を傾げるばかりだ。

アロイスは未だ難しい顔で書簡に目を落とすジークハルトをちらりと仰ぎ見て、困ったように眉を下げる。

「僕とジークは、いや、多分ほかの貴族もそうだったと思うんだけど……。何せ、仮にも王太子の婚約者をもう一度選定するわけだし、娘を持つ侯爵家の大半が名乗りを上げると予想してたんだ。もちろん、今すでに成立している婚約関係はいったん解消してね」

書簡を読み終えたらしいジークハルトも静かに顔を上げ、硬い表情でアロイスの説明を継ぐ。

「そうすると、当然ながら、解消された側は新たに婚約者を見つけなければならないよね。だから侯爵家界隈《かいわい》の婚約解消の余波で、貴族社会全体の婚約関係図も大きく組み変わるだろうと踏んでいたんだ。その流れの中で、私とニコラも婚約しようと思っていたのだけれど……。どうやら、そういうわけにもいかなくなってしまったらしい」

「うん……多分、難しいだろうね」

アロイスはそう言って、申し訳なさそうに苦笑いをする。ジークハルトはため息をついて目を伏せると、手紙をアロイスに返した。

「えぇと……それはつまりどういう……？」

ニコラは片手を挙げて、恐る恐るジークハルトを見上げる。ジークハルトの手がニコラの髪をなぞった。

「現在、侯爵家の令嬢、および侯爵令嬢になることが内定している令嬢の中で、婚約者がいない人物は、ニコラを含めてたったの三人しかいないんだ。候補者が少なすぎるこの状況で、宮内省は多分、私たちの婚約を認めない」

「つまり、僕の婚約者が正式に決まるまでは、ニコラ嬢は多分誰とも婚約できない、ってこと」

「えええ………」

二人の懇切丁寧な説明によって、やっとのこと状況を理解したニコラはひくりと頰《ほお》を引き攣《つ》らせる。

ニコラにとって婚約など、前世と今世を合わせても初めてのこと。自分なりに覚悟を決めて、ようやく腹を括った矢先にこの仕打ち。ニコラは呆然《ぼうぜん》と呟いた。

「そんなことって、ある…………？」

あとがき

はじめまして、こんにちは。
この度はこの本を手に取ってくださり、有難うございます。

この物語を書こうと思ったきっかけは、自身の転職でした。会社を辞めるにあたり、二ヶ月ほど有給が余っていたのです。

とはいえ、これといって趣味の多い人間ではありません。暇だなあと時間を持て余すうちに、偶然にも小さな小説コンテストを見つけました。それは、『異世界恋愛もの』と、テーマが限定された小説賞です。普段あまり読まないジャンルだけど、流行りものだしな、よっしゃ書いてみるか、と。

有休消化期間が終わる頃には、物語は十五万字まで膨れ上がっていました。

『異世界もの』『令嬢もの』『転生もの』『乙女ゲームもの』。どれもこれもが大流行している、人気ジャンルです。何を思って「全部混ぜちゃえ。ついでにオカルト風味に味付けしてやろう」という発想に至ったのか。今となってはちょっと思い出せませんが、なんだかノリノリで書いていたように思います。

残念ながら、その小説コンテストにはご縁がなかったのですが、書き終わる頃にはすっかり作品に愛着が湧いてしまっていました。なにしろ、生まれて初めて書き上げた小説です。せっかくだから、もっと多くの人に読んでもらいたい。そう思い、いくつかの小説投稿サイトに投稿してみることにしました。

はてさて、遠い昔。まだ小学生だった頃に、小説家になるには、と調べたことがあります。でもその頃にはまだ、何を調べても〝新人賞に応募することが主流〟だと書いてありました。そして応募方法もまた〝原稿の郵送〟だったように思います。

でも、それが今や、誰でも無料で小説を投稿できる。作品にハッシュタグをつけるだけで、簡単に新人賞へ応募ができる。たかだか二十数年しか生きていない若輩者ですが、時代が変わったんだなあ、とつくづく思います。

ハッシュタグをつけては消し、つけては消しを繰り返すこと、約半年。

受賞の連絡を頂いてからは、日々心境がシーソーゲームをしています。主に、喜びと畏れ多さの間で。でも、何を言っても嬉《うれ》しいことには変わりないので、やっぱり素直に喜んでしまうことにします。やったぁ。

この本を世に出すにあたり、審査員に関わった皆様方や、担当編集さん、可愛いニコラを描いてくださったきのこ姫先生をはじめ、大変多くの方にお世話になりました。本当に有難うございます。そしてとびきりのお礼はもちろん、この本を手に取ってくださった読者さまに。

それでは、またお会いできることを祈りつつ。

伊井野《いいの》　いと

DRE NOVELS

祓い屋令嬢ニコラの困りごと

2023年2月10日　初版第一刷発行

著者　伊井野いと
発行者　宮崎誠司
発行所　株式会社ドリコム
〒141-6019　東京都品川区大崎2-1-1
TEL　050-3101-9968
発売元　株式会社星雲社（共同出版社・流通責任出版社）
〒112-0005　東京都文京区水道1-3-30
TEL　03-3868-3275
担当編集　藤原大樹
装丁　おおの蛍（ムシカゴグラフィクス）
印刷所　図書印刷株式会社

Printed in Japan
ISBN978-4-434-31575-6

ファンレター、作品のご感想をお待ちしております。

右のQRコードから専用フォームにアクセスし、作品と宛先を入力の上、コメントをお寄せ下さい。
※アクセスの際に発生する通信費等はご負担ください。